»Ich trage die SIEDLUNG in mir wie einen Nagel aus Titan, der in einen gebrochenen Knochen getrieben wurde. Ein Fremdkörper, der sich nur durch Schmerz bemerkbar macht. Doch nun ist die Zeit gekommen für die Operation. Jetzt muss der Nagel aus dem Knochen entfernt werden.«

Sie hätte eine Heimat sein können, doch sie beherbergt das Böse: DIE SIEDLUNG DER TOTEN. Ein beklemmender Thriller direkt vor unserer Haustür, mit temporeichen Schnitten und raffinierten Wendungen – atmosphärische Hochspannung von Bestsellerautor Max Landorff.

»Ein vielstimmiger Thriller, in dem das dunkle Erbe des Wirtschaftswunders atmosphärisch genau seziert wird.«
Krimi – Das Magazin

Max Landorff ist ein Pseudonym. Seine Thriller sind Bestseller und in mehrere Sprachen übersetzt.

Max Landorff bei FISCHER Taschenbuch:
»Der Regler«
»Die Stunde des Reglers«
»Die schweigenden Frauen«
»Die Siedlung«

Weitere Informationen finden Sie auf www.fischerverlage.de

MAX LANDORFF

DIE SIEDLUNG DER TOTEN

THRILLER

FISCHER Taschenbuch

Erschienen bei FISCHER Taschenbuch
Frankfurt am Main, Dezember 2017

© 2016 S. Fischer Verlag GmbH,
Hedderichstr. 114, D-60596 Frankfurt am Main

Druck und Bindung: CPI books GmbH, Leck
Printed in Germany
ISBN 978-3-596-19775-0

Teil 1

DIE MORDE

Heute

03. September

Manchmal träume ich, dass ich in die Siedlung zurückkehre. Zurück zu den weißen Bungalows, zu den Kieswegen, den gebeizten Garagentoren. Und den Bäumen, die dort herumstanden wie alte Männer, gekrümmt und dürr.

Ich trage diesen Ort in mir, aber nicht so wie andere Menschen ihre Heimat in sich tragen, wie eine Flüssigkeit, die sich ins Blut gemischt hat und plötzlich warm werden kann – beim Anblick eines Handrasenmähers zum Beispiel oder beim Duft der Nadeln einer Latschenkiefer. Ich wünschte, es wäre so, und ich denke oft daran, dass die Siedlung so ein Gefühl hätte sein können. Wenn nicht ... ja, wenn nicht ...

Handrasenmäher hat es genug gegeben, mit gusseisernen Scherenwalzen, die in allen Gärten rasselten. Und die Kiefern ließen ihr Harz aus der Rinde fließen wie Honig. Es roch scharf und verklebte die Hände beim Klettern in den Ästen und beim Annageln gestohlener Bretter für ein Baumhaus. Das Zeug zu einer großartigen Heimat hätte sie gehabt, diese Siedlung. Der wilde Fluss, der wilde Wald, die sorglosen Eltern, die sagten: Komm nach Hause, wenn es dunkel wird.

Es sind nicht die Gedanken oder Gefühle, die unsere Biographie formen. Es sind die Ereignisse. Das, was geschehen ist. Auch wenn wir manchmal ein Leben lang nicht verstehen, was genau geschehen ist.

Ich trage diesen Ort wie ein Stück Metall in mir: wie einen Nagel aus Titan, der in einen gebrochenen Knochen getrieben wurde. Ein Fremdkörper, der sich nur durch Schmerz bemerkbar macht – bei bestimmten Bewegungen und bei manchen Wetterlagen.

Meine Träume von der Rückkehr in die Siedlung sind nie gleich. Aber es gibt nur zwei Varianten für den Ausgangspunkt der Handlung. In der einen überwinde ich im Traum die Zeit, und ich bin wieder der sechsjährige Junge, der ich damals war, als ich mit meinen Eltern und meinem noch ganz kleinen Bruder in die neue Bungalowsiedlung einzog: »Unter den Kiefern«, Hausnummer 3. Ich hatte mit den Möbelpackern vorn im Lastwagen mitfahren dürfen, die ganze Strecke von München an der Isar entlang hinaus aufs Land. Die Bundesstraße war damals noch eine Schotterstraße, geteert sollte sie erst Jahre später werden. Sicherheitsgurte gab es noch nicht.

Die Männer, die sagten: Komm, setz dich zwischen uns. Die Eltern, die sagten: Halt dich gut fest, wenn die bremsen müssen.

In diesen Träumen ist alles genauso, wie es damals wirklich gewesen ist, es gibt nur einen Unterschied in meinem Kopf: Ich kenne die Geschichte schon, nichts ist neu für mich. In diesen Träumen bin ich ein weiser Junge, der schon weiß, dass Herr Müller böse zu Kindern ist – lange bevor er es erleben soll. Der Herr Müller, der das Nachbarhaus bewohnte und seine weißen Haare mit Frisiercreme der Marke »Brisk« auf den Kopf klebte.

In der anderen Variante meiner Träume komme ich als alter Mann, sehr alt. Ich habe Gicht in Händen und Füßen, ich atme schwer und muss langsam gehen. Ich komme, um eine Antwort zu suchen, das stellt mein Gehirn im Schlaf klar. Und im Schlaf ist es ganz selbstverständlich, dass ich die zugehörige Frage noch nicht kenne, nur spüre, dass sie sehr wichtig ist. Die Siedlung in diesen Träumen ist verlassen. Die Häuser sind leere Hüllen, die Fenster ohne Scheiben. Immer schlägt eine Haustür im Wind und liefert den Rhythmus zu den Bildern. Das Gras ist hüfthoch und überwuchert die Gärten, verschmilzt die einst akribisch voneinander getrennten Reiche der Öhlers, Börnes, Rügemers und wie die Leute alle hießen. Die Kiefern senken ihre Äste tief auf die Dächer, viele Ziegel sind gebrochen. Die Steinplatten der Terrassen versinken im Boden.

Meine Träume von der Siedlung beginnen immer mit einem melancholischen Gefühl, nicht unangenehm, nicht beunruhigend. Doch sie enden stets damit, dass ich hochschrecke in meinem Bett. Ich weiß dann, dass ich geschrien habe. Der Schrei, der mich geweckt hat, hängt noch in der Dunkelheit des Zimmers, klirrt in meinem Kopf. Dann höre ich die Stimme meiner Frau: »Du hast schlecht geträumt, schlaf weiter, alles ist gut.« Sie weiß nichts von der Siedlung. Ein einziges Mal sind wir dort spazieren gegangen. Schau mal, hier habe ich als Junge Fußball gespielt. Solch ein Spaziergang ist das gewesen. Nichts weiß sie.

Heute Morgen konnte ich mich nicht erinnern, etwas geträumt zu haben. Ich stand in der Küche, drückte einen Kaffee aus meiner neuen, chromglänzenden Giulia-Espressomaschine, und mein iPad lud die neue Ausgabe der Süddeutschen Zeitung. *Als ich vor zwei Jahren das Abonnement abgeschlossen habe, hat man mich gefragt, welche der Regionalausgaben ich mir wünschte. Und kurz bevor ich »keine« anklicken wollte, sah ich die Option »Landkreis Rupertshausen« und entschied mich anders. Forstham, das Dorf, an dessen Rand die Siedlung liegt, befindet sich in diesem Landkreis. Seither überfliege ich täglich diese Seiten, finde gelegentlich einen Namen unter den Todesanzeigen, der mir bekannt vorkommt, lese von der Eröffnung einer Turnhalle, der Abstim-*

mung über eine Umgehungsstraße oder von einem Badeunfall in der Isar, die in dieser Gegend noch reißend ist und laut rauscht.

Es hat zum ersten Mal nach Herbst gerochen heute Morgen, das ist mir gleich nach dem Aufstehen aufgefallen, als ich das Küchenfenster geöffnet habe. Eigentlich noch ein Sommertag, der 3. September, und die Sonne hat tatsächlich den ganzen Tag geschienen, aber dieser Geruch hat dem Sommer seinen ersten Schlag versetzt. So einfach geht das: Die Nase nimmt ein paar Luftmoleküle auf, das Gehirn verknüpft die Information mit ein paar Erinnerungen ... und schon ist der Sommer am Ende.

Ich habe auf den Regionalseiten heute Morgen die Überschrift gelesen: »Ein Hai nähert sich der Isar.« Und die Unterzeile: »Unbekannter Investor kauft berüchtigte Bungalowsiedlung ›Unter den Kiefern‹.«

Ich saß am Küchentisch mit meinem Espresso, und ich wusste sofort: Jetzt ist die Zeit gekommen für die Operation. Jetzt muss der Nagel aus dem Knochen entfernt werden.

Sie steuerte den Wagen schnell und sicher durch die Nacht. In den Lautsprechern entfaltete sich Schuberts *Fantasie für Violine und Piano*. Eva Schnee verstand nichts von klassischer Musik, aber beim Autofahren stellte sie meistens Klassik Radio ein. Es war kurz nach Mitternacht. Die Straße war trocken und leer, nur selten musste sie abblenden, weil ein Wagen entgegenkam. Sie war auf dem Weg nach Hause, zu ihrer Wohnung im Münchener Stadtteil Lehel. Sie hatte eine alte Schulfreundin besucht, die immer noch da draußen im Süden lebte, in dem Städtchen Rupertshausen, und die sich wahrscheinlich nie von dort wegbewegen würde. Sie hatte inzwischen zwei langweilige kleine Kinder, einen langweiligen Mann, und sie selbst war eigentlich auch schon immer langweilig gewesen. Aber sie hatte den größten Busen der Schule gehabt – und einen sich träge vorwärtsschiebenden Arsch, der früher die Jungs und später die Männer um sich scharte, als hätte er etwas zu verschenken. Über Männer mit ihr zu reden war immer noch sehr amüsant. Auch bei Mineralwasser und Tee.

Eva Schnee war Kriminalkommissarin, und sie hatte sich geschworen, nichts mehr zu trinken, wenn sie fahren musste. Gar nichts mehr, wirklich nichts. Vor drei Wochen war sie in eine nächtliche Kontrolle geraten, und der Streifenpolizist, dem sie ihren Dienstausweis gezeigt hatte, hatte verdammt lang gezögert und sehr genau ihr Sommerkleidchen und ihr Gesicht studiert, ehe er sie mit steinerner Miene durchgewinkt hatte.

Der viele Tee heute Abend zeigte seine Wirkung: Sie war hellwach, und sie überlegte, ob sie noch in einer Kneipe ein Glas Rotwein trinken sollte, wenn sie angekommen war. Sie kannte die Bundesstraße 11 nach München sehr gut, sie musste an nichts denken. Das Fernlicht fraß die weißen Mittelstreifen, die angeflogen kamen. Der Motor des BMW kratzte angenehm an der Geigenmelodie. Der schwarze Wald rechts und links hielt den Rest der Welt davon ab, näher zu kommen.

Als das Gesicht im Rückspiegel auftauchte, erschrak sie zuerst nicht. Es war ja ein sehr vertrautes Gesicht, und es war ein lächelndes Gesicht. Sie sah im Spiegel plötzlich die Augen ihres Vaters, und sein Gesicht war sehr nah, nahm die Fläche des Spiegels ganz ein. Genauso hatte er sie angesehen, bevor er starb. Genau dieses Gesicht hatte sie gespeichert. Neun Jahre alt war sie damals gewesen.

Eva Schnee wandte den Blick vom Rückspiegel ab, schaute auf die leuchtenden Instrumente am Armaturenbrett, sah ein Verkehrsschild vorbeiflitzen, 80 bei Nässe, drehte das Radio etwas lauter. Aber als sie den Blick wieder anhob, war das Gesicht ihres Vaters immer noch da, und es war kein eingefrorenes Bild – sie sah, wie seine Augenlider blinzelten, die Grübchen um seinen Mund sich bewegten, die Lippen sich öffneten.

»Du musst vorsichtig sein, mein Hündchen«, sagte ihr Vater.

Und jetzt gab es keine anderen Geräusche mehr, keine Musik, keinen Motor, nur noch diese Stimme, die sie so furchtbar vermisst hatte. Mein Hündchen, so hatte er sie immer genannt.

»Nichts ist so, wie es scheint«, sagte ihr Vater.

Dann fiel plötzlich ein Schatten auf sein Gesicht, die Gesichtszüge lösten sich auf im Dunkeln, bis nur noch die Augen blieben. Sie bohrten sich förmlich ins Glas des Spiegels. Und jetzt erschrak Eva Schnee, so sehr, dass sie auf die Bremse trat, den Wagen auf dem schmalen Wiesenstreifen zum Stehen brachte und heraussprang. Ihr Herz raste, ihre Kehle war zugeschnürt, sie kämpfte um Luft.

Was war das gewesen? War sie in eine Art Trance gefallen? Vielleicht sogar kurz eingeschlafen? Der berüchtigte Sekundenschlaf? War sie gar nicht so wach, wie sie dachte?

Sie öffnete die hintere Wagentür. Natürlich war da nichts auf der Sitzbank. Sie lehnte sich an den Wagen, versuchte, gleichmäßig zu atmen. Die Scheinwerfer eines Autos tauchten auf. Halt bloß nicht an, dachte sie, aber da war der Wagen schon vorbei, der Luftzug zerrte an ihrer Jacke und der offenen Autotür. Schuberts *Fantasie* fand wieder den Eingang in ihren Kopf.

Definitiv würde sie noch die Bar in ihrer Straße aufsuchen, und sie würde nicht nur ein einziges Glas Rotwein trinken. Denn das letzte Bild im Rückspiegel musste schnell den Ausgang aus ihrem Kopf finden. Das Bild, bei dem sie so erschrocken war.

Ehe sie verschwanden, hatten sich die Augen im Spiegel plötzlich verändert. Farbe, Form, Ausdruck. Was sie da aus der Dunkelheit ihres Wagens oder ihres Gehirns angeblitzt hatte – das waren nicht die Augen ihres Vaters.

Wasserdampf. Das Geheimnis hieß Wasserdampf.

Kostüme, Mäntel, Pullover, Kleider, Blazer, Blusen, das alles sah auch nach 30 Jahren noch wie neu aus, wenn man es von Zeit zu Zeit in Wasserdampf hängte. Dusche aufdrehen, ganz heiß, das Kleidungsstück am Bügel danebenhängen, Badezimmertür zumachen. Zehn Minuten warten. Dann rausholen und auf der Terrasse in der frischen Luft trocknen lassen. Das war alles. Angela Börne hatte nie verstanden, warum das nicht alle Leute so machten. Jetzt war es natürlich schwierig für sie. Der Heizöltank im Keller war leer, und sie hatte kein Geld, ihn auffüllen zu lassen. Also hatte sie kein warmes Wasser. Aber jetzt war das nicht mehr so schlimm. Die paar Jahre noch. Was brauchte sie schon warmes Wasser? Sie hatte noch vier Schränke voller Kleidung aus den guten Zeiten mit Johannes, jedes Stück gepflegter als das andere. Und ihr Körper hatte sich ihr ganzes langes Leben so angefühlt, als stünde er in einem kalten Wasserstrahl, schon als sie ein junges Mädchen war.

»Gott bist du steif«, hatte Johannes gesagt, als er sein hartes Ding in sie gebohrt hatte – und sie darauf wartete, dass sich ein schönes Gefühl einstellte oder wenigstens ein erträgliches. Sie hatte sofort bei ihrer Entjungferung verstanden: Ihre Sache war Sex nicht. Und würde es auch nie werden. Sie lächelte ihr dünnes Lächeln, als sie daran dachte. Das Lächeln, das Johannes so aggressiv gemacht hatte. Er hatte nie verstanden, dass es das einzige Lächeln war, das sie hatte.

Angela Börne saß am Fenster des Bungalows, hing ihren Gedanken nach und blickte in den Garten. Sie saß mit geradem Rücken, die Hände lagen nebeneinander im Schoß. Schon ein paar Stunden saß sie so da, wie sie es jeden Tag tat. Heute war ihr einundachtzigster Geburtstag, aber sie würde am Tagesablauf deshalb nichts ändern. Wozu? Allerdings trug sie ihr Chanel-Kostüm von 1967. Sollte keiner sagen, sie hätte ihre Figur nicht gehalten.

Was da inzwischen so alles wuchs im Garten. War das Schilf, dieses mannshohe Gewächs? Der Zaun war längst verrostet und zerrissen, Moos bedeckte die Terrasse, aus dem Beet links an der Mauer schoss ein Schierlingsgewächs, das aber schon am Umknicken war, weil es den Saft verlor. Beim Anblick der vielen Oleandertöpfe, aus denen heute nur noch ein paar verholzte tote Stümpfe ragten, musste sie an ein paar glückliche Momente denken. Bald würde der Herbst alles zur Ruhe bringen, das Laub alles zudecken. Gartenarbeit, fand sie, musste man entweder richtig machen, also jeden Tag, jahrein, jahraus, *jeden* Tag – oder es aufgeben. Sie hatte schon lange keine Nerven mehr dafür, keine Kraft und kein Geld. Sie wusste, dass alle im Ort Forstham sie für eine alte Hexe hielten. Die letzte Bewohnerin der Siedlung. Kinder strichen manchmal durch die verlassenen Wege, obwohl es ihnen sicher von den Eltern verboten worden war. Sie näherten sich ihrem Bungalow, spähten in den Garten zu den Fenstern herüber – und erschraken, wenn sie die Frau hinter der Scheibe erblickten: bewegungslos, lautlos. Dann liefen sie weg. Sie hatten Angst vor ihr. Gut so.

Wann war ihr Sohn zum letzten Mal hier gewesen? Vor fünf Jahren? Vor acht Jahren? Ihr Gedächtnis ... Wenn er kam, lieferte er nur ein Paket Hass ab. Das letzte Mal hatte er gesagt: »Dann verrecke doch in deiner Sturheit, du vertrocknetes Stück Holz.« Er hatte es ganz leise gesagt, aus einem versteinerten Mund. Und dann hatte er die Haustür so fest zugeworfen, dass ein Stück Putz herabgefallen war. Es lag immer noch dort in der Diele. Mit Putzen war es fast wie mit Gartenarbeit.

Sie sah ein schwarzes, schweres Motorrad anhalten, sah, wie sich ein schwarzer Helm in ihre Richtung drehte. Ein Mann klappte mit dem Fuß den Ständer aus und stieg ab.

Franz? Ihr Sohn?

Sie bekam Angst. Dann sah sie, wie er sich bewegte. Nein, nicht Franz, Gott sei Dank. Der Mann stieg über das aus den Angeln gefallene Gartentor, das quer über dem Weg zum Haus lag. Wie ein schwarzer Astronaut. Jetzt hörte sie die Klingel. Wie lang war es her, dass sie diesen Ton zuletzt gehört hatte? Zwanzig Jahre? Damals hatte es oft geklingelt, und fast immer war es der Kommissar gewesen, der blasse, junge Kommissar. August Maler hatte er geheißen. Seine Visitenkarte lag immer noch auf der Anrichte im Wohnzimmer. »Wenn Ihnen doch noch etwas einfällt ...« Er war sehr überrascht gewesen, als sie ihn gestern angerufen hatte, aber er hatte sofort gewusst, wer sie war.

Franz klingelte nie, er hatte einen Schlüssel. Erstaunlich, dachte sie wieder einmal, dass sie ihr den Strom noch nicht abgestellt hatten. Sie zahlte schon ein paar Monate nicht mehr. Oder noch länger? Ihr Gedächtnis ... Sie lenkte den

Rollstuhl zur Eingangstür, strich dabei das Chanel-Kostüm an den Armen und um die Hüften glatt. Für Johannes war das immer sehr wichtig gewesen, dass sie ihre Figur behielt. Trotzdem hatte er sein Ding in andere Frauen gebohrt. Weil sie so steif gewesen war.

Sie öffnete die Tür und sah am Zurückweichen des Mannes, dass er den Geruch nicht mochte, der ihm aus dem Haus entgegenschlug. Tja. Nur kaltes Wasser, kein Parfum mehr, keine Putzmittel, keine Haushaltshilfe wie früher. Sollte sich mal nicht so anstellen, der junge Mann.

»Ja?«, sagte sie.

»Du weißt, warum ich da bin?«, sagte der Mann. Sie konnte die Augen hinter dem Visier sehen, freundliche, neugierige Augen.

»Nein«, sagte sie. Und wusste, dass sie dabei keine Miene im Gesicht verzog. Steif, steif, steif.

»Ich habe etwas für dich«, sagte der Mann und lächelte. Sie sah, wie er in die Innentasche seiner Lederjacke griff. Was er hervorholte war eine Pistole. Er lächelte noch einmal und holte aus der anderen Tasche ein längliches, rundes Rohr heraus, das er ohne Eile auf den Lauf der Pistole schraubte. Sie wusste, was das war, sie war ja nicht dumm. Es war ein Schalldämpfer. Und jetzt glaubte sie in dem Gesicht hinter dem Visier etwas wiederzuerkennen. Etwas aus der Steinzeit ihres Lebens. Man hätte es erst ausgraben müssen, um es genauer zu sehen. Und dafür fehlte jetzt die Zeit. Sie war ja nicht dumm. Als der Mann die Pistole auf sie richtete, lachte sie. Sie war überrascht von dem lauten Ton. Wann hatte sie zuletzt gelacht? Vor 50 Jahren?

Sie war doch nicht dumm, dachte sie, und sie lachte, als der Mann abdrückte.

04. September

Ich arbeite mit Sprache, das ist mein Beruf. Deshalb liegt mir viel daran, dass diese Einträge genau sind – und verständlich. Sprache kann alles zugrunde richten. Ob man jemandem vertraut oder nicht, jemanden liebt oder hasst, ob ein Projekt erfolgreich ist oder nicht, letztlich hängt alles an den richtigen – oder falschen – Worten. Ich will die richtigen Worte finden. Ich will sie nicht benutzen, um einen guten Eindruck zu machen. Dieses eine Mal in meinem Leben will ich das nicht tun: einen guten Eindruck machen. Wenn diese Geschichte abgeschlossen ist, spielt es keine Rolle mehr, was Menschen über mich denken. Ich werde genau aufschreiben, was ich weiß. Und was ich nicht weiß.

Vor 49 Jahren und 146 Tagen habe ich gesehen, wie mein Freund Martin ums Leben kam. Vielleicht war er auch noch gar nicht mein Freund, vielleicht waren wir erst am Anfang einer Freundschaft. Sieben Jahre alt waren wir beide, es war unser erstes Schuljahr, die Lostrommel des Lebens hatte uns am ersten Tag in die Schulbank nebeneinandergesetzt, seine Schultüte war kleiner als meine, das weiß ich noch.
    Ich sah den grünen Porsche, der in der Eichbergkurve heranschoss, ich sah sogar die Augen des Fahrers, sie waren – weiß.

Weiße Augen gibt es nicht? Doch, es gibt sie, ich schwöre. Vielleicht werden Augen weiß, wenn sie sehen, dass sie töten? Es gab kein Bremsgeräusch, keine quietschenden Reifen. Das Ganze ging in unheimlicher Stille vor sich, jedenfalls in meinem Kopf. Der grüne Wagen, die weißen Augen. Dann der Schlag Mensch gegen Blech. Kleiner Mensch gegen großes Blech. Und das Geräusch der Fontäne. Eine Fontäne aus hellrotem Blut schoss von der Straße in die Luft und fiel wieder zurück. Schwapp, schwapp, zweimal. Martins Blut.

Ich beobachtete das aus dem Gebüsch, den Körper fest auf den feuchten Waldboden gepresst. So fest, dass die nassen Tannennadeln die Beine hochkrochen, sogar unter die neue Lederhose, die noch ganz hellgrau war und so gut roch. Ich weiß noch, dass mir der Gedanke durch den Kopf schoss, meine Mutter würde schimpfen, weil die Hose schon nach einem Tag voller Schlamm und Grasflecken war. Das alles weiß ich ganz genau. Nach 50 Jahren.

Was ich nicht weiß: WARUM lag ich auf dem Boden, dort in dem Waldstreifen bei der Bundesstraße? Warum hob ich nur ein wenig den Kopf und wagte nicht zu atmen? Und was war das für ein Geräusch, das ich vor dem Unfall gehört hatte? Es geistert bis heute durch meine Seele. Ein helles Geräusch war das, ein alarmierendes: das Wimmern eines Tieres? Vier gleich lange Töne, jeder höher als der vorige.

Und die schlimmste aller Fragen: Warum bin ich nicht aufgesprungen und hingelaufen?

Mein Gehirn hat den Zugang zu den Antworten gesperrt. Und seit all den Jahren ahne ich: aus gutem Grund.

Ich schreibe diese Zeilen im Zimmer des Hotels Klostermaier, etwa zwanzig Kilometer südlich von München, es ist abends, schon nach elf Uhr. Meine Reisetasche steht noch unausgepackt auf dem Ständer neben der Tür. Das Zimmer liegt im zweiten Stock, es hat einen

Holzbalkon, von dem aus man die Alpenkette sehen kann. Das Bett ist breit und bequem, der Raum ist in sandfarbenen Tönen eingerichtet. Auf dem Schreibtisch steht eine Flasche Adelholzener Mineralwasser und ein Glas hausgemachte Aprikosenmarmelade zur Begrüßung. Nach Forstham zur Siedlung »Unter den Kiefern« fährt man von hier aus nur zehn Minuten.

Tag 1 der Ermittlungen
Donnerstag, 10. September

Nichts lockt mich aus der Reserve, nichts lässt mich die Kontrolle verlieren, nicht mal der Verwesungsprozess meiner Leiche, dachte Eva Schnee. Nach allem, was die Ermittlungsakten hergaben – und da hatte sich einiges angesammelt in zwanzig Jahren – war klar: Die Sätze des Gerichtsmediziners nach der ersten Inspektion ihrer Leiche hätten Angela Börne gefallen. Er klappte seine Tasche zu und sagte: »Diese Frau ist wie eine Mumie. Ich kann den Todeszeitpunkt jetzt nicht annähernd schätzen, vor drei Tagen? Vor zehn Tagen? Immer heißt es ja, wir sollen viel trinken, das ist gesund. Ich bin da nicht so sicher. Ich habe schon ein paarmal solche Leichen gesehen, die der Tod irgendwie nicht verändert hat, selbst die Würmer bleiben weg. Zu trocken.« Der Mann streifte die Gummihandschuhe ab und redete mehr zu sich selbst. »Vielleicht werden wir viel älter, wenn wir nicht so viel trinken und dauernd unsere Zellen gießen, die Zellen und das Leben. Vielleicht ist es besser, auszutrocknen. Diese Frau wäre vielleicht nie gestorben – wenn nicht jemand auf sie geschossen hätte.« Mit diesen Worten und einem gnädigen Kopfnicken ging er an der Kommissarin vorbei. Sie sah ihm nach, wie er über das umgefallene Gartentor stieg, das Grundstück verließ und aus ihrem Blickfeld verschwand.

Dann schaute sie wieder die Leiche an.

Angela Börne saß im Eingangsbereich ihres Bungalows im Rollstuhl, die Augen offen, geradeaus zur Tür gerichtet. Die Ellenbogen waren auf die Armlehnen des Rollstuhles gestützt, die Hände vor dem Bauch gefaltet. Ihr Rücken war gerade, der Kopf war weder zur Seite noch nach vorn gekippt. Auf der Stirn war ein Einschussloch, aus dem ein lächerlich kleiner Tropfen Blut ausgetreten war und sich auf den Weg Richtung Nasenwurzel gemacht hatte, ehe er geronnen war. Ihre Füße, die in goldfarbenen Pumps steckten, ruhten vollkommen symmetrisch nebeneinander auf den ausgeklappten, dafür vorgesehenen Trittbrettern.

Kommissarin Eva Schnee dachte beim Anblick der Toten an etwas ganz anderes: Sie hatte heute Abend ein Date mit einem Typen, der ihr richtig gut gefiel, jedenfalls im Chat und auf den Fotos. Was sie wohl als ersten Satz sagen sollte? Sie waren zum Sushi-Essen verabredet, das Lokal hatte sie vorgeschlagen, ein kleines, helles Restaurant mit sehr netten Japanern, die den Fisch schnitten und bedienten.

Eva Schnee dachte fast immer an etwas anderes als an das, was sich unmittelbar anbot. Das war schon so gewesen, als sie noch ein kleines Mädchen war. Wahrscheinlich würde sie dann heute Abend im Lokal an die tote Angela Börne denken, an die Ermittlungsakten, an diese unheimliche Siedlung hier draußen in Forstham. Es war ein Defekt, dass ihr Gehirn so arbeitete, jedenfalls dachte sie das. Sie war deshalb schon bei Ärzten gewesen, bei Psychologen, sogar bei Psychiatern. ADHS hatte einer diagnostiziert und ihr Ritalin empfohlen. So ein Blödsinn. Der Mann hatte gar nichts kapiert.

Es war kurz nach 15 Uhr jetzt, der 10. September. Ein grauer Tag, leichter Nieselregen sorgte für nasse Straßen und regnerische Gesichter. Die Experten der Spurensicherung hatten sich inzwischen des Bungalows bemächtigt. Eva Schnee würde gleich mit dem Sohn der Toten sprechen, der sie gefunden hatte. Er saß auf einem alten Gartenstuhl, den er sich unter die Kiefer gezogen hatte, die mitten auf dem Grundstück stand. Ein großer, schlanker Mann mit grauen Haaren. Er saß mit dem Rücken zum Haus. Wirkte sogar von hier aus abweisend und verschlossen.

Eva Schnee hatte sich heute Morgen für schwarze Jeans und ein anthrazitfarbenes Sweatshirt entschieden, auf dessen Vorderseite ein silberner Adler die Flügel ausbreitete. In Verbindung mit den Stiefeletten und der schwarzen Nylonjacke mit der Kapuze sah sie ein bisschen rockig aus. Aber am Morgen hatte sie noch nichts gewusst von der toten Angela Börne und von dem ironischen Lächeln ihres Chefs, das er zeigte, als er ihr diesen Fall übertrug. Vielleicht hätte sie sonst etwas anderes angezogen. Mit Mitte dreißig hatte sie immer noch nicht zu einem eigenen Stil gefunden, das ärgerte sie. Mal sah sie aus wie eine Dame, mal wie eine Schülerin, fand sie.

In einer Augenbraue ihres Chefs befanden sich zwei einzelne viel zu lange Haare, das war ihr gleich aufgefallen, als er vorhin zu sprechen angefangen hatte. Wie zwei Drahtantennen ragten sie heraus. Und während er sprach, dachte sie an ihren Lateinlehrer, bei dem das auch so gewesen war. Ein paar Haare seiner Brauen wollten mehr vom Leben als die anderen, wollten höher hinaus.

So war ihre Welt. Sie hörte ihren Chef sagen, »Das ist Ihr Fall, Frau Schnee, das ist genau Ihr Fall«, und dachte dabei an ihren Lateinlehrer, wie er dozierte: »Das Wort ›Pietas‹

wird immer mit ›Frömmigkeit‹ übersetzt, das ist Quatsch. Ich sage euch, was Pietas bedeutet: Als Äneas seinen sterbenden Vater auf den Schultern aus dem brennenden Troja trug – das ist Pietas.«

Eva Schnees Chef hatte ihr heute Morgen die fünf Ordner der Ermittlungsakte gegeben, auf deren Rücken das Zeichen M8/94 geschrieben stand und: »Unter den Kiefern.« Er hatte ihr gesagt, sie solle unbedingt seinen pensionierten Vorgänger aufsuchen und mit ihm reden. »August Maler heißt er, er wurde schon früh pensioniert. Das Herz … Der weiß alles über den damaligen Fall, hat ihn bearbeitet. Da war er noch jung.« Ihr Chef hatte eine Pause gemacht, auf die Tischplatte gestarrt. »Was heißt bearbeitet … der hat sich reingebohrt in diesen Fall. War ja auch spektakulär, achtzehn Tote, Sonderkommission … Am Ende nur noch Maler, der nie aufgeben wollte. Gehen Sie zu ihm.«

Jetzt blickte Eva Schnee in die Augen von Angela Börne und dachte: Was würdest du heute Abend beim Date als ersten Satz sagen? Und sie dachte außerdem: Als ich ziemlich klein war, hab ich mal mit dir geredet, Frau Börne. Und du warst ganz unmöglich zu mir, richtig ätzend. Weißt du das noch? Nein, du weißt es nicht mehr. Ich sehe es an deinem Blick.

10. September

Heute wurde die Leiche von Angela Börne gefunden. Als ich zur Siedlung kam, war die dritte Zufahrtsstraße gesperrt, zwei Polizisten in Uniform standen davor. Die Siedlung liegt am äußersten Rand des Ortes Forstham, dahinter kommen nur noch der Wald und der Fluss. Sie ist wie ein Rechteck angelegt. Die Längsseiten sind etwas breitere Straßen, die Verbindungen dazwischen sind schmaler und führen zu den Eingängen der Grundstücke. Es gibt vier solche Zufahrten. Rechts und links davon stehen jeweils drei Bungalows. Börnes wohnten in der dritten Straße. Mit dem Sohn, dem Franz, habe ich mal einen kleinen Hecht gefangen, Mann waren wir stolz, meine Mutter hat ihn uns gebraten. Unser Haus war in der zweiten Straße.

Ich habe mich mit den Polizisten unterhalten. Am Anfang waren sie sehr abweisend. Aber in solchen Sachen bin ich Profi. Leute zu etwas überreden, was sie nicht wollen – das kann ich. Etwas tun, was sie nicht tun wollen, etwas preisgeben, was sie eigentlich für sich behalten sollen, etwas denken, was ihnen bislang nicht in den Sinn gekommen wäre.

»Jetzt hat's also die Letzte auch noch erwischt«, sagte der eine Polizist nach einer Weile, der ältere, dicke. Ein richtiger Bayer. »Zwanzig Jahre später ... O mei ... Und immer noch weiß niemand, was da los war.«

»Wieso die Letzte? Das verstehe ich nicht«, habe ich gesagt.
»Sie sind nicht aus der Gegend, oder?«, hat er gesagt.
»Nein«, hab ich gesagt.

Und dann hat er es eben noch mal erzählt, was damals los war. Und ich hab ungläubige Augen gemacht. Achtzehn Tote?

»Der Kommissar aus München, der das übernommen hat damals ... der ist darüber herzkrank geworden«, sagte der Polizist schließlich. »Nix hat er rausgefunden. Nix. Aber jeden Tag war er hier. Jahrelang.«

Der Mann sprach von August Maler. Ich denke oft an diesen Kommissar. Er hatte mich damals dreimal vernommen, war extra dazu nach Hamburg gekommen, wo ich wohnte. Und er rief immer wieder an, auch noch Jahre später, sogar in Amerika, als ich mal für zwei Jahre in New York war. Ob mir nicht doch noch irgendetwas eingefallen sei, wollte er immer wissen. Irgendetwas aus meiner Kindheit, eine Kleinigkeit nur, etwas Nebensächliches. Irgendetwas, was in diesem furchtbaren Verbrechen eine Rolle gespielt haben könnte. Sogar nach seiner Herztransplantation hat August Maler noch mal angerufen. Aber das war dann das letzte Mal. Ich weiß gar nicht, ob er noch lebt, und ich wollte die Polizisten heute natürlich nicht danach fragen.

Ich ließ die beiden dann stehen und ging zur Isar. Durch den Wald, die alten Wege, die schon damals von den fetten Wurzeln der Kiefern durchquert waren. Wie braune Schlangen kamen sie aus dem Boden und verschwanden wieder darin. Mit dem Fahrrad musste man da aufpassen, dass es einen nicht geschmissen hat, wenn man im Affentempo durch den Wald heizte – besonders wenn der Boden feucht war wie heute. Man kannte deshalb jede einzelne dieser Wurzeln. Vielleicht war es nur Einbildung, aber ich meinte, einige davon heute Nachmittag wiedererkannt zu haben. Plötzlich hört der Wald dann auf, und man steht vor dem Fluss, das ist immer noch genauso. Die Isar hat hier grünes Wasser, ganz klar, mit weißen Schaumkronen auf den Wellen. An manchen Stellen ist sie tief, da ist ihr Wasser dunkelgrün, an den seichten Stellen ist es hell, und man sieht den Grund. Ihr Lauf ändert sich ständig. Wie eine Peitsche schwingt er hin und her, in dem breiten Bett aus Lehm und Kies und Felsbrocken. Jedes Frühjahr, wenn die Schneeschmelze in den Bergen das Hochwasser bringt, nimmt die Isar hier andere Kurven. Und an den früheren entstehen Altwasser, tote Arme des Flusses, in denen wir damals versuchten, Fische zu fangen, und uns auf selbstzusammengenagelten Flößen vorkamen wie Tom Sawyer und Huck Finn. Das waren zwei Jungs aus einem Roman von Mark Twain, der am Mississippi spielte. Kennt heute bestimmt keiner mehr. Damals wollten alle Jungs auf der ganzen Welt so sein wie diese zwei, jede Wette. Das beste Floß, das wir je gebaut hatten, bestand aus drei leeren Teerfässern aus Blech, die wir auf einer Baustelle gestohlen hatten. Wir legten Bretter drauf und banden das Ganze mit einem Strick zusammen. Das schwamm erstklassig. Man konnte sogar darauf stehen. Immer, bevor wir nach der Schule loszogen, sagte meine Mutter: »Denk daran, dass du noch nicht schwimmen kannst, pass auf, dass du nicht ins Wasser fällst, sonst bist du tot.«

Aber meine Mutter hatte keine Ahnung von den wirklichen Gefahren.

Sie wusste nicht, dass wir nur bewaffnet in den Wald gingen, wie Soldaten im Krieg, dass wir uns tarnten, dass wir Beobachtungsposten einnahmen, Stellungen verteidigten, dass wir eigentlich immer Angst hatten. Der Wald und der Fluss war Feindesgebiet, davon hatten die Erwachsenen keinen Schimmer. Und die Feinde, das waren die Kessler-Brüder, die Grabowski-Sippe und der Schenkel Ernsti, der eine gespaltene Oberlippe hatte. Sie wohnten in Holzhütten im dunkelsten Teil des Waldes. »Krattlerbaracken« sagten die Leute im Ort zu den grobgezimmerten Festungen, um die herum sich Gegenstände anhäuften, die genauso ausgestoßen und verloren wirkten wie die Bewohner: Autoreifen, verrostete Fahrradrahmen, Bretter, Planen, Sessel, aus denen Stahlfedern ragten, Ofenrohre, ein großes Bett, das weiß ich noch genau, mit einer alten Matratze. Zwei Beine waren abgebrochen, also hing es schief über dem Waldboden. »Krattler« nannten die Leute in Forstham die Kesslers und Grabowskis. Wir hatten uns den Baracken nie auf mehr als fünfzig Meter genähert und das nur durchs Gebüsch robbend mit so starkem Herzklopfen, dass einem danach das Brustbein weh tat.

Am meisten fürchteten wir die Kesslers. Sie wohnten in der größten Baracke, die ganz hinten lag, nah am Fluss. Der Vater war im Gefängnis, die Mutter wurde der dreizehn Kinder, die sie geboren hatte, nicht Herr. Zwölf Jungs und ein Mädchen. Das waren die Kesslers. Das Mädchen war die Älteste. Manchmal sah man sie mit auftoupierten Haaren und roten Lippen durch Forstham zur Bushaltestelle an der Bundesstraße gehen. Sie schaute niemanden an und lächelte nie. Aber in der Schule sagten alle, dass sie für Geld ihren Arsch zeigt. Die war bestimmt schon sechzehn. Alle Kesslers hatten weit auseinanderstehende Augen, sogar die ganz kleinen hatten das schon. Der älteste Kessler hatte immer eine schwarze Lederjacke an, von der alle in Forstham sagten, sie sei bestimmt gestohlen, weil die Kesslers doch eine einzige Diebesbande seien. Und immer hatte er einen Helm auf, einen olivgrünen Soldatenhelm. Die Leute in Forstham sagten, dass es ein Ami-Helm sei, kein deutscher Helm. Sie sagten es hinter vorgehaltener Hand und mit vielsagenden Blicken. Der zweitälteste Kessler-Bruder steckte meistens in einer grauen Stoffjacke, die eher wie ein Mantel aussah.

Ich besaß damals mehrere selbstgebaute Pfeile und Bogen. Die Pfeile hatten scharfe Blechspitzen, die wir aus alten Dosen geschnitten hatten. Ich hatte Knüppel und eine Steinschleuder, sogar ein richtiges Tomahawk mit einem Stein als Keil. Der Fluss hatte viele

Steine flachgeschliffen, man fand leicht einen in Beilform. Er wurde in einen – am oberen Ende gespaltenen – Weidenstock gesteckt und mit einer Schnur kreuzweise festgezurrt. Wenn wir in den Wald gingen, schmiedeten wir Pläne und bauten Baumhäuser, machten Feuer und überlegten, wie wir den Kesslers eins auswischen konnten. Wir mussten uns verteidigen und wegrennen und uns verstecken und anschleichen, wir hatten von Dornen eingerissene Haut und aufgeschlagene Knie und verstauchte Knöchel. Es war ein Leben in der Wildnis, so fühlte es sich an, und es war kein Spiel.

Das Spiel war zu Hause. Mit dem Vater auf dem Fußboden liegen und kleine Matchbox-Autos umparken, auf der Terrasse Tischtennisturniere veranstalten, mit der Mutter Strohsterne für Weihnachten basteln, mit den Eltern nach München zum Oktoberfest fahren und in die Geisterbahn einsteigen. Gespielt haben wir mit den Erwachsenen. Das wirkliche Leben war dort, wo die Brennnesseln wuchsen, wo die Kreuzottern krochen, der Schenkel Ernsti herumgeisterte und die Kesslers uns auflauerten.

Ich war heute noch einmal auf dem Friedhof, habe Namen gelesen und versucht, mich zu erinnern.

Die Siedlung wurde Anfang der sechziger Jahre gebaut. Entworfen hatte sie ein junger Architekt, ehrgeizig und überheblich, dem es nicht darum ging, die Architektur zu revolutionieren. Die Menschen wollte er ändern, wollte sie aus ihrer Spießigkeit holen, die Kleinbürgerlichkeit auslüften. Die Bungalows standen auf einer durchgängigen Rasenfläche, ohne Zäune, ohne Hecken. Sie standen so geschickt seitenversetzt Rücken an Rücken, dass abgeschirmte Bereiche entstanden und auch großzügige Flächen für alle gemeinsam. Der Architekt sah die Menschen beieinandersitzen, miteinander Fußball spielen, Feste feiern. Junge Familien sollten hier einen modernen Lebensstil anfangen, frei und unbeschwert von gesellschaftlichen Normen.

Die jungen Familien kamen auch. Aber so schnell hätte man das architektonische Konzept nicht in Worte fassen können, ehe es von den Bewohnern der neuen Bungalows unterlaufen wurde. Zäune wurden gezogen, Erker wurden angebaut, Hügel mit Gartenzwergen angelegt, Veranden gezimmert, Baldachine gespannt, Hauswände bemalt, Springbrunnen aufgedreht. Die Börnes bekamen eines Tages eine gelbe Hollywoodschaukel geliefert. Ich habe nie einen von ihnen drin sitzen sehen.

Beim Grab von Johannes Börne bin ich kurz stehen geblieben. Ziemlich jung war der, als er gestorben ist, viel jünger, als ich heute bin. Er war ein ziemlicher Lackaffe – mit graumelierten, dichten Haaren, die in einer geradegeschnittenen Linie endeten. Er trug nur weiße Hemden, fuhr einen Ford Capri, so eine Art Sportwagen, in Metallicblau. Er hatte immer halbgeschlossene Augen, nahm Kinder nicht wahr, von Beruf war er Vertreter, keine Ahnung, für was. Einmal hat er im Vorbeifahren gesehen, dass ich ein echtes Messer im Gürtel hatte. Es war ein Jagdmesser von meinem Großvater, ich hatte es im Wohnzimmerschrank gefunden. Der Börne bremste, stieg aus und nahm mir das Messer ab. Am Abend klingelte er bei meinen Eltern, brachte es zurück und sagte, so etwas sollten sie nicht zulassen.

Es gab natürlich Ärger, aber nicht so schlimmen, wie es sich der Börne erhofft hatte. Mein Vater mochte ihn auch nicht. »Ein seltener Holzkopf«, sagte er. Niemand weiß genau, woran er dann später so schnell gestorben ist. Wir waren schon weggezogen und haben es am Telefon erfahren. Plötzlich schwer krank, hat es geheißen. Ein einziges Mal war ich bei denen zu Hause, bin im Esszimmer gesessen bei einer Tasse Kakao. Es war am Geburtstag vom Franz. Wahrscheinlich war es sein siebter. Es war keine Party, nein, nein, da saßen nur der Franz Börne, seine Eltern und ich. Der Vater hat gar nichts gesagt, und die Frau Börne hat ihn die ganze Zeit angeschaut mit so einer Mischung aus Angst und Ekel im Blick. Ich war sehr froh, als der Kakao alle war und wir endlich rausdurften, in den Wald zum Fluss.

Den Namen Kessler findet man auf dem Friedhof übrigens nicht. Die Baracken sind längst abgerissen, wo sie standen, wachsen heute Weiden und wilde Himbeersträucher. Vielleicht bin ich der Einzige, der weiß, was aus den Kesslers wurde. Den Weg jedes Einzelnen von ihnen habe ich über die Jahrzehnte verfolgt und dokumentiert. Einer von uns musste das doch tun.

Zuerst dachte Eva Schnee, der Mann hätte einen Hüftschaden, bisschen früh für Ende dreißig. Aber dann erklärte er seinen merkwürdigen Gang damit, dass sein rechtes Bein schon bei seiner Geburt etwas kürzer gewesen sei als das linke. Er sagte es, als sie nebeneinander hergingen, die Münchener Prinzregentenstraße entlang Richtung Friedensengel. Die Sushi waren längst gegessen, die ersten Sätze ihres Dates lagen Stunden hinter ihnen. Sie hatten zwei Wodka Martini aus der Marine-Bar im Blut, und der Himmel spannte sich inzwischen sternklar über die Stadt.

Sie fand es attraktiv, dass er sich bewegte wie auf schwankendem Boden. Sie mochte seinen breiten Oberkörper, und sie mochte auch, dass sie fast den ganzen Abend über Bücher geredet hatten, Lieblingsautoren, Lieblingsstellen – und noch nicht ein einziges Mal über seinen Job als Kunstsachverständiger in der Pinakothek oder ihren bei der Mordkommission. Es war jetzt schon nach Mitternacht, und er schlug vor, sich einen Moment auf die Bank unterhalb der Säule des Friedensengels zu setzen. Die Luft war warm genug, und sie hatten beide leichte Mäntel übergeworfen. So saßen sie da, zu ihren Füßen das Lichterband der Prinzregentenstraße, die Brücke über die Isar, die schwarz glitzerte. Sollte er versuchen, sie zu küssen, würde sie es geschehen lassen, dachte sie. Und sollte er vorschlagen, noch zu ihm nach Hause zu gehen, würde sie mitgehen. Sie war ein bisschen beschwipst und noch ein bisschen mehr verliebt. Milan hieß er. Er hatte dicke, schwarze Haare, die aber ganz kurz geschnitten waren. Er war glattrasiert, und er hatte einen schön geschwungenen, breiten Mund.

»Wenn wir aus dem Fluss einen Fingerhut voll Wasser schöpfen würden«, sagte er, den Blick geradeaus gewandt. »Wenn wir jedes einzelne Wassermolekül rot einfärben und dann zurück in den Fluss schütten würden ...« Er drehte sein Gesicht zu ihr. Sie roch sein Aftershave und seinen Atem. »Dann würden sich diese Moleküle im Laufe der Jahre in das Wasser auf der ganzen Welt mischen. Und egal, wo wir dann später einen Fingerhut voll abschöpfen würden, zum Beispiel am Strand in Neuseeland – es wären immer noch tausend der roten Moleküle drin.«

In dieser Sekunde brummte und fiepte ihr Handy in der Tasche des Blazers. Eva Schnee ignorierte es, beugte sich vor und küsste den schönen Mund.

Erst als sie im Morgengrauen vor Milans Wohnung im Westend in ein Taxi stieg, um nach Hause zu fahren, kontrollierte sie das Display ihres Telefons. Es waren zwei Nachrichten. Die Nummer des ersten Absenders war ihr unbekannt.

»Liebe Frau Schnee, bitte rufen Sie mich an, vielleicht kann ich Ihnen beim Mordfall Börne in Forstham helfen. August Maler.«

Die zweite Nachricht war offenbar von einem Rechner

verschickt worden, sie zeigte als Absender nur ein Kürzel an. Es bestand aus drei Buchstaben: *EEE*. Die Nachricht war kurz. Sie lautete: »Such in der Vergangenheit. Frag nach den Kindern.«

Vor zwanzig Jahren

Die englische Bulldogge Lenny hatte schon bessere Zeiten erlebt als diese. Iris Jantschek erinnerte sich etwas wehmütig daran, wie Lenny als junger Hund die Wege im Wald entlanggeschossen war, wie er sich entschlossen ins Wasser der Isar gestürzt hatte, um ein Stück Holz herauszuholen. Jetzt war sie es, die vorausging, und hinter ihr, stets noch weiter zurückfallend, schleppte sich die alte Bulldogge dahin. Dr. Söcken, der Tierarzt, hatte gesagt, dass sie nicht aufhören durfte mit den Spaziergängen, nur weil Lenny schon ziemlich alt, faul und zu dick war.

Es war sieben Uhr morgens, und es war Gott sei Dank schon hell. Die Wintermonate, in denen sie den Weg im Dunkeln gehen musste, waren lang vorbei. Iris Jantschek konnte nur morgens um sieben mit dem Hund spazieren gehen. Ab acht Uhr war sie am Arbeiten, jeden Tag außer Sonntag. Sechs verschiedene Putzstellen hatte sie inzwischen an Land gezogen, und sie hatte auch vor, sie zu behalten, deshalb war sie so zuverlässig wie ein D-Zug. Das war ein Ausdruck, den ihre Mutter immer benutzt hatte: pünktlich wie ein D-Zug. Seit ihre Mutter letztes Jahr gestorben war, verwendete Iris Jantschek immer häufiger

Redewendungen, die sie von ihr kannte. Ihre Mutter war nur 66 Jahre alt geworden. Im Herbst hatte sie angefangen zu husten, kurz vor Weihnachten war der Lungenkrebs im Kernspin diagnostiziert worden, an Ostern hatte es sie schon nicht mehr gegeben. Ja, ja, die Zigaretten, murmelten Leute oft, wenn sie davon hörten. Das machte Iris wütend: Nicht eine einzige Zigarette hatte ihre Mutter in ihrem ganzen Leben geraucht, auch keine einzige Zigarre oder Pfeife. »Was daran schön sein soll, Rauch einzuatmen, kann ich nicht verstehen.« Das hatte sie immer gesagt.

Iris Jantscheks Vater war Maurer gewesen und hatte das Dorf Forstham gebaut. Nicht allein, natürlich – aber fast, hatte ihre Mutter manchmal gesagt und gelacht. Die beiden waren nach dem Krieg aus Schlesien hierhergekommen. Alle Arbeiter bekamen die Chance, eines der kleinen Reihenhäuser zu kaufen, die sie gebaut hatten. Fast alle Männer nahmen dieses Angebot an, auch ihr Vater. Iris kam in diesem Haus zur Welt. Sie war erst drei Jahre alt, als ihr Vater bei einem Unfall auf der Baustelle eines Wohnblocks in Rupertshausen ums Leben kam. Eine Palette mit Zementsäcken hatte sich vom Kranhaken gelöst und war senkrecht nach unten gefallen. Genau auf Iris' Vater. Niemand anderes, auch kein Gerät oder Fahrzeug kam dabei zu Schaden. Iris' Vater wurde von tausend Kilogramm Zement in den Boden gehämmert. Sie blieb deshalb ein Einzelkind, das einzige der ganzen Gegend. Und ihre Mutter war die einzige Frau, die arbeiten musste und nicht zu Hause war, wenn Iris von der Schule kam. Iris trug den Schlüssel für die Haustür an einer Schnur um den Hals – ein Schlüsselkind, wie man es damals nannte.

Sie war jetzt schon fast an der großen Fichte beim Stromhäuschen angelangt, wo sie normalerweise vom Fluss abbog, um ins Dorf zurückzugehen. Und sie stellte fest, dass Lenny nicht mehr hinter ihr war.

»Lenny!«

Das schräg einfallende Morgenlicht brachte das Wasser der Isar zum Glitzern, fast silbern sah es aus. Und zwischen den Stämmen der Bäume sah Iris Staub- und Blütenpartikel in den Sonnenstrahlen tanzen.

»Lenny!«

Wo war der Hund? Sie blickte auf die Uhr, es war schon kurz vor halb acht, sie musste sich beeilen.

»Lenny, komm jetzt!«

Englische Bulldoggen machen beim Atmen allerhand Geräusche, aber Iris hörte nur das gleichmäßige Rauschen der Isar. Sie gab später der Polizei zu Protokoll, dass sie noch fünf Minuten an der großen Fichte gewartet habe, ehe sie den Weg zurückgegangen sei, immer den Namen ihres Hundes rufend.

Die Lichtung, wo sie Lenny schließlich fand, wurde von allen die Ebnerwiese genannt. Früher hatte hier ein kleines Holzhaus gestanden mit einem schrulligen alten Mann namens Ebner darin, der immer die spielenden Kinder verjagte. Das Haus war längst weg, der alte Ebner längst tot, aber der Name für die Lichtung hatte sich gehalten. Iris Jantschek entdeckte ihre weißbraune Bulldogge erst nach intensivem Ausschauhalten, weil das Gras schon ziemlich hoch war. Lenny saß einfach nur da, den Blick geradeaus gerichtet. Als sie ihn rief, drehte er den massigen Kopf über die Schulter in ihre Richtung und bellte, machte aber keine Anstalten, sich zu bewegen. Bulldoggen bellen selten, deshalb wusste Iris Jantschek gleich, dass dort, mitten auf der Lichtung, etwas Ungewöhnliches sein musste. Jedenfalls aus der Sicht von Lenny.

Im Polizeibericht las sich das, was Lennys Aufmerksamkeit erregt hatte, später so: »Die Toten lagen im Gras, jeder in einer Art Schlafstellung, es war keine äußerliche Gewalteinwirkung erkennbar. Es waren insgesamt achtzehn Leichen, sie waren in einem Kreis angeordnet. Manche lagen seitlich ausgestreckt, manche in Embryonalstellung mit angezogenen Beinen, andere auf dem Rücken, zwei auf dem Bauch. Die Abstände zwischen den Leichen waren etwa gleich lang, nur etwa ein Meter. In der Mitte des Kreises befand sich eine erkaltete Feuerstelle mit verkohlten Holzstücken und Asche.«

An diesem Dienstagmorgen, dem 10. Juni, trat Iris Jantschek ihre Arbeit nicht an. Sie rannte mit ihrer Bulldogge auf dem Arm in den Ort. Die ersten Häuser waren die Bungalows der Siedlung »Unter den Kiefern«. Iris Jantschek klingelte Sturm bei den Öhlers, dann bei den Hutzaks, auch bei Frau Ullmann. Niemand öffnete ihr, also rannte sie weiter, klingelte und rannte, bis sie endlich den Wohnblock in der Breiterstraße erreichte, wo ihr jemand die Haustür öffnete und zuhörte, wie sie schweratmend berichtete: Lauter Tote, da vorne auf der Ebnerwiese.

Der Streifenwagen der Polizei brauchte eine halbe Stunde. Die dann gerufenen Beamten aus München eine weitere Stunde. Erst mittags war die Ebnerwiese mit Bändern und Fahrzeugen abgesperrt. Und erst gegen Abend war klar, dass es sich bei allen Toten um Bewohner der Siedlung »Unter den Kiefern« handelte. Auch das Ehepaar Öhler war dabei, das Ehepaar Hutzak und Frau Ullmann.

Iris Jantschek wurde nach ihrer ersten Aussage gebeten, nach Hause zu gehen und sich zur Verfügung zu halten. Ihr Mann war schon früh im Auto nach München gefahren, er arbeitete bei Linde in der Kühlschrankfabrik. So saß Iris Jantschek mit Lenny in der Küche und starrte auf den abgegessenen Teller, den ihr Mann nach seinem schnellen Frühstück auf dem Tisch zurückgelassen hatte. Warum räumte er den nie weg?

Mittags klingelte eine Polizeipsychologin, die ein mitfühlendes Gesicht dabeihatte und eine Packung Johanniskrauttee. Sie blieb eine Stunde, und sie redeten über den Tod von Iris Jantscheks Mutter, über ihre Ehe, über den Hund und die Leichen auf der Ebnerwiese. Es ist immer gut zu reden, sagte die Psychologin und ließ eine Karte mit ihrer Telefonnummer auf dem Küchentisch liegen, als sie sich verabschiedete. Danach rief Iris Jantschek bei der Firma Linde an und erzählte ihrem Mann, was vorgefallen war.

Als er am späten Nachmittag nach Hause kam, saß in der Küche schon wieder jemand, der seine Telefonnummer hinterlassen würde. Diesmal war es der Kriminalkommissar aus München. Ein ziemlich junger Mann, Anfang dreißig erst, mit wassergrauen Augen und einem ruhigen, aufmerksamen Blick. Wie sie die Toten entdeckt hatte, das interessierte ihn weniger als alles, was sie über die Siedlung und ihre Bewohner wusste.

»Als die Bungalows gebaut wurden«, sagte Iris, »waren die normalen Leute in Forstham fast schockiert von so viel Vornehmheit und Reichtum. Meine Mutter hat mich mal an die Hand genommen und ist mit mir hingegangen, da war ich noch ein Kind. Schau mal, hat sie gesagt, die können sich so viel Platz leisten, die müssen nicht nach oben bauen. Unsere kleinen Reihenhäuser hatten alle einen ersten und zweiten Stock.«

»Das war vor dreißig Jahren«, sagte der Kommissar, der

Maler hieß. »Mögen die Leute in Forstham die Bewohner der Siedlung immer noch nicht?«

»Nein, nein«, sagte Iris Jantschek, »das ist alles längst vorbei. Die Häuser wirken heute ja fast klein und bescheiden.«

Der Kommissar fragte noch nach Vereinen, Sekten, irgendwelchen Religionsgemeinschaften oder anderen Gruppen, nach ritualisierten Treffen oder Rollenspielen. Ob das Ehepaar Jantschek jemals von so etwas gehört habe? Nein? Oder von einer Feierlichkeit, einem runden Geburtstag, irgendeinen Anlass, den man mit einem großen Feuer feiern könnte?

»Woran sind die Menschen denn gestorben?«, fragte Iris' Mann.

»Das wissen wir noch nicht.« Kommissar Maler war schon am Gehen. »Das sind gutmütige Hunde, diese Bulldoggen, nicht wahr«, sagte er in der Haustür, bückte sich und kraulte Lenny unterm Kinn.

»Ja«, sagte Iris Jantschek. »Man fühlt sich nie allein, wenn man so einen Hund hat.«

Sie sah dem Kommissar nach, wie er die Straße hinunterging in Richtung der Siedlung »Unter den Kiefern«. Er hatte den Kopf leicht gesenkt, die Hände in den Taschen seines Sakkos stecken. Es war sandfarben und aus Leinen. Mein Gott, dachte Iris Jantschek, was würde ich jetzt an seiner Stelle tun? In welcher Ausbildung lernt man, wie man mit achtzehn Leichen verfährt, die um eine Feuerstelle liegen? Lernt man das an der Polizeischule? Oder im Jurastudium?

Von drinnen im Haus kamen jetzt die Geräusche des Feierabends: der Ton des Fernsehers und der Kühlschranktür, das Zischen einer sich öffnenden Bierflasche. »Komm, Iris«, hörte sie ihren Mann sagen mit seiner warmen Stimme, »wir brauchen jetzt einen Schnaps. Das beruhigt dich.«

Sie registrierte den dunkelblauen Opel auf der gegenüberliegenden Straßenseite durchaus, sah auch, dass ein Mann drinsaß, hörte den startenden Motor, als sie ins Haus ging. Aber erst viel später sollte Iris Jantschek dieses Bild wieder abrufen und ihm eine Bedeutung beimessen.

Sie starrte auf die Medikamentenschachteln und versuchte, ihr Gehirn wieder in Gang zu setzen nach dieser Nachricht. Seit zwölf Jahren arbeitete Margit Teichert in der Marien-Apotheke in Forstham, tausendmal hatte sie hier zwischen den Regalen gestanden, sie kannte die meisten Bezeichnungen auswendig. Aber jetzt, in diesem Moment, wusste sie nicht, was sie bedeuteten, sie wusste nicht, warum sie davorstand, vermutlich hätte sie nicht einmal ihren eigenen Namen gewusst. Aber der Zustand dauerte nur ein paar Sekunden, dann hörte sie im Hintergrund wieder die Stimme der Kundin, und ihre Hand fischte nach dem Medikament gegen Reizdarm, das auf dem Rezept angegeben war. Das Lager war eng, die Luft immer stickig, die Regale kletterten bis unter die Decke. Der kleine Leiterschemel, den man deshalb manchmal benutzen musste, stand immer im Weg.

Als sie mit der Tablettenschachtel wieder nach vorn zum Tresen kam, redete die Frau immer noch davon. »… so viele Leichen … du lieber Himmel … Was kann denn da passiert sein? Selbstmord? Das kann ich nicht glauben …« Die Frau trug einen knallroten Sommermantel, sie hatte ein rotes

Gesicht und ein Netz roter Äderchen auf ihren Händen. »Das kommt heute Abend bestimmt in der Tagesschau«, sagte sie noch, während sie zahlte.

Margit Teichert dachte nur eines: Sie musste jetzt Karls Stimme hören, sie musste sofort Karl anrufen, sie musste wissen, dass es ihm gutging. Karl war ihr Sohn, er studierte in München, aber er war noch bei ihr in Forstham gemeldet. Sie hatte drei Nummern von seinen Freunden in München. Es war kurz nach vier Uhr nachmittags. Eigentlich durfte sie das Telefon der Apotheke nicht benutzen. Aber sie tat es ab und zu trotzdem. Manchmal fragte sie auch den Chef, dann musste sie Geld in die Kaffeekasse tun. Der Chef war Besorgungen machen, sie war allein in der Apotheke. Bei der ersten Nummer nahm niemand ab. Sie spürte, wie ihr Herz hämmerte.

»Unter den Kiefern«. Achtzehn Tote. Du musst ruhig bleiben, dachte sie.

Auch bei der zweiten Nummer verhallte der Klingelton in ihrem Kopf und irgendwo anders in einem Raum, von dem sie nichts wusste.

»Unter den Kiefern«. Drei Wörter. Die Überschrift ihres Lebens.

Wenn bei der dritten Nummer auch niemand abnahm? Wie konnte sie Karl dann erreichen? Wo war er überhaupt? 089 für München, der Rest stand in einem Büchlein, das sie aus ihrer Handtasche geholt hatte. Das Telefon war alt, der Hörer fest mit dem Gerät verbunden. Es stand ganz rechts auf dem Tresen. Der Anrufbeantworter war sofort dran, kein Klingelton vorher: »Hallo, hier ist der Phil, sag einfach was, aber erst nach dem Pfeifton.« Sie überlegte, was sie sagen könnte, aber dann legte sie den Hörer auf.

Sie hatte Angst. Und sie dachte an den Jungen mit der Hasenscharte, der sie damals, vor so vielen Jahren, getröstet hatte. Sie hatte auf dem großen Stein am Fluss gesessen und geweint und geweint und geweint. Und es hatte sich so angefühlt, als würde sie nie mehr damit aufhören können. Der Stein war ein riesiger Felsbrocken, der zur Hälfte an Land und zur anderen Hälfte im Wasser lag. Er hatte keine Kanten, nur von der Strömung in Jahrtausenden zurechtgeschliffene Rundungen. Das Wasser bildete Strudel bei seinem Weg um den Stein herum, drehte sich an einer Stelle in eine Aushöhlung hinein. Der Deckel einer Plastikflasche tanzte dort einen sinnlosen Tanz. Margit Teichert sah das jetzt hinterm Tresen der Apotheke noch genauso vor sich, als wäre es gestern gewesen. Sechzehn Jahre alt war sie damals gewesen, und die Wellen des Wassers rissen diese Jahre mit in eine hoffnungslose Zukunft. So war es ihr damals vorgekommen. Und dann war der Junge plötzlich neben ihr gestanden auf dem Rücken des Steines. Und sie hatte sofort gewusst, wer das war, obwohl sie bis dahin nur von ihm gehört hatte.

Er war eine legendäre Figur damals in Forstham, alle hatten Angst vor ihm. Sein Nachname wurde immer als Erstes genannt, und an seinen Vornamen wurde ein i gehängt, vielleicht um ihn weniger gefährlich klingen zu lassen oder um daran zu erinnern, dass es sich um einen Jungen handelte, erst vierzehn Jahre alt, oder zwölf? Das wusste niemand so genau. Der Schenkel Ernsti kam aus den Krattlerbaracken im Wald, und er hatte eine gespaltene Oberlippe, mehr wusste Margit Teichert nicht von ihm. Wenn die Leute über ihn redeten, senkten sie die Stimmen. Margit Teichert war überrascht gewesen, wie sympathisch er aussah. Er hatte ziemlich lange, glatte schwarze Haare, die ihm ins Gesicht fielen, und er hatte hellblaue Augen, fast so hell wie die Augen der Husky-Schlittenhunde.

»Was ist los?«, fragte der Schenkel Ernsti. »Was ist mit dir?«

Sie registrierte, dass der gefürchtete Schenkel Ernsti eher schmächtig war, eine zarte Statur hatte. Die Schultern, das war auffällig, waren spitzige, schüchterne Schultern, die sich unter einem grauen Pulli verbargen. Die gespaltene Oberlippe war kein furchteinflößender Anblick, im Gegenteil. Sie gab nur den Blick frei auf weiße Schneidezähne, der Schenkel Ernsti schien zu lächeln.

»Was ist los? Komm, erzähl.«

Margit Teichert trug einen Minirock, einen weißen Minirock mit blauen Punkten. Sie hatte Sandalen an, bei denen ein Riemen gerissen und mit einer Heftklammer notdürftig repariert war. Und sie trug ein T-Shirt mit dem Namen ihrer Lieblingsband, »The Monkeys«. Daran erinnerte sie sich ganz genau. Und sie erinnerte sich daran, wie sie anfing zu erzählen, wie die Worte aus ihr herauskamen, ohne Pause, ohne Betonungen. Der Fluss der Tränen wurde abgelöst durch den Fluss der Worte. Sie sprach sie in die Luft über dem Wasser, sie nahm nur aus den Augenwinkeln wahr, dass sich der Schenkel Ernsti neben sie setzte auf die glatte Oberfläche des Steins. Und als sie schließlich aufhörte, weil alles ausgesprochen war, sagte der Junge mit den hellblauen Augen: »Ich kümmere mich. Keine Angst. Ich kümmere mich um dich.«

Danach hatten sie noch eine Weile still nebeneinandergesessen und aufs Wasser geblickt. Sie erinnerte sich bis heute daran, dass sie einen guten Geruch wahrgenommen hatte, der vom Schenkel Ernsti ausging. Ein Geruch nach frisch geschnittenem Holz.

Es war jetzt halb fünf Uhr. Zum Glück war sie noch allein in der Apotheke. Um sechs Uhr konnte sie zusperren. Und dann? Was sollte sie dann tun? Nach Hause gehen? Nach München fahren und Karl suchen?

Ich kümmere mich um dich.

Wenn sie es recht überlegte, hatte das niemand vorher und niemand je wieder nachher zu ihr gesagt.

Kommissar August Maler war kein Mann für Stift und Block. Immer steckte er beides ein, aber fast immer blieben die Seiten leer, während andere Kollegen bei ihren Ermittlungen ununterbrochen aufschrieben, was sie hörten und sahen. Maler war überhaupt kein systematischer Mensch. Zwar überlegte er, welche Schritte als nächste zu tun wären, aber die Reihenfolgen in seinem Kopf wurden ständig umgestellt, die Gedanken ordneten sich immer wieder neu. Und in der Zwischenzeit verfolgte er ein anderes Ziel, das eben erst aufgetaucht war. Die Frau, die Maler vor zwei Monaten geheiratet hatte, sagte über ihn, er bewege sich durchs Leben wie ein Tier, das seine Umgebung mit allen Sinnen wahrnahm und reagierte. Niemand konnte morgens auch nur annähernd vorhersagen, wo sich dieses Tier am Abend befinden würde. Aber wehe, jemand behauptete, Maler sei ein intuitiver Mensch, einer, der eher seinen Gefühlen folgte als seinem Verstand. Der bekam zu hören, dass Maler beinahe Mathematiker geworden wäre. Er glaubte fest an die zwingende Kraft der Logik, an Zahlen als die Sprache der Natur.

Die ersten Tage nach dem Fund der Leichen in Forstham verliefen sehr nach dem Geschmack von August Maler. Das lag daran, dass die Staatsanwaltschaft sofort eine Sonderkommission bildete, die aus einundzwanzig Beamten bestand. Kommissar Maler konnte sich aus allen organisatorischen Abläufen ausklinken und machte sich zum Mann vor Ort. Er verbrachte seine gesamte Zeit in Forstham und der Siedlung »Unter den Kiefern«, die nun ziemlich gespenstisch anmutete. Weil fast alle Häuser leer waren. Nur vier Bungalows waren noch bewohnt, drei davon gehörten Familien, die erst vor nicht allzu langer Zeit hier eingezogen waren. So viel war schnell klar gewesen: Die Toten waren allesamt Bewohner der ersten Stunde. Nur eine Person aus der Anfangszeit der Siedlung war am Leben geblieben. Sie wohnte im Haus mit der Nummer 9 und hieß Angela Börne. Eine Witwe, deren Mann schon vor einigen Jahren gestorben war.

Maler sprach mit ihr noch am gleichen Tag, als die Toten gefunden wurden. Es war die erste Unterhaltung in einer langen Kette fruchtloser Unterhaltungen, die noch folgen sollten. Angela Börne war eine strenge, verschlossene Frau. Sie sagte, sie hätte zu niemandem in der Siedlung einen Kontakt, der über ein höfliches Kopfnicken hinausgegangen wäre, wenn man sich auf einer der schmalen Straßen zwischen den Häusern begegnete. Von ihrer seltenen Nervenkrankheit, die sie früher oder später an den Rollstuhl ketten würde, erfuhr Maler erst, als er ihren Sohn vernahm.

Maler redete mit jedem Menschen in Forstham, der ihm begegnete, er klingelte an jeder Tür. Er verbrachte einen ganzen Vormittag in der Schule, einen ganzen Nachmittag im Gemeindezentrum, er sprach mit dem Pfarrer, mit den

Inhabern der Geschäfte in dem Neubau an der Bundesstraße. Ein Blumenladen, ein Schreibwarengeschäft mit Lottoannahmestelle, eine Apotheke. Er versuchte, diesen sonderbaren Ort Forstham zu begreifen, der nicht gewachsen war wie andere Orte. Vor dem Krieg hatte der Ort nicht existiert. Für Forstham hatte man eine Schneise in den Wald geschlagen und eine Fläche planiert wie für eine Mülldeponie. Irgendwo mussten sie ja hin, die Menschen, die gekommen waren aus Polen, Schlesien und der Tschechei – mit wenigen Habseligkeiten, aber viel Kraft und dem eisernen Willen, sich ein neues Zuhause aufzubauen. Maler saß in Wohnküchen, aß Streuselkuchen und hörte den Geschichten zu, über die Flucht, über die Kriegsgefangenschaft der Männer, über die ersten Jahre des Aufbaus. Er nickte, wenn die Alten sagten, die Kinder wüssten ja nicht, was es hieß, Hunger zu haben. Er erfuhr, dass drei Jahrzehnte lang eine Anstellung in der Schaumstofffabrik am westlichen Ortsrand eine erstrebenswerte Sache gewesen war, ordentlich bezahlt, sicher. Aber jetzt war diese Fabrik pleitegegangen, hatte zumachen müssen, warum, das wisse niemand, sagten die Leute, nur der Teufel. Die Menschen bräuchten doch Schaumstoff.

Maler lernte, dass es hier eine Dreiklassengesellschaft gab. Ganz unten die »Krattler«, so hießen die, die früher in den Baracken am Fluss untergekommen waren. Aber obwohl die längst abgerissen waren, benutzten die alten Forsthamer den Begriff immer noch – für ärmere Leute oder solche, die Vorgärten verwildern ließen und zu laut Musik aufdrehten. Oben in der Rangordnung waren die »Besseren«. So nannten die Forsthamer die Leute aus der Siedlung. Mit den Bungalows habe es damals angefangen, sagten sie, dass solche Leute herkamen. Inzwischen gab es noch einen ganzen Straßenzug mit großen Einfamilienhäusern, am südlichen Ortsende, wo die Isar einen Bogen machte. Und ein dreistöckiges Apartmenthaus war gebaut worden vor zwei Jahren, vorn an der Bundesstraße, mit sechzehn Wohnungen und Quadratmeterpreisen, dass einem schwindlig werden konnte.

Maler sprach mit einem Mann, der wegen eines gebrochenen Oberschenkels im Kreiskrankenhaus Landshut lag. Als die Bungalowsiedlung errichtet worden war, war er dort auf dem Bau beschäftigt gewesen. Er trug einen roten FC-Bayern-München-Schlafanzug und atmete schwer. »Die Siedlung war wie ein Fremdkörper«, sagte er, »von Anfang an. Und der ganze Ort hat gelacht, weil es dort in der ersten Zeit so gestunken hat, hab ich gehört, da war ich schon nicht mehr dort. Wir haben ja vorher die Klärgrube im Wald zuschütten müssen, damit dann später die Bungalows draufgebaut werden konnten. Aber irgendwann hat der Gestank wohl aufgehört. Sogar Scheiße stirbt.«

Die Familien, die früher in den Baracken gewohnt hatten, waren allesamt nicht mehr in Forstham – und bestimmt nicht einfach zu finden. Maler hatte nur drei Namen: Kessler, Grabowski, Schenkel. Er hatte sie der lieben Frau Sundermann gegeben, die in der Mordkommission am besten mit den Computern umgehen konnte. Die Baracken waren damals zwar geduldet worden, aber sie waren illegal gewesen, es gab keinerlei Vermerke in behördlichen Akten.

Maler gehörte schnell zum Ortsbild, das war ihm klar. Der herumstreunende Kommissar mit den Händen in den Taschen, der alles wissen wollte. Er stapfte auch im Wald umher, kletterte die Uferböschungen hinunter und wieder hinauf, um mit Anglern zu reden, er hielt Jogger an und befragte sie. Morgens, bevor er nach Forstham fuhr, holte er sich im Polizeipräsidium in München die neuesten Informationen ein.

Gerichtsmedizin: Todesursache ungeklärt. Alles deutete auf eine Art Atemlähmung hin, aber eine toxische Substanz, die sie hätte auslösen können, konnte in keiner der Leichen nachgewiesen werden.

Systematische Zeugenvernehmungen: Niemand hatte etwas Ungewöhnliches gesehen. Am Abend war das Leben in der Siedlung noch völlig normal gewesen. Lichter brannten in den Häusern, Terrassentüren standen offen, Hunde bellten, Kinder lachten. Dafür gab es viele Bestätigungen von Spaziergängern, Friedhofsbesuchern, Fußballspielern, die vom nahe gelegenen Sportplatz nach Hause gegangen waren.

August Maler, der vor gar nicht langer Zeit von der Sitte in die Mordkommission gewechselt hatte, saugte alles in sich auf wie der neue Vorwerk-Staubsauger, für den gerade im Fernsehen Werbung lief, so oft, dass sie allen schon zum Hals heraushing. Und dann saß er abends in der Wohnung mit seiner Frau und erzählte ihr alles, zum Teufel mit der Dienstvorschrift über Verschwiegenheit. Dabei drehte er seine schwarzen Zigaretten. Und seine Frau sagte: »August, rauch nicht so viel.«

Es war an einem dieser Abende, als das Telefon klingelte und seine Frau ihm den Hörer gab mit einem verwunderten Gesichtsausdruck. »Für dich anscheinend.« Maler hörte eine Stimme, die wie aus weiter Ferne kam, es hallte, als befände sich der Hörer ein Stück entfernt vom Sprechenden. Maler konnte nicht erkennen, ob die Stimme männlich oder weiblich war. Sie sagte: »Vergessen Sie die Toten, sie sind völlig unwichtig. Der Laster Nummer sechs, der ist wichtig.« Mehr sagte die Stimme nicht.

Am nächsten Tag übrigens bekam Maler sein erstes mobiles Diensttelefon. Es war grau, hatte eine Antenne zum Herausziehen, und es war unfassbar klein. Ein Wunder, fand Maler, und er telefonierte aus reinem Vergnügen an diesem Tag dreimal mit seiner jungen Frau. »Hallo Inge«, sagte er beim dritten Mal. »Ich steh direkt an der Isar. Hörst du das Rauschen?«

Heute

Tag 2 der Ermittlungen
Freitag, 11. September

Die Wetter-App hatte recht behalten: Schon am Tag nach der Entdeckung der Leiche von Angela Börne kam die Sonne zurück. Kommissarin Eva Schnee stolperte etwas ungelenk und betäubt in den Tag. Sie hatte Milans Duft noch auf der Haut und spürte noch seine Oberarme, die sie nach dem Sex bis zur Dämmerung festgehalten hatten. Sie schienen sie durch die ersten Stunden des Vormittags zu tragen. Diese Stunden begannen um halb neun Uhr mit einer Tasse Kaffee in der Küche ihrer Wohnung in der Münchener Liebigstraße, wo sie auf dem iPad die ersten Vernehmungsprotokolle in der Mordsache Börne las, die gestern Abend noch von zwei Kollegen verfasst und gemailt worden waren – wahrscheinlich ungefähr zu dem Zeitpunkt, als Milan sie zum ersten Mal geküsst hatte. Sie lächelte bei dem Gedanken. Oder hatte sie ihn geküsst?

Die Vernehmungsprotokolle enthielten die Aussagen von sechs Menschen, die in der Nähe der Siedlung »Unter den Kiefern« wohnten. Angela Börne war die Letzte gewesen, die dort gelebt hatte. Alle anderen Bungalows waren verlassen. In den Protokollen fand sich kein Hinweis auf den Mord. Niemand hatte eine verdächtige Person gesehen, einen Schuss gehört oder in den vergangenen Tagen sonst etwas Ungewöhnliches bemerkt. Die Gespräche drehten sich hauptsächlich um die als »schrullig«, »seltsam« und »unheimlich« beschriebene Angela Börne, die zu niemandem in Forstham Kontakt hatte. Und sie handelten von dem nie aufgeklärten Geschehen vor zwanzig Jahren, dem Kreis der Toten an der Isar, davon, dass bald danach alle noch verbliebenen Familien aus der Siedlung weggezogen waren. Neue Mieter waren nur kurz geblieben, und so war »Unter den Kiefern« zur Adresse einer kleinen Geisterstadt geworden, wie es eine der gestern Abend vernommenen Personen formuliert hatte.

Eva Schnee hatte die Wohnung im begehrten Stadtteil Lehel von ihrer Tante geerbt oder quasi geerbt, denn die Wohnung gehörte einer gemeinnützigen Wohnungsbaugesellschaft. Da die Tante auch den Namen Schnee trug und ihre Nichte schon früh als Mitbewohnerin angemeldet hatte, war es ihnen gelungen, sich an den langen Wartelisten für solche günstigen Wohnungen vorbeizustehlen. Manchmal hatte die Kommissarin deshalb ein schlechtes Gewissen, aber nur sehr manchmal.

Unten in ihrem Haus war eine Bäckerei, und als Eva Schnee gegen halb zehn in ihrem Dienst-BMW auf die Autobahn nach Süden einbog, lag auf ihrem Beifahrersitz eine Papiertüte mit zwei warmen Croissants, die ihren Duft im Wageninneren verbreiteten. Sie führte auf der Fahrt mehrere Telefonate. Eines mit Inge Maler, der Ehefrau des pensionierten Kriminalbeamten August Maler. Sie sagte, ihr Mann könne sie erst gegen Abend empfangen, er sei jetzt auf dem Weg zur Dialyse, vier Stunden künstliche Niere, davon müsse er sich danach immer erst ein wenig erholen.

Achtzehn Uhr, ja, das wäre eine gute Zeit. Das zweite Telefonat drehte sich um die Nachricht von heute Nacht, die als Absender nur dreimal den Großbuchstaben E hatte: »Such in der Vergangenheit. Frag nach den Kindern.« Eva Schnee sprach mit einem IT-Experten im Polizeipräsidium, beantwortete all seine Fragen und versprach, ihr Smartphone vorbeizubringen. Heute würde sie das allerdings sicher nicht tun. Sie schaute alle zehn Minuten auf ihr Display, ob Milan eine Nachricht geschickt hatte. Er hatte heute einen freien Tag, das hatte er gesagt. Sicher schlief er noch.

Eva Schnee trug Jeans, ein weißes T-Shirt und den leichten, anthrazitfarbenen Blazer, den sie unlängst in einem Secondhandladen gekauft hatte. Sie hatte nicht geduscht, weil sie das warme Gefühl aus Milans Bett hatte behalten wollen, aber sie hatte sich den Schlafmangel unter den Augen weggeschminkt und ihre Haare zu einem strengen Pferdeschwanz gebunden. Sie hatte dunkelbraune Haare und dunkelbraune Augen und schon oft gehört, dass diese Augen Menschen verunsicherten. Weil sie innerhalb einer Sekunde die Temperatur wechseln konnten, die sie ausstrahlten.

Sie fragte sich, ob sie heute stark genug war, die Autobahn nach Süden schon bei Hohenschäftlarn zu verlassen, um den Weg nach Forstham auf der Bundesstraße fortzusetzen. Dieser Weg würde sie am früheren Haus ihrer Eltern vorbeiführen und an der Wohnung im Ort Rupertshausen, in der ihre Mutter nun schon so viele Jahre den Rest ihres Lebens damit zubrachte, so zu tun, als sei dieses Leben glücklich gewesen. Und auf diesem Weg würde sich vor ihrer Windschutzscheibe die Kette der Alpen aufbauen. Karwendelgebirge, Alpspitze, Zugspitze … eingetaucht in das Morgenlicht eines strahlenden Septembertages. Der Anblick würde ihr den Magen umdrehen. Es war genau solch ein Tag gewesen, hoch in den Bergen, als sie hatte zusehen müssen, wie ihr Vater ums Leben kam. Neun Jahre alt war sie gewesen, und sie hatte gelacht und gewinkt, und ihr Vater, gerade eben noch neben ihr, dann mit dem Flugdrachen gestartet, jetzt in der Luft wie ein Adler – ihr Vater hatte auch gelacht und gewinkt. Als der Drachen plötzlich seitlich wegkippte und steil nach unten fiel, raus aus ihrem Gesichtsfeld, da lachte sie immer noch, weil sie dachte, das wäre eines seiner Kunststücke, gleich würde er wieder zu sehen sein. Aber in Wirklichkeit hatte sie das nicht gedacht, das wusste sie heute. In Wirklichkeit hatte sie sofort gespürt, dass ihr Vater aus dem Himmel gefallen war, lautlos. Und aus ihrem Leben. Dort oben in 1856 Metern Höhe, auf der Sattelberger Alm, wo Kühe mit Glocken um den Hals standen und wo eine Almwiese, die schräg abfiel bis zur Kante der Felswand, den Drachenfliegern als Startrampe diente.

Ihr Lachen hing noch immer über diesem Abgrund. Schon heute Morgen, als sie ins Taxi gestiegen war, hatte sie diese klare Luft wahrgenommen, die im September manchmal von den Bergen bis nach München kam und dieses Lachen von damals in ihr zum Klingen bringen konnte – bis es alle anderen Geräusche der Welt übertönte. Nein, entschied Kommissarin Eva Schnee, sie war heute nicht stark genug, die Abzweigung zu nehmen. Als sie an der Ausfahrt vorbeifuhr, zeigte die Tachonadel 205. Und jetzt fiel ihr ein, dass sie heute Morgen vergessen hatte, ihre Tropfen einzunehmen. Und die anderen Tropfen vor dem Einschlafen, die hatte sie ja gestern Abend auch nicht genommen. Sie zog den Fuß vom Gaspedal zurück und schaute auf ihr Telefon. Keine Nachricht von Milan. Sie sollte versuchen, ihn für eine Weile im Kopf abzulegen und sich um andere Dinge zu kümmern. Zum Beispiel darum, dass man schnell herausfand, wer der ominöse Investor war, der die Siedlung »Unter den Kiefern« kaufen wollte.

Außerdem musste sie dringend den Vater ihres Sohnes anrufen. Eigentlich war das kommende Wochenende ihr Wochenende mit Jakob. Sie hatte ihm versprochen, bei schönem Wetter ein kleines Schlauchboot zu kaufen und zum Starnberger See zu fahren. Aber der Mordfall machte diesen Plan kaputt. Eva Schnee zählte im Auto laut bis fünfzig, ehe sie die Nummer von Jakobs Vater wählte. Sie wollte eine feste Stimme haben, ausgeschlafen und fit klingen. Er kannte sie gut, hatte immer schon ein fast unheimliches Gespür dafür gehabt, was mit ihr los war. Er sollte nicht ahnen, wie sie ihre Nacht verbracht hatte.

*

Es war warm, immer noch, aber jetzt gegen Abend spürte man, dass die Sonne ihre Kraft langsam verlor. Eva Schnee war müde. Die vielen Vernehmungen in Forstham, bei denen noch nicht viel herausgekommen war, eventuell ein Hinweis auf einen Motorradfahrer. Das Gespräch in der Gerichtsmedizin. Der Tod Angela Börnes war offenbar schon vor circa fünf Tagen eingetreten. Der kurze Bericht an ihren Chef, nein, noch nichts Handfestes, noch keine Spur. Die Bestätigung der Kollegin, die alle Angaben des Sohnes der Toten überprüft hatte. Alles korrekt; Franz Börne war zwei Wochen geschäftlich in Bahrein gewesen, erst vor zwei Tagen zurückgekehrt.

Wenig Schlaf, viel Reden, viele neue Menschen, jetzt noch einer. Sie ließ den Aufzug Aufzug sein und ging die Treppe nach oben. Holzplanken auf Stahlgestell, weißgestrichene Wände, graue Türen mit Guckloch. Bewegung tut gut. Sie zählte die Stufen. 22, 23, 24, 25, 26, 27 ... 39, 40, 41. Zählen beruhigt. Beruhigen ist gut. Sie dachte: Warum denke ich eigentlich immer, beruhigen sei gut? Warum glaube ich das? Warum glaube ich immer, was mir andere erzählen? Muss ich mich denn beruhigen? Ich habe einen langen Tag hinter mir und eine kurze Nacht. Ich bin müde.

Vierter Stock, links.

»Schön, dass Sie da sind, Frau Schnee«, sagte Inge Maler und streckte ihr die Hand entgegen. »Kommen Sie doch bitte rein.«

Eva Schnee schüttelte ihre Hand. Wow, dachte sie, was für eine hübsche Frau. Strahlender Blick, schmale Figur. Wie jung sie aussieht. Gedankenfetzen: Ob sie einen Geliebten hatte, die Inge Maler? Warum hatte sie den alten Kommissar geheiratet? Gab es ein Geheimnis? Was verband die beiden? War es der Sex? War es Malers Schwanz? Oder hörten sie zusammen Maria Callas? Rasierte sich Inge Maler, die schöne Inge Maler, zwischen den Beinen?

»Hübscher Name, Schnee«, sagte Inge Maler, »vor allem jetzt bei diesem Wetter. Aber das haben Sie vermutlich schon öfter gehört.« Sie lachte. Eva Schnee sagte nichts und lachte auch. »Kommen Sie mit ins Wohnzimmer, da sitzt mein Mann. Er wartet auf Sie.«

Neue Gesprächssituationen waren für Eva Schnee immer schwierig. Da spielte ihr Hirn gern verrückt und produzierte ohne Ende Gedanken, sinnlose Gedanken, ohne jeden Zusammenhang zum momentanen Geschehen, störende Gedanken, die manchmal in der Lage waren, den Boden unter ihren Füßen zum Wackeln zu bringen. Professor Kornberg, ihr Psychotherapeut, hatte ihr geraten, sich in solchen Situationen auf ein einziges Detail zu konzentrieren, in einem Raum etwa auf ein Bücherregal, genauer: auf *ein* Buch, oder draußen in der Natur auf einen Baum oder das Geräusch des Regens – um dann mit dem Gegenüber über genau dieses Detail ein Gespräch anzufangen. Das sei gut für das Hirn, so würde sich das Hirn beruhigen.

Beruhigen. Immer und immer wieder. Beruhige dich, Eva.

Im Wohnzimmer von August Maler war es nicht schwer, ein Detail zu finden, über das man reden konnte. Er saß am Tisch, seinen aufgeklappten Laptop vor sich. Er stand auf.

»Frau Schnee, schön, dass Sie da sind.«

»Freut mich auch«, sagte sie. »Laptop sieht nach Arbeit aus. Darf ich fragen, was Sie machen?«

»Ach, lange Geschichte«, sagte Maler. »Hat mich schon beschäftigt, als ich noch im Dienst war. In den Gefängnissen sitzen Menschen, die eine Menge über Kriminalität wissen. Aber irgendwie liegt dieses Wissen brach. Na, das versuche ich zu ändern ...«

»Sie meinen eine Art Datenbank des Wissens in deutschen Gefängnissen?«, fragte sie und fügte hinzu: »Das klingt großartig.«

»Ja, das trifft es ziemlich genau. Aber Sie sind ja nicht gekommen, um sich mit einem Rentner über seine Rentnertätigkeit zu unterhalten ...«

Für einen Moment überlegte Eva Schnee, ob sie Maler von Klaus Voss erzählen sollte, ihrem Freund und Förderer, der im Gefängnis saß und so unheimlich viel wusste vom Leben, vom Bösen, von allem, aber dann ließ sie es bleiben. Voss eignete sich nicht für Smalltalk.

»Ich habe Sie gebeten zu kommen«, fuhr Maler fort, »und zwar aus einem ganz bestimmten Grund. Angela Börne hat mich einen Tag vor ihrem Tod, vor ihrer Ermordung angerufen.«

Eva Schnee hörte die Worte, sie waren auf dem Weg zu ihrem Gehirn. Aber bis zur Ankunft dort gab es noch konkurrierende Gedanken. Dass Maler viel jünger aussah, als sie gedacht hatte. Okay, das Gesicht aschfahl, aber er wirkte irgendwie lebendig, gar nicht halbtot. Doch dann hatte sich die News durchgesetzt, war in ihrem Gehirn angekommen. Angela Börne, die Frau, die in der Siedlung erschossen worden war, die alte, vertrocknete Frau Börne, hatte Maler kurz vor ihrem Tod angerufen – den Mann, der für Angela Börne der Kommissar war, der jahrelang versucht hatte, den Fall aufzuklären.

»Und warum? Was wollte sie?«, fragte Eva Schnee.

»Mitten in der Nacht war das. Sie sprach sehr ruhig«, erzählte Maler, »wie ein Automat. Alte Leute werden ja oft laut, wenn sie telefonieren. Sie nicht, sie war sehr leise, sie sagte, ich müsse sie besuchen, schnell. Sie müsse mir etwas erzählen, was sie noch keinem erzählt habe. Sie redete von den Toten im Wald, und sie sagte, da sei noch ein Kind gewesen, von dem keiner etwas wisse, nur sie. Das sagte sie ein paarmal: Da gab es noch ein Kind, Herr Kommissar. Und dann habe ich nicht alles verstanden. Ich meine, sie hat gesagt, dieses Kind hätte etwas zu tun gehabt mit den Morden, und sie, Börne, hätte dieses Kind damals gekannt. Dann sagte sie noch so etwas wie: ›Herr Kommissar, ich wusste doch nicht, was passieren wird.‹«

»Hat sie gesagt: die Morde?«, fragte Eva Schnee.

»Ja, ganz sicher, die Morde, so hat sie es formuliert. Ich hab sie gefragt, welches Kind, Frau Börne, von wem sprechen Sie? Ich hab gefragt, was hat das Kind getan, was meinen Sie damit? Doch sie sagte nur immer wieder: ›Kommen Sie, Herr Kommissar, kommen Sie, ich erzähle es Ihnen alles, ich will es jetzt erzählen.‹« Maler machte eine Pause. »Tja. Ich konnte nicht gleich hin, weil ich am nächsten Tag Dialyse hatte. Dabei kam es zu Komplikationen, ich musste ein paar Tage ins Krankenhaus ...«

»Frau Börne war alt. Ist sie Ihnen verwirrt vorgekommen?«

»Schwer zu sagen«, sagte Maler, »eigentlich nicht. Ich habe über die Jahre immer wieder mit ihr gesprochen. Sie war immer gleich und hat nie wirklich auf all die Fragen geantwortet. Sie kam mir manchmal vor, als wäre sie eingefroren. Das war bei diesem letzten Telefonat nicht anders.«

Inge Maler streckte den Kopf durch die Tür. »Ich mache einen Eiskaffee. Frau Schnee, möchten Sie auch einen?«

»Sehr gerne«, sagte sie.

»Ach«, sagte Maler, »dass ich es bloß nicht vergesse: Frau Börne hat noch etwas gesagt. Sie hätte auch ein Foto von dem Kind, das wollte sie mir geben. ›Dann sehen Sie es selbst, Herr Kommissar.‹ So hat sie es formuliert.«

Eva Schnee war jetzt ganz konzentriert, die Wirbel im Kopf hatten sich verzogen. Sie zog ihr Handy aus der Tasche.

»Schauen Sie mal, Herr Maler. Das habe ich bekommen, noch am selben Abend, als wir Angela Börnes Leiche entdeckt haben.« Sie fand die SMS schnell. »Such in der Vergangenheit. Frag nach den Kindern.«

Maler guckte drauf und sagte: »Gibt es eine Ahnung, wer das abgeschickt hat?«

Sie schüttelte den Kopf. »Der Absender bestand nur aus

drei Buchstaben: EEE. Unsere IT-Leute sind noch dran, aber sie meinten, es sieht nicht gut aus, Prepaidkarte.«

Maler erzählte ihr von einem rätselhaften Anruf, den er damals, während der ersten Ermittlungszeit, erhalten hatte. »Es war eine ganz seltsame Stimme, keine Ahnung, ob Mann oder Frau, weit weg klang sie, und es hallte sehr stark. Zwei Sätze sagte sie, dann wurde aufgelegt. Damals gab es noch keine SMS. Würde mich nicht wundern, wenn das derselbe Mensch war, der Ihnen die SMS geschickt hat.«

»Was hat die Stimme damals gesagt? Wissen Sie das noch?«

»Na klar. Das werde ich nie vergessen.« Maler machte eine kurze Pause. »Die Stimme sagte: ›Vergessen Sie die Toten, sie sind völlig unwichtig. Der Laster Nummer sechs, das ist wichtig.‹«

»Und was bedeutet das?«, fragte Eva Schnee. Es klang fast ein wenig ungeduldig.

»Tja«, sagte Maler, »darüber denke ich im Grunde seit mehr als zwanzig Jahren nach. Und ich habe immer noch keine Ahnung. Ich weiß noch nicht mal, ob es wichtig ist. Lastwagen Nummer sechs. Ich bin alles durchgegangen, Verkehrsunfälle der letzten Jahre, Transportunternehmen, Umzugsfirmen. ›Lastwagen Nummer sechs‹? Niemand wusste, was das bedeuten könnte.«

Inge Maler brachte den Eiskaffee. »Wir waren damals gerade frisch verheiratet. Ich weiß noch, wie spannend ich es fand, wenn August von dem Fall erzählte. Achtzehn Tote. Nur eine Frau überlebte. Ich bin mit August sogar ein paarmal mitgefahren, wir sind spazieren gegangen am Wochenende. Schön ist es ja dort, der Fluss, der Wald … aber dann mochte ich nicht mehr hin, dann wurde es mir zu unheimlich.«

»Das kann ich gut verstehen«, sagte Eva Schnee, »mir gruselt jetzt schon bei der Vorstellung, dass ich morgen wieder in das Haus der toten Börne fahre.«

Inge und August Maler wechselten einen kurzen Blick. »Es gab da einen konkreten Vorfall, danach wollte Inge nicht mehr mit. Es hatte mit einem Mann zu tun, Ernst Schenkel hieß er, der tauchte in den Ermittlungen immer wieder auf, er spielte in vielen Erzählungen eine Rolle. Aber ich kam irgendwie nicht an ihn ran. Er wohnte in einem Haus, so einer Art Hütte, mitten auf der Kiesgrube, ich glaube, der wohnt da heute noch, zumindest vor ein paar Jahren war es noch so. Aber er hatte keine richtige Adresse, man konnte ihn nicht aufs Revier bestellen. Na, jedenfalls gingen Inge und ich an einem Samstag da draußen an der Isar spazieren – und plötzlich stand er vor uns, der Herr Schenkel. Ich sagte, ich sei von der Polizei, und wir redeten. Ein im Grunde belangloses Gespräch, doch auf einmal wurde er ganz still und schaute Inge an. Erzähl du ...«

»Er schaute mich einfach nur an, ganz still. Mindestens eine Minute, aber mir kam es wie eine Stunde vor. Ich weiß noch, dass August ihn irgendwas gefragt hat, aber er hat nicht geantwortet und mich weiter nur angeschaut. Es war ein so heftiger Blick. Der Blick ging ins Mark, ich kann es nicht beschreiben. Na, jedenfalls sagte er dann: Sie sind eine schöne Frau, Sie haben einen besseren Ort verdient als diesen. Das hat er gesagt. Und dann ist er gegangen.«

Eva Schnee fragte: »Ernst Schenkel, ist das der Mann mit der Hasenscharte?«

»Ja«, sagte Inge Maler, »der hatte da was an der Lippe, aber das war es nicht ... Ich bin da jedenfalls nie wieder hingefahren.«

»Dieser Schenkel ist ein interessanter Mann, sehr undurchsichtig«, sagte Maler, »ich habe ihn immer wieder mal versucht zu kontaktieren, aber es hat nie geklappt. Irgendwie war er immer weg. Vielleicht wäre er für Sie ein Gesprächspartner. Ich glaube, der weiß eine Menge. Wenn er reden will.« Er nahm einen Schluck Eiskaffee und stellte das Glas derart laut zurück auf den Tisch, als wolle er sich in einem viel größeren Raum Gehör schaffen. »Schluss. Frau Schnee, es ist Ihr Fall. Ich habe da lange genug meine Zeit vergeudet, ohne jedes Resultat. Ihr neuer Blick ist ganz wichtig, verstopfen Sie sich die Ohren, was ein alter Trottel wie ich zu sagen hat. Ich konnte es selber nie leiden, wenn sich alte Kollegen mit irgendwelchen Ratschlägen meldeten. Ich wollte Ihnen nur von dem Anruf erzählen von Frau Börne. Ich werde jetzt nichts mehr sagen, versprochen.«

»Wie lange haben Sie an diesem Fall gearbeitet?«, fragte Schnee.

»Als es passierte, habe ich mich zwölf Monate um nichts anderes als um diesen Fall gekümmert. Dann wurde ich offiziell abgezogen, ich sollte andere Fälle übernehmen. Mein Chef hat damals den schönen Satz gesagt: ›Du bist zu jung, um schon verrückt zu werden.‹ Damals habe ich mich darüber aufgeregt, heute kann ich sagen: Gott sei Dank. Wenn ich nur mit der Siedlung beschäftigt gewesen wäre … jetzt im Rückblick eine grauenhafte Vorstellung.«

»Sie waren nur zwölf Monate an diesem Fall dran? ›Nur‹ in Anführungszeichen, Sie wissen, wie ich es meine …«

Maler räusperte sich. »Ich blieb ja auch nach meiner Abberufung dran. Ich habe mit den Kollegen gut zusammengearbeitet. Wie lange insgesamt?« Maler schaute seine Frau an. »Vier Jahre. Fünf Jahre. Intensiv. Und dann wurde es immer weniger. Loslassen tut einen so ein Fall nicht mehr. Achtzehn Menschen liegen im Wald im Kreis und sind tot.

Sie gehören keiner Sekte an, es sind ganz normale Leute, ganz normale Deutsche. Warum sterben sie? Wie sterben sie? Wer ist dafür verantwortlich? Ist doch klar, dass einen dass nicht loslässt. Wie soll das gehen? Ich weiß noch, nach meiner zweiten Herztransplantation vor einigen Jahren, kaum war ich aus der Klinik raus, bin ich nach Forstham gefahren. Mir war auf der Intensivstation eine Frage an Frau Teichert eingefallen, die ich ihr unbedingt noch stellen wollte.« Maler lachte.

Inge Maler streichelte über seine Hand. »Mein Mann ist alles andere als ein esoterischer Mensch. Aber als jetzt die Nachricht kam, von der Ermordung von Frau Börne, hast du spontan gesagt: Auf diesem Fall liegt ein Fluch. Und du meintest es ernst.«

»Lieber Herr Maler«, sagte Eva Schnee, »alle Akten liegen auf meinem Schreibtisch, alle Ihre Berichte. Das meiste habe ich schon gelesen, den Rest werde ich noch lesen. Es sind Tausende von Seiten. Mag sein, dass mein neuer Blick auf den Fall hilfreich sein kann. Aber ich brauche Ihren Blick auch, Ihre Einschätzungen, Ihr Wissen.«

Maler zuckte mit den Schultern. »Natürlich können Sie mich immer alles fragen. Ich will Sie nur nicht in meinen Strudel hineinziehen. Machen Sie sich Ihr eigenes Bild.«

»Das mache ich«, sagte Schnee. Es war einen Moment still am Tisch. Wer es hören wollte, hätte ein paar Vögel draußen singen hören können. »Wissen Sie etwas über eine Firma namens Suncloud? Das ist der Großinvestor, der jetzt die gesamte Siedlung aufgekauft hat. Zwei Tage vor der Ermordung von Frau Börne sind diese Pläne öffentlich geworden.«

»Ich habe es gelesen«, sagte Maler, »aber davon weiß ich nichts. Ich habe den Namen dieser Firma noch nie gehört.«

»Ihr Blick, Herr Maler: Was waren und sind die entscheidenden Linien dieses Falles? Was ist für Sie wichtig?«

Maler berichtete Eva Schnee von der Dreiklassengesellschaft in Forstham, den Dorfbewohnern, den sogenannten besseren Leuten in der Siedlung und den Bewohnern der Baracken.

»Ja«, sagte Maler, »die Krattler. Die Outsider. Die von ganz unten. Die Bösen. Als die Tat passierte, gab es die eigentlich schon nicht mehr, da waren die schon vertrieben. Aber die Forsthamer sagten, das waren bestimmt die Krattler. So wollten es alle haben, die schreckliche Tat auf die Bösen zu delegieren. Und es sprach auch einiges dafür. Hass als Motiv, unbändiger Hass auf eine ganze Gruppe von Menschen. Diesen Hass habe ich lange gesucht.«

»Und irgendwas gefunden?«, fragte Schnee.

»Viel. Viel gefunden. Es gab und gibt in Forstham viele offene Rechnungen. Da findest du beinahe bei jedem ein Motiv. Ich war nie ein besonders politischer Mensch, aber hier in Forstham habe ich verstanden, was gemeint ist, wenn Leute von dem Mief der fünfziger und sechziger Jahre sprechen, von den Schatten der Nazizeit, der Kriegsjahre, alles nie richtig aufgearbeitet, alles unterdrückt, alles verklemmt und verzwickt.«

»Und irgendwas Konkretes …?«, fragte Schnee.

»Nein, nicht wirklich«, sagte Maler, »wir haben am Anfang schon einen Fokus auf die Krattler gelegt, die sogenannten Krattler. Die Kesslers mit ihren vielen Kindern, die Grabowskis, auch viele, und dieser Schenkel, der da wohl ganz allein lebte. Vater im Knast, Mutter auch eingesperrt, aber im Irrenhaus. Klar war da eine Menge Kriminalität, aber eben Kleinkriminalität. Die kämpften, um zu überleben. Ich sage Ihnen was, die waren mir am Ende die sympathischsten von allen. Und die als Mörder der achtzehn Menschen? Nein. Wenn die es gemacht hätten, hätten sie ein Beil oder eine Doppellaufflinte genommen. Aber Gift? Es kann ja nur Gift gewesen sein, auch wenn es nie nachgewiesen wurde. Das war eine kühle Tat. Da bin ich inzwischen sicher.«

»Noch andere Spuren, noch andere Linien?«, fragte Schnee.

»Die jungen Frauen von Forstham. Das waren junge hübsche Mädchen, die Jantschek, die Teichert, als die Siedlung eröffnet wurde, als die neuen Bürger kamen. Und die Mädchen jobbten in der Siedlung, verdienten sich ein paar Mark. Als Hausmädchen, als Putzfrauen. Junge hübsche Mädchen bei verklemmten, gierigen Männern. Verstehen Sie, was ich meine? Ich habe viel mit der Jantschek und der Teichert geredet. Aber nichts ...«

»... Konkretes«, ergänzte Schnee. »Meinen Sie, es lohnt sich, mit den beiden noch einmal zu sprechen?«

»Ja«, sagte Maler, »das glaube ich. Gerade von Frau zu Frau, vielleicht sind sie da offener. Ich hatte bei beiden immer den Eindruck, da ist noch was ...«

»Sie sagten vorhin, auf der Intensivstation sei Ihnen eine Frage eingefallen, die Sie der Teichert noch unbedingt stellen wollten. Was war das denn für eine Frage?«

»Die Teichert hatte, was heißt hatte, sie hat einen Sohn, hab jetzt den Namen vergessen. Und sie hatte in einer Vernehmung gesagt, dass sie kurz nach der Nachricht über den Fund der achtzehn Leichen ihren Sohn nicht erreichen konnte, der damals schon nicht mehr bei ihr wohnte. Mit dem Sohn habe ich auch geredet, ein merkwürdiger Typ übrigens. Er machte unklare Angaben, warum er da nicht zu erreichen war. Jetzt, viele Jahre später, wollte ich die Teichert noch mal fragen, ob sie heute eine Erklärung hat, warum sie ihn damals so lange nicht erreicht hat.«

»Und?«, fragte Schnee.

»Nichts«, sagte Maler, »nur die alten Floskeln. Schon so lange her, keine Erinnerung, bla, bla ...« Er stand auf und sagte: »Ich hol mir einen kleinen Schluck Wasser aus der Küche. Ich darf nicht viel trinken, um die Nieren zu entlasten. Aber einen Schluck brauche ich jetzt.« Er ging hinaus.

»Frau Schnee, wollen Sie noch zusammen mit uns essen? Gibt nichts Besonderes, aber Sie sind herzlich eingeladen«, fragte Inge Maler, den Kopf in der Tür. Der Geruch von Tomatensauce drängte sich an ihr vorbei ins Zimmer.

»Nein, vielen Dank«, antwortete Eva Schnee, »das ist nett, aber ich muss jetzt wieder los.«

Maler kam zurück.

»Frau Schnee, wie lautete noch mal diese merkwürdige SMS, die Sie bekommen haben?«

Eva Schnee nahm ihr Handy und las vor: »Such in der Vergangenheit. Frag nach den Kindern.«

»Keine dumme SMS«, sagte Maler.

»Glauben Sie«, fragte Schnee, »dass auch die Lösung des Mordfalles Angela Börne in der Vergangenheit liegt?«

Maler nickte.

Als Eva Schnee unten in ihren Wagen stieg, dachte sie: Vergangenheit. Kinder. Was ist das Gemeinsame dieser beiden Begriffe?

11. September

Es hat auch friedliche Jahre gegeben. Jahre, in denen die Siedlung fast verschwunden war aus meinem Bewusstsein. Jahre, in denen die Kinder klein waren und sagten: Schau mal, Papa, was ich kann. Als wir in Hamburg lebten, in einem kleinen Hexenhaus in der Nähe des Flughafens, wo es bei ungünstigem Wind nach Kerosin roch. Als wir einen Hund hatten, der so groß war wie ein Lastwagen.

In diesen Jahren ließ ich die Kessler-Brüder unbeobachtet. Die beiden Ordner mit meinen Recherchen standen unberührt auf dem untersten Brett meines Regals im kleinen Arbeitszimmer. Es war mehr eine Kammer, die auch ein Monster der besonderen Art beherbergte, den Gasdurchlauferhitzer für das warme Wasser im Haus. Er war weiß, hatte ein angerostetes Ofenrohr und sprang von Zeit zu Zeit mit Gebrüll an. Direkt unter diesem Gerät war noch Platz für ein kleines Regal gewesen, ideal für Unterlagen, die am liebsten ungestört blieben: Versicherungspolicen, Steuerbescheide, Kfz-Briefe, Mietverträge, Kaminkehrerrechnungen … Die beiden Kessler-Ordner enthielten hauptsächlich Aufzeichnungen und Notizen von mir. Ich hatte Umzüge festgehalten, Adressen, Berufe, alles, was ich regelmäßig in Erfahrung gebracht hatte, Hochzeiten, Geburten. Ich hatte alles kommentiert und bewertet. Zwei

Zeitungsmeldungen waren abgeheftet (eine Festnahme wegen Diebstahl und der Verkehrsunfall, bei dem die einzige Kessler-Tochter ums Leben gekommen war). Die Ordner enthielten auch vier Todesanzeigen und ein paar Fotos, die ich gemacht hatte, die meisten von den Häusern, in denen einer der Kesslers gerade lebte.

Mein Schreibtisch stand unter dem einzigen Fenster dieser Kammer. Wenn ich dort arbeitete, was selten der Fall war, saß ich mit dem Rücken zu der Wand mit dem Durchlauferhitzer und den Ordnern. Es heißt ja, man könne spüren, wenn man beobachtet wird. Heute frage ich mich manchmal, ob das auch umgekehrt gilt. Konnten die Mitglieder der Familie Kessler damals in diesen Jahren spüren, dass ich sie nicht mehr im Blick hatte?

Wenn die achtzehn Toten nicht gefunden worden wären, im Frühjahr vor zwanzig Jahren, wer weiß, vielleicht wäre meine Obsession für die Kessler-Brüder unter der Gasflamme in Hamburg-Fuhlsbüttel vertrocknet, vielleicht wären die Ordner eines Tages in einen Müllcontainer gewandert. Weil ich die Spur der Kesslers nicht wieder aufgenommen hätte. Dann säße ich jetzt nicht im Zimmer 206 des Landgasthofs Klostermeier vor diesem Tagebuch.

Es ist schon nach zehn Uhr jetzt. Ich habe unten in der Wirtschaft Käsespätzle gegessen und zwei Gläser Veltliner getrunken. So enden meine Tage hier. Ich sitze am Schreibtisch im Hotelzimmer, schaue durchs Fenster in die Nacht, schreibe auf, was war, damals, schreibe auf, was war, heute. Manchmal kriecht dabei ein Gefühl der Sinnlosigkeit und Leere ins Zimmer, es kommt durch alle Ritzen, durch den Spalt unter der Tür, durch das gekippte Fenster, sogar durch den Telefonhörer und die Steckdosen. Das Gefühl ist schwer und schmeckt metallisch auf der Zunge. Ich besitze eine Waffe, eine Pistole der Firma Mauser. Von Zeit zu Zeit habe ich sie geölt und geputzt. Jetzt bin ich froh, dass sie nicht mit mir in diesem Zimmer ist. Mit ihr könnte ich dieses Gefühl abstellen, dieses

Gefühl der Sinnlosigkeit. Und noch ein paar andere Gefühle gleich mit.

Heute habe ich Iris Jantschek besucht, die vor zwanzig Jahren die Toten gefunden hat. Sie wohnt immer noch im selben Reihenhaus in Forstham. Sie hat einen Hund, einen Dackel. Doch in dem kleinen Wohnzimmer, das mit zu vielen und zu großen Möbeln zugestellt ist, hängen drei gerahmte Fotos von einem anderen Hund an der Wand: Lenny, ihrer Bulldogge. Sie erzählt viel von ihm. Der Dackel scheint das zu begreifen, denn immer dann kommt er und drückt sich ans Bein seines Frauchens, das ihn streichelt und sagt: Bist auch ein guter Hund.

Iris Jantschek hat sich sofort erinnert, an unseren Bungalow, an meine Eltern, an meinen Bruder, an mich. Mein Vater war sehr stolz gewesen, dass wir eine Putzfrau beschäftigten, sogar mir hat er damals ausführlich erklärt, dass er das nicht will, dass seine Frau putzt. Damals war Iris Jantschek ja sehr jung, sicher keine achtzehn Jahre alt. Heute hat sie weiße Haare, aber sonst sieht sie eigentlich noch genauso aus. Ihr Mann ist schon länger tot. Sie arbeitet noch, aber nicht mehr viel. Eine Putzstelle hat sie noch, einen Tag in der Woche. Sie hat mir eine Dampfnudel mit heißer Vanillesauce auf den Tisch gestellt, und sie hat mir alles erzählt. Von diesem Morgen, von den »Schlafenden im Gras«, wie sie sagte.

»Die haben so friedlich ausgesehen, wie sie da gelegen sind«, sagte sie. »Nur die Gesichter waren nicht friedlich, das hab ich erst gesehen, als ich nah dran war. Die Gesichter waren ganz hart, grau und hart wie Stein, böse haben sie ausgesehen, entschlossen und böse.«

Ich habe sie alles gefragt, auch was danach so passiert sei im Ort, wie die Leute reagiert haben. Iris Jantschek hat ein schlichtes Gemüt und einen geraden, aber nicht sehr weiten Verstand, das habe ich schon als Junge begriffen. Trotzdem: Heute hatte ich das Gefühl, dass sie etwas verschweigt. Ihre braunen Augen wirkten kleiner als früher, vielleicht weil sie mit den Jahren zwischen Hautfalten hervorlugten wie zwischen Lamellen einer Jalousie. Irgendetwas hat sich hinter diesen Augen festgesetzt, da war ich heute ganz sicher, etwas, was sie noch niemandem erzählt hat.

Ich habe ihr erklärt, dass ich ein paar Tage Urlaub machen würde in der alten Heimat, im alten Leben sozusagen – und dass ich vielleicht noch einmal bei ihr vorbeischauen würde.

»Ja, das machen Sie«, hat sie gesagt. »Wenn Sie Zeit haben, und wenn Sie mögen.« Vielleicht ist sie inzwischen etwas fülliger als damals, so schien es mir bei der Verabschiedung. Ihr Dackel jedenfalls ist struppig und alt, aber keinesfalls zu fett, wie man bei seinem Dasein mit einer alleinstehenden Frau hätte vermuten können.

Was am heutigen Tag noch erwähnenswert ist: Mein Termin bei dem Hypnotiseur wurde bestätigt. Er ist Psychologe und Arzt, ein seriöser Mann, kein Scharlatan. Ich hoffe, dass er mir helfen kann.

Der Morgen, an dem der Rektor der Schule unser Klassenzimmer betrat, ein schwerer Mann mit Glatze und Hornbrille. Der Moment, als er sagte: »Der Martin ist gestern an der Bundesstraße 11 bei der Eichbergkurve überfahren worden. Er ist tot.« Mein Blick auf den Platz neben mir, wo Martins Griffelkasten auf dem Tisch stand und im Fach unter der Bank ein halbausgepacktes, vertrocknetes Pausenbrot lag. Das entsetzte Gesicht unserer Lehrerin, die sofort anfing zu weinen. All das ist in meiner Erinnerung scharf wie ein Messer, der ganze Tag, die Tage danach, Martins Beerdigung, diese Frau in Schwarz, die seine Mutter war.

Aber was genau geschah am Nachmittag vorher? Was genau habe ich gesehen? Ich will zurück zur Eichbergkurve. Ich muss in meiner Erinnerung zurück zur Eichbergkurve. Ins Unterholz, wo ich auf der Erde lag. Zu der Fontäne von Blut, die aus Martins Körper in den Himmel schoss.

Auf dem Schreibtisch hier liegen drei Briefe, ich habe sie gleich am ersten Abend geschrieben. Die Kuverts sind zugeklebt und beschriftet. Mit den Namen meiner Frau und meiner erwachsenen Kinder. Die Geschichte der Siedlung wird jetzt zu Ende gehen, das weiß ich. Schuld wird beglichen. Auch meine.

Tag 2 der Ermittlungen
Freitag, 11. September

Es war schon fast 20 Uhr, als Max Roloff, der Leiter der Mordkommission, das Mietshaus in der Münchener Konradstraße betrat und den Aufzugknopf drückte. Drei Stockwerke zu Fuß? Nein, dafür war der Tag wirklich zu lang gewesen. Es war eines dieser in München so begehrten schönen alten Häuser. Professor Paul Kornberg hatte hier seine Praxis in einer Altbauwohnung eingerichtet. Roloff war schon ein paarmal hier gewesen. Nach seinem Geschmack war alles ein bisschen zu dunkel, das Haus, die Wohnung, aber irgendwie passte das ja auch. Der Aufzug tuckerte nach oben, und Roloff durfte sich in dem Spiegel studieren – für ihn kein Problem, er mochte Spiegel, er konnte sein Aussehen gut leiden. Er schaute in den Spiegel und dachte: Alles gut. Immer noch alles gut. Erstaunlich eigentlich, dass er sie erst hier im Spiegel bemerkte, die beiden langen Haare, die wie Drähte aus seinen Augenbrauen hervorragten, offenbar schon ein paar Wochen lang. Man sieht, was man sehen will, und sonst nichts. Für Polizisten war das nun wirklich keine neue Erkenntnis, also warum sollte sie nicht auch für Polizisten gelten?

Roloff hatte die Sekretärin von Kornberg um einen baldigen, kurzen Termin bei dem Professor gebeten, »richten Sie ihm aus, ich hätte eine Frage zu Eva Schnee.« Die Sekretärin rief kurz darauf zurück: »Kommen Sie um 20 Uhr, da ist nur noch der Professor da. Er wartet auf Sie.«

Roloff und Kornberg kannten sich, natürlich, der Kommissar und der psychologische Gutachter. Kornberg war Meister eines besonderen Fachs: der Aussagepsychologie. Er wurde gerufen, um zu prüfen, ob Aussagen von Opfern oder Zeugen, eventuell auch Geständnisse von Angeklagten glaubwürdig waren. Kornberg hatte den Ruf, wie kein anderer beurteilen zu können, ob Worte und Sätze eine Lüge waren oder die Wahrheit. Dabei unterschied er sehr sorgfältig in die unbewusste und die bewusste Lüge. Die unbewusste war das Problem: Wenn jemand voller Überzeugung erzählte, dies und das sei so und so geschehen – was aber nicht stimmte, sondern er hatte es sich nur eingebildet, es sich eingeredet, irgendeine Suggestion verfälschte die Wahrheit. Das zu erkennen war das Spezialgebiet von Kornberg.

Roloff erinnerte sich an einen Fall, bei dem ein junges Mädchen einen Schwarzen der Vergewaltigung bezichtigt hatte. Es sah gar nicht gut aus für den jungen Mann, der laut seiner Aussage aus allen Wolken gefallen war – er hatte gedacht, er habe die Liebe seines Lebens kennengelernt, und dann zeigte sie ihn an. Kronberg sprach mit dem Mädchen, und es war ein Satz, der ihn aufhorchen ließ. Sie sagte, als sie nach der Nacht heimgekommen und ihrer Mutter davon erzählt habe, sei diese empört gewesen, dass die liebe Tochter schon beim ersten Date mit einem Fremden, noch dazu einem Schwarzen, zu ihm nach Hause gegangen war. Kornberg analysierte die Mutter-Tochter-Beziehung und stellte fest, dass die Tochter die Missbilligung der Mutter nicht hatte ertragen können, schnell wieder die liebe Tochter hatte werden wollen – und deshalb den Mann belastet hatte. Der Beklagte wurde freigesprochen.

Kornberg hatte eine Theorie: Lügen, bewusste und unbewusste, sind dünn und dürr, die Wahrheit ist dagegen dick und fett. Wenn einer eine Lüge erzählt, braucht er viel Kraft, um alles andere auszublenden, die Schilderung konzentriert sich auf das Wesentliche, auf die Botschaft, die transportiert werden soll. Dies wird besonders auffällig, wenn verlangt wird, diese Schilderungen zu wiederholen, etwa in verschiedenen Befragungen. Sie bleiben immer gleich, oft wortgleich, ohne jede Variation. Die Wahrheit dagegen erscheint in einem anderen Gewand: Jede Erzählung beinhaltet Nebensächliches, der Berichtende schweift ab, bei Wiederholungen widerspricht er sich. Die Wahrheit franst oft aus, entwickelt Nebenstränge, die ablenken. Die Wahrheit ist komplex, die Lüge ist simpel. Das war Kornbergs Formel. Er hatte sie schon oft dargelegt, auch Aufsätze in Fachblättern verfasst. Roloff hatte sie gelesen.

Kornberg öffnete die Tür, ein kleiner, schmaler Mann mit einem kurzgeschnittenen, graumelierten Bart. Weißes Hemd, Jeans, braune Wildlederschuhe.

»Guten Abend, Herr Kommissar.«

»Guten Abend, Herr Professor. Danke, dass Sie mich noch so spät empfangen.«

»Woher wissen Sie, dass Eva Schnee meine Patientin ist?«, fragte Kornberg.

Roloff zögerte.

»Hat Ihnen das Frau Schnee erzählt?«

»Nein«, sagte Roloff.

»Es tut mir leid, Herr Kommissar, dann kann ich Ihnen

nicht helfen. Ich werde über meine Patientin kein Wort verlieren. Ich darf das gar nicht. Und das wissen Sie.«

»Ich weiß das«, sagte Roloff, »und trotzdem hören Sie mich bitte kurz an.«

Ein paar Augenblicke später saßen sie sich im Zimmer des Professors gegenüber. »Was kann ich für Sie tun?«, fragte Kornberg.

»Gegen Frau Schnee läuft ein internes Verfahren. Es wird geprüft, ob man ihr die Befähigung zur Kommissarin absprechen soll. Was nichts anderes als das Ende der Polizistin Eva Schnee bedeuten würde.«

»Weiß Frau Schnee von diesem Verfahren?«, fragte Kornberg.

Roloff schüttelte den Kopf. »Noch nicht. Sie wissen vielleicht, dass Frau Schnee in einem Sorgerechtsstreit steckt. Dabei hat ein Gericht dem Vater das Sorgerecht des gemeinsamen Sohnes erteilt. Begründung war: Frau Schnee habe schwere psychische Probleme. Dieses Urteil hat irgendein Wichtigtuer an die Justizbehörde geschickt. Und seitdem ermittelt die Innenrevision, so heißt das bei uns. Wer keine Mutter sein kann, kann auch keine Kommissarin sein. Ein Polizist darf keine psychischen Probleme haben. So denken diese Leute.«

»Und wie denken Sie?«, fragte Kornberg.

»Ich denke, je komplizierter man ist, desto geeigneter ist man eigentlich für diesen Job. Ist das in Ihrem Beruf nicht auch so? Mir ist unbegreiflich, wie Polizisten ihre Zeit damit verbringen können, Kollegen auszuspionieren, weil sie vielleicht ein bisschen anders sind als sie. Ich hasse diese Leute, für mich sind sie nichts anderes als Spitzel. Aber sie sind nicht ungefährlich. Sie bringen eine Menge raus. Von ihnen weiß ich auch, dass Eva Ihre Patientin ist. Ich wusste gar nicht, dass Sie überhaupt Patienten haben. Ich dachte, ein Mann mit Ihrem Namen macht so was gar nicht mehr.«

»Darf ich Sie fragen, was Sie von Frau Schnee halten, von ihrer Befähigung als Kommissarin?«, fragte Kornberg.

»Ich kenne Frau Schnee seit zwei Jahren. Ich halte sie für eine ungewöhnlich begabte Polizistin. Sie sieht Dinge, die andere nicht sehen. Sie hat einen Spürsinn, sie bringt Leute zum Reden. Wenn es nur nach diesen Fähigkeiten ginge, hätte sie eine große Karriere vor sich. So sehe ich sie. Und ich werde für sie kämpfen. Da ich ihr Vorgesetzter bin, bin ich auch zuversichtlich, dass es mir gelingen wird, sie zu halten. Diese Kreaturen werden es nicht wagen, sich mit mir anzulegen, das versichere ich Ihnen.«

»Das klingt doch gut. Schön, dass Sie so denken«, sagte Kornberg. Danach schwieg er. Wahrscheinlich können Psychologen das, dachte Roloff, die Stille in ihrem Sinne einsetzen. Er brauchte nicht zu fragen: Herr Kommissar, wenn alles so klar ist, warum sind Sie dann hier? Er brauchte nur zu warten.

»Ja, so denke ich«, sagte Roloff, »aber wissen Sie, Eva macht es einem nicht immer leicht. Manchmal frage ich mich, wer ist das, der da vor mir steht. Sie macht so seltsame Dinge. Warum ich hier bin, Herr Professor: Ich möchte, dass Sie mir jetzt in die Augen schauen und mir sagen, dass ich mit Eva Schnee auf das richtige Pferd setze, dass ich mich nicht täusche. Ich will mich vor sie stellen, aber ich will keinen Fehler machen. Sie müssen ja nichts sagen, Sie können nicken oder mit dem Kopf schütteln, irgend so etwas.«

»Sie zweifeln, Herr Kommissar?«

»Ja, manchmal tue ich das. Und deshalb bin ich hier.«

»Ich hatte mal einen Lehrer«, sagte Kornberg, »der verglich Zweifel mit den Spuren, die Wölfe im Winter hinterlassen. Er sagte: Solche Spuren sind interessant und sie zu analysieren ist unter Umständen hilfreich, aber folgen sollte man den Spuren auf keinen Fall. Ein hübsches Bild, finden Sie nicht?«

»Tja«, sagte Roloff.

Kornberg schwieg.

»Meine Freunde von der Innenrevision haben mir noch eine Information über Frau Schnee vermittelt. Es geht um einen Mann namens Voss, Klaus Voss. Sagt Ihnen der Name was? Hat Eva erzählt von ihm?«

Kornberg schwieg.

»Das Besondere an Voss ist: Er sitzt im Gefängnis, lebenslänglich. Er bekommt keinen Besuch, außer von Eva Schnee. Sie kommt immer wieder, zeitweise Monat für Monat, seit Jahren. Eva nützt immer die volle Besuchszeit aus, die ganzen zwei Stunden.«

»Warum sitzt der Mann im Gefängnis?«, fragte Kornberg.

»Das ist das Problem«, sagte der Kommissar, »Voss ist das, was Medien gerne ein Monster nennen. Er hat zwei Frauen umgebracht – auf eine sehr eigene Art ...« Er redete nicht weiter, überlegte kurz: »Was will Eva bei dem Mann?«

Kornberg antwortete nicht. Er fragte auch nicht weiter. Er schwieg.

»Bitte, Herr Professor«, sagte Roloff, »geben Sie mir einen Rat. Setze ich mit Eva auf das falsche Pferd?«

Kornberg stand auf. Ihr Gespräch war zu Ende.

»Ich denke«, sagte Kornberg, »Ihre Einschätzung, dass Frau Schnee eine vorzügliche Polizistin ist, ist richtig. Ja, davon bin ich überzeugt. Bitte verstehen Sie, damit möchte ich es bewenden lassen.«

Tag 3 der Ermittlungen
Samstag, 12. September

Der Samstag war wieder ein strahlender Tag. Es war das Wochenende, an dem in München die Sommerferien zu Ende gingen. Die Autos kamen zurück in die Stadt, die angenehme Zeit, in der man sogar im Stadtteil Lehel einen Parkplatz fand, war vorbei.

Eva Schnee hatte auf ihrem kleinen Balkon gefrühstückt, mit ihrem Sohn Jakob telefoniert und versprochen, ihn am nächsten Wochenende zu den Riesenschildkröten im Tierpark Hellabrunn zu begleiten. Riesenschildkröten waren gerade seine Leidenschaft, weiß der Teufel, warum. Das Schlauchboot hatte er schon vergessen. Dann hatte sie noch ein letztes Mal ihr Handy kontrolliert, ob vielleicht doch noch eine Nachricht von Milan eingetroffen war. Weil das immer noch nicht der Fall war, hatte sie einen Entschluss gefasst. Sie würde das Telefon erst am späten Nachmittag wieder anschauen. Sie würde ins Büro fahren und den Stand der Ermittlungen im Mordfall Börne durchgehen und zusammenfassen, weil ihr Chef Roloff den Bericht haben wollte. Dann würde sie wie jeden Samstag zum Sport gehen. Erst danach würde sie das Display wieder kontrollieren.

Ihre Stimmung zu Milan wechselte von Minute zu Minute. *Okay Milan, don't worry, es war ein guter One-Night-Stand, alles in Ordnung, fuck you very much.* Das war die eine Stimmung. Die andere, die ganz andere: War Milan etwas passiert? Sollte sie etwas unternehmen? Oder hatte er Ärger, Sorgen? Vielleicht eine Art von Ärger, bei der gerade die Anwesenheit einer Polizistin gar nicht gefragt war ... Oder war er vielleicht zu schüchtern, um sich gleich zu melden? Schließlich hatte sie die Initiative ergriffen an dem Abend, sie war es, die ihn geküsst hatte. Sollte sie ihm vielleicht schreiben, dass sie ihn sehr mochte und ihn gern wiedersehen würde?

Hatte sie schon Gefühle für ihn, nach nur einer Nacht? Oder gehörte sie eben doch zu den Frauen, die sich einreden müssen, dass sie verliebt sind, wenn sie mit einem Typen ins Bett steigen? Das beobachtete sie bei diversen Freundinnen. Cat zum Beispiel war so drauf, dass sie jedem fremden Mann schon nach einer halben Stunde sagte, sie brauche mehrmals am Tag Sex, es komme dabei nicht so sehr darauf an, mit wem. Sie nahm auch mit fast jedem Mann, der in ihre Nähe kam, irgendeine sexuelle Beziehung auf. Aber in ihrem Kopf sortierte sie das auf faszinierende Weise um: Entweder war es kein »richtiger Sex«, bisschen anfassen, bisschen Hände, bisschen Mund, so was würde Cat nie als Sex bezeichnen, das gehörte für sie eher in den Bereich Kommunikation. Oder aber sie sprach von Verliebtheit. Eva Schnee fragte sie nicht, wie das möglich sei, am Morgen in den einen und am Abend in den anderen Mann verliebt zu sein. In Cats Wahrnehmung gab es eine eigene Relativitätstheorie. Uhrzeiten und Tage wurden in der Erinnerung verschoben, rückblickend in eine eigene Logik gebracht. *Was ich denke, ist wahr. Oder umgekehrt: Wenn ich will, dass etwas wahr ist, brauche ich es nur zu denken ...* Eva Schnee kannte dieses Verhalten gut. Mehr noch: Sie *er*kannte es.

Einer der ersten Sätze, die ihr Therapeut Kornberg zu ihr gesagt hatte, nachdem er die ersten drei Sitzungen fast nur zugehört hatte, war: »Sie brauchen etwas mehr Wahrheit in ihrem Leben, Frau Schnee.«

Die Wahrheit: Sie hatte einen Mann im Internet gedatet, hatte sich mit ihm getroffen – mit der Aussicht und der Hoffnung auf Sex. Und dieser Sex hatte stattgefunden. Jetzt meldete der Mann sich nicht. Aber sie hatte sich schließlich auch nicht gemeldet.

Fast nicht gemeldet. Eine SMS am selben Morgen zählte nicht, oder? »Das war sehr schön«, hatte sie geschrieben, als sie im Taxi saß. Er hätte etwas darauf antworten können, schon aus Höflichkeit. Aber egal.

Where next, Columbus? Da war ja noch ein anderer Typ, der sie umschwänzelte, ein Kollege aus der Verwaltung im Polizeipräsidium. Der hatte einen richtig guten Humor, nur eine blöde Brille mit einem blauen Bügel, aber die würde sie ihm schon ausreden ... Montag würde sie mal in seinem Büro vorbeischauen.

Ihr Fitnesscenter war keins der schicken, angesagten Gyms, sondern ein etwas verschrabbelter Flachbau in einem Hinterhof in Schwabing, wo Fahrräder herumstanden und ein paar Autos eng aneinander um Zentimeter kämpften. Es existierte wohl schon lange, weder die Geräte noch die Menschen waren neue Modelle. Hauptsächlich ältere Männer trainierten hier, wechselten nur wenige Worte vor den grauen Blechspinden in der Umkleide, tranken nachher an der kleinen Bar Weißbier oder Apfelschorle. Es herrschte eine ruhige Atmosphäre, und es roch immer nach frischer Seife mit Zitronenaroma. Eva Schnees Programm war eine Stunde Laufband, dann Geräte und schließlich Sauna. Die Laufbänder waren vor einer nackten Betonwand aufgebaut, an der nur ein Kabel befestigt war und ein altes Foto von Cassius Clay. Eva Schnee liebte dieses Setting. Sie setzte sich ihre Kopfhörer auf, hörte sehr laut Skunk Anansie, rannte in diese Betonwand hinein – und in die Fäuste von Muhammad Ali.

Als sie an diesem Samstag schließlich mit nassen Haaren in ihr Auto stieg und das Telefon einschaltete, war es 16 Uhr 58. Sie hatte vier neue Nachrichten, und eine davon war tatsächlich von Milan. Sie spürte, wie ihr Herz klopfte. Die Nachricht war kurz, und so viel war klar: Schüchtern war sie nicht.

»Bist du wieder fit? Hast du heute schon etwas vor? Ist es besser, als mich zu treffen?«

Woher wusste er, dass sie Sport gemacht hatte? Hatte sie das erzählt? Oder war das nur eine Anspielung auf ihre Nacht gewesen? Sie überlegte im Auto sitzend eine ganze Weile, was sie antworten sollte. Schließlich entschied sie sich für zwei Worte: »Wann? Wo?«

*

Das Haus lag tatsächlich in der Kiesgrube, ganz hinten am Ende. August Maler hatte es richtig beschrieben: Es sah aus, als hätte man es von einer Almhöhe heruntergeholt und dort inmitten der weißen, kahlen Abbruchhänge abgestellt.

Eva Schnee hatte drei verrostete Schilder mit der Aufschrift »Zufahrt verboten!« passiert, hatte den BMW durch tiefe, mit Wasser gefüllte Schlaglöcher gesteuert. Früher waren LKWs über diesen Weg gerollt, man sah noch, dass er einmal so breit gewesen war, dass mehrere Transporter aneinander vorbeikamen. Jetzt war er an den Seiten von Gestrüpp überwuchert, nur in der Mitte konnte man noch fahren. Das letzte Schild war unmittelbar vor der Einfahrt in die Grube aufgepflanzt, schwarze Buchstaben auf gelbem Blech: »Achtung! Unbeaufsichtigtes Baugelände! Lebensgefahr! Eltern haften für ihre Kinder.«

Die verlassene Grube lag in der Nähe des Dorfes Kressing, etwa zwanzig Kilometer südlich von Forstham, sie maß in ihrem Durchmesser etwa fünfhundert Meter, schätzte Eva Schnee. Sie fuhr an zwei verrosteten Spezialbaggern vorbei, die wie riesige tote Käfer aussahen, und an einem kaputten Förderband, dessen Arm in den blauen Föhnhimmel ragte. Zwischen zwei aufgeschütteten Kiesbergen tauchte das Haus auf. Ein zweistöckiges Haus mit einem Balkon, das so aussah, als wäre es schon lange verlassen. Dunkles, abgeblättertes Holz, vertrocknetes Geraniengestrüpp in den Blumenkästen, ausgesägte Herzen im Dachfirst. Das Haus stand auf einem eingezäunten Grundstück. Eva Schnee sah Reste eines Rasens, eines Blumenbeetes, Skelette von Ziersträuchern. Sie sah verstaubte Fenster und dahinter Gardinen. Eine wurde zur Seite gezogen, als sie den Wagen anhielt, kurz und undeutlich sah sie ein Gesicht. Als sie aus dem Wagen stieg, öffnete sich die früher dunkelgrüngestrichene Haustür, und ein Mann erschien im Türrahmen. Er hatte lange, weiße Haare. Aus der Ferne sah es aus, als lächle er. Aber das täuschte. Eva Schnee wusste, dass Ernst Schenkel eine deformierte Oberlippe hatte, die diesen Effekt erzeugte.

»Sie sind die Kommissarin«, sagte er, als sie auf ihn zuging. »Ich hab mir schon gedacht, dass Sie hier bald anmarschiert kommen. Treten Sie ein, Frau Schnee.«

»Guten Morgen, Herr Schenkel«, sagte sie, reichte ihm die Hand und blickte in ein von kleinen Falten übersätes Gesicht – und in zwei wache, sehr blaue Augen. »Sie kennen schon meinen Namen?«

»Jeder in der Gegend kennt Ihren Namen«, sagte er. »Es ist ein sehr schöner Name.« Er ging voraus in eine holzgetäfelte Küchenstube, sie nahmen auf einer Eckbank an einem großen Bauerntisch Platz. Der Boden war gefegt worden, die Möbel abgewischt, aber nur notdürftig. In den Ecken der Decke hingen Spinnweben, die Holztäfelung war fleckig, es roch leicht muffig.

Auf dem Tisch standen eine Karaffe mit Wasser und zwei Gläser, daneben lag ein iPad. Eva Schnee registrierte es und dachte daran, dass ihre Mutter nur mit Mühe zu einem normalen Handy zu überreden gewesen war. Sie verweigerte sich der Technik, das Internet existierte für sie nur als Wort. Dieser Mann hier war auch nicht jünger als ihre Mutter. Schon früher war sie so gewesen, hatte keinen Videorekorder anschaffen wollen, als man in Videotheken Disneyfilme leihen konnte. Eva Schnee dachte an den Moment, als sie mit ihrem Vater in dem Elektroladen gestanden hatte. Hündchen, welcher Rekorder gefällt dir am besten? Das war ein sehr glücklicher Moment gewesen.

»... wahrscheinlich wegen des Mordes an Angela Börne?«, hörte sie noch das Ende des Satzes von Ernst Schenkel.

Die Gedanken wieder einfangen. Die Gedanken einfangen wie eine Schar Kinder. So formulierte es ihr Therapeut. Das musste sie lernen.

»Was können Sie mir dazu sagen, Herr Schenkel? Kannten Sie Frau Börne?«

Er blickte sie zuerst direkt an, dann an ihr vorbei zum Fenster hinaus. »Ich kannte jeden in dieser Siedlung«, sagte er. »Wir lebten im Wald damals, in Baracken. Die Siedlung, das war für uns Kafkas Schloss, verstehen Sie?« Er wandte ihr wieder sein Gesicht zu und erkannte offenbar in ihrem, dass sie zwar von Kafkas Roman schon mal gehört, ihn aber nie gelesen hatte.

»Ein Mann versucht vergeblich, in ein Schloss zu gelangen«, sagte Ernst Schenkel mit seinem vom Schicksal gezeichneten Lächeln. »Sein ganzer Lebenssinn besteht in dem Bemühen, von den Insassen dieses Schlosses anerkannt zu werden.«

»Fahren Sie Motorrad, Herr Schenkel?«, fragte Eva Schnee.

»Früher, als junger Mann, ja«, antwortete er, »jetzt schon lange nicht mehr.«

»Besitzen Sie ein Motorrad?«

»Nein, warum? Was hat das mit Angela Börne zu tun?«

Er trug ein schwarzes Hemd. Aus dem offenen Kragen ragte ein schmaler Hals mit erstaunlich glatter Haut. Schenkel war kein unattraktiver Mann, fand Eva Schnee. Sie dachte an Milan, an seinen Mund, seine Hände. *Die Gedanken einfangen.*

»Angela Börne wurde hingerichtet, so kann man das durchaus bezeichnen«, sagte sie. »Es könnte ein Racheakt gewesen sein, eine Rechnung, die beglichen wurde.« Sie benutzte die Worte des Kommissars Maler: Da sind Rechnungen offen, in dieser Siedlung, und sie reichen weit zurück. So hatte er sich ausgedrückt.

»Gibt es Ihrer Meinung nach irgendetwas, das ich verfolgen sollte? Einen Ansatzpunkt? Fällt Ihnen etwas ein, was Angela Börne in der Vergangenheit getan – oder auch *nicht* getan – haben könnte?« Sie musterte sein Gesicht.

»Auf Forstham liegt ein Fluch, Frau Kommissarin, das fällt mir dazu ein«, sagte Ernst Schenkel und stand dabei auf. »Und auf der Siedlung ›Unter den Kiefern‹ ein besonderer. Mögen Sie einen Kaffee?«

»Nein, danke.«

Er stand mit dem Rücken zu ihr an der Küchenzeile, bediente einen alten Wasserkocher und schüttete Nescafé in eine Tasse.

»Manche Leute glauben, dass Unrecht und Grausamkeiten nach 1945 ein Ende hatten«, sagte er. »Sie glauben, dass Forstham ein Ort des Friedens ist, ein Ort ohne Vergangenheit, errichtet, um für gequälte Menschen eine neue Heimat zu sein.«

»Ist es nicht so?«, fragte die Kommissarin.

»Wären Sie hier, wenn es so wäre?«, fragte er zurück und blickte über die Schulter. Dann goss er das kochende Wasser in die Tasse, kippte aus einer Schnapsflasche einen Spritzer dazu und kehrte an seinen Platz am Tisch zurück.

»Wir haben im Wald gelebt, im Dreck. Wir waren Outlaws, ganz unten in der Rangordnung ... in der Beißordnung. Glauben Sie mir, Frau Kommissarin: Von ganz unten hat man einen ziemlich guten Überblick. Manchmal einen besseren als von ganz oben.« Er hob die dampfende Tasse in ihre Richtung wie zu einem stummen Prosit und trank in kleinen Schlucken. »Die Börne war eine verlogene Schlange. Verklemmt, grausam und völlig gefühllos. Sie terrorisierte ihren Mann, ihren Sohn, jeden, der in ihre Nähe kam.«

»Was wollen Sie damit sagen? Dass sie es schon früher verdient hätte, erschossen zu werden?«

»Unbedingt.«

»Sie machen sich gerade verdächtig.«

»Wir Krattler aus dem Wald waren immer verdächtig.« Er trank vom Kaffee; durch den Lippenspalt entstand ein leises Sauggeräusch.

Er sah sie so lange an, bis sie seinem Blick auswich. Dieser Mann war unangenehm. Er genoss das Schauspiel. Es war still jetzt in dem merkwürdigen Haus, Eva Schnee konnte die Leere der riesigen Kiesgrube um sie herum beinahe körperlich spüren.

»Wovon leben Sie, Herr Schenkel?«, fragte sie und hielt seinem Blick wieder stand. Die Aktenlage über ihn war dünn. Zwei Berichte von Maler über seine Vernehmungen. Die Meldebescheinigung mit der Adresse »Kressing, In der Kiesgrube 1« war schon fast 30 Jahre alt.

»Die Kesslers, die Grabowskis ... wir waren der Abschaum ...«, sagte er, als hätte er ihre Frage nicht gehört. »Aber heute wächst Gras über unser Leben. Da werden Sie nichts mehr finden, Frau Kommissarin.« Er stand auf, diesmal mit einer entschlossenen Bewegung, die bedeuten sollte: Das Gespräch ist beendet. Eva Schnee merkte, dass sie erleichtert war.

»Wir haben einen Zeugen gefunden, der einen Motorradfahrer in die Siedlung hat fahren sehen«, sagte sie, als sie sich erhob und Ernst Schenkel zur Tür folgte. »Der Zeitpunkt passt in den von der Gerichtsmedizin ermittelten Zeitraum des Todes von Angela Börne.«

»Und?« Er hielt die Tür für sie auf.

»Wo waren Sie am Nachmittag des fünften September?«, fragte sie.

»Hier«, sagte er.

»Kann das jemand bezeugen?«

Er breitete die Arme aus und sah sich mit einem fragenden Gesichtsausdruck um. Dann sagte er: »Auf Wiedersehen, Frau Kommissarin.«

Es war elf Uhr vormittags. Die Sonne beleuchtete ihren Dienst-BMW, die Kiesberge, diesen sonderbaren Garten. Eva Schnee öffnete das kleine Gartentor und war schon fast am Wagen, als sie noch einmal Schenkels Stimme hinter sich hörte.

»Ursprünglich war das ja so«, sagte er. »Da gab es das neue, saubere Dorf Forstham. Und es gab die illegalen Baracken unten am Fluss. Dazwischen war nur Wald und Scheiße. Zwanzig rechteckige Betonbecken im Boden, wie Swimmingpools, so müssen Sie sich das vorstellen. Nur war da kein Wasser drin, sondern die Scheiße der Forsthamer. Drumherum wuchsen meterhohe Brennnesseln. Und wenn der Wind wehte, durften die Krattler das einatmen, lecker war das.« Er stand noch in der Haustür, die Hände in den Hosentaschen. »Dann haben sie die Kläranlage zugeschüttet und die Bungalowsiedlung draufgebaut. Platz geschaffen für wohlhabende Leute. ›Unter den Kiefern.‹ Romantischer Name, nicht wahr? ›Auf der Scheiße‹ wäre passender gewesen.«

Eva Schnee stieg in ihr Auto. *Du musst vorsichtig sein, mein Hündchen. Nichts ist so, wie es scheint.*

Mit einem wohltuenden Brummen sprang der Motor an. Die Reifen knirschten auf dem steinigen Untergrund, als sich der Wagen in Bewegung setzte.

13. September

Meine Frau nimmt das Telefon nicht ab, es läutet ins Leere, seit Tagen. Aber das war immer so, wenn ich auf Reisen war. Ich habe immer ihre Mailbox zum Überlaufen gebracht, und hinterher ist sie nie darauf eingegangen, was ich gesagt hatte. Die Kinder kann ich auch nicht erreichen. Jolie studiert in London Modejournalismus, Patrick ist in Berlin und programmiert Tag und Nacht für ein Start-up, an dem er beteiligt ist. Ich würde gern mit jemandem sprechen, warum, weiß ich nicht genau. Erzählen kann ich sowieso nichts. Der erste Termin bei dem Hypnotiseur gestern hat mich aus der Fassung gebracht, das muss ich mir vielleicht eingestehen.

Der Mann hat seine Praxis in einem Altbau in Schwabing. Dunkles Treppenhaus, große Räume, antike Möbel, kommt einem vor wie aus einer anderen Zeit. Kornberg heißt der Psychologe, er ist sogar Professor. Auf den Fotos im Internet hat er jünger ausgesehen – aber auch langweiliger. Kornberg hat ein lebendiges Gesicht, man kann ihm fast beim Denken zusehen. Die Jaeger-LeCoultre an seinem Handgelenk ist mir gleich aufgefallen, sehr teure Uhr. Man verdient gut an der Seele, so scheint es. Er führte mich in ein Zimmer mit zwei schwarzen Corbusier-Sesseln, die sich auf einer Linie gegenüberstanden wie zwei Wachsoldaten. Auf meiner

Seite stand ein Beistelltisch mit einer Kanne Tee. Interessant, sich vorzustellen, dass die Kommissarin Schnee immer in demselben Sessel sitzt. Kornberg schenkte mir ein, bevor er sich setzte und mit mir zu sprechen begann.

Das Nächste, was ich erinnere, ist der Satz: »Wir sind jetzt wieder in der Gegenwart. Sie sind in der Konradstraße 13 in München.« Ich fühlte mich frisch und wach wie nach einer Nacht mit tiefem Schlaf. Das änderte sich, als Kornberg ein kleines Aufnahmegerät auf den Beistelltisch legte und es anstellte. Ich hörte ein Rauschen, das entsteht, wenn die Lautstärke voll aufgedreht ist, es kam aus zwei Lautsprechern an der Wand gegenüber. Es dauert eine Weile, bis ich begriff, dass es da noch ein zusätzliches Geräusch gab, eine Stimme, die klang, als käme sie aus weiter Ferne. Es war eine hohe Stimme, unnatürlich hoch, wie die eines Erwachsenen, der ein Kind nachahmt. Ich konnte die Worte nicht verstehen, kein einziges, aber mir war unheimlich zumute, mein Herz hämmerte.

»Das sind Sie, der da spricht«, sagte Kornberg.

»Was sage ich?«

»Es ist nicht zu verstehen.«

Wir hörten zehn Minuten dem Rauschen zu – und dem leisen Strom der Worte im Hintergrund. Sie schienen zu viele Konsonanten zu haben, zu viele Ks und Chs und nur einen Vokal: i.

»Manchmal«, sagte Kornberg, »benutzen Menschen in Hypnose Sprache wie ein Musikinstrument, sie formen Stimmungen und Gefühle, aber nicht mit deutlichen Worten, sondern eher mit Lauten und Tönen.«

»Geht das die ganze Zeit so?«, fragte ich.

»Nein«, sagte Kornberg, »ganz und gar nicht.« Er beugte sich über das Aufnahmegerät und spulte offenbar nach vorn.

»Achtung«, sagte er.

Wieder ertönte das Rauschen, wieder meine Stimme … iinschtchnitsr … rmchsti … kichidch …

Plötzlich ging sie in immer mehr i-Laute über, der Ton wurde dadurch höher, der Rhythmus veränderte sich. Und die Stimme wurde lauter, immer noch lauter. Dr. Kornberg regelte die Lautstärke zurück. Was jetzt aus den Boxen drang, war nur noch ein hohes Wimmern. Das Wimmern, das ich seit Jahrzehnten kannte, das mich verfolgte und quälte. Es waren die Klagelaute meines Freundes Martin in der Eichbergkurve, die Töne, die erst aufhörten, als das Blech des Porsches sie abstellte.

Es war, als würden die Sauerstoffmoleküle aus dem Raum mit den dunklen Möbeln entweichen, als wäre die Luft zum Atmen plötzlich verschwunden. Ich spürte, wie mir schwindlig wurde, wie sich das Bild von Dr. Kornberg zu dehnen und aufzulösen begann.

Später in meinem Hotelzimmer saß ich am Fenster und starrte in die Nacht. Ich kann nicht sagen, ob ich etwas gegessen habe, getrunken, ich weiß nicht genau, wie ich aus der Praxis in München zurückgekommen bin. Mit dem Taxi? Nicht einmal, wann ich ins Bett gegangen bin, kann ich sagen. Als ich heute Morgen erwachte, setzte sich mein Bewusstsein nur sehr langsam wieder zusammen. Wie aus einem großen Haufen von Legosteinen ein Haus entsteht, aus großen und kleinen, roten und blauen, langen und flachen.

Ich erinnere mich, dass ich mit meinem Vater mal ein großes Lego-Projekt angefangen hatte. Es war seine Idee gewesen, und ich hatte es geliebt. Wie alt war ich da? Sechs, sieben? Jedenfalls meinte mein Vater eines Tages, der Bungalow »Unter den Kiefern« würde uns bald zu klein werden, und wir müssten ein neues Haus bauen, ein größeres, noch schöneres. Eines mit einem Schwimmbad auf der Terrasse. Als die Pläne eines Architekten vorlagen, setzte mein Vater sich in den Kopf, das Traumhaus schon mal in klein, aus Lego, aufzubauen. Stundenlang, tagelang lagen wir auf dem Fußboden im Wohnzimmer, nur er und ich, sehr konzentriert. Damals gab es noch viel weniger Sorten Legosteine, es gab keine

Motoren, Räder und solches Zeug. Irgendwann rollten wir den Perserteppich ein, den uns die Großeltern geschenkt hatten, weil man auf dem Muster zu lange nach herumliegenden Steinen suchen musste. Meine Mutter wurde immer wieder nach Rupertshausen geschickt, um neue Steine zu holen, im Spielwarengeschäft »Tausend«. Wir brauchten immer mehr Steine und immer noch mehr. Sie fuhr mit ihrem neuen Fiat 500, er war hellgrün und roch gut, und man konnte mit einem Griff das Dach aufmachen. Meine Mutter lachte immer, wenn sie das tat. Irgendwann blieb unser Bauvorhaben stecken, wahrscheinlich, weil mein Vater die Lust verlor. Das halbfertige Haus stand noch wochenlang im Wohnzimmer auf der Teakholzanrichte, davor auf dem Boden eine offene schwarze Holzkiste, aus der uns eine Million nicht verbauter Legosteine anstarrten. So fühlt sich mein Bewusstsein heute an, wie dieses halbfertige Haus aus Plastikteilen. Nur die Idee eines Bewusstseins, und diese nicht mal zu Ende gebracht.

Damals, in der Zeit »Unter den Kiefern«, wusste ich genau, wer ich war und wer ich sein wollte. Ich hatte einen Platz im Leben, und ich hatte das Gefühl zu wissen, was es bedeutete, am Leben zu sein, welchen Sinn es hatte. Vielleicht geht es ja allen so, dass das im Laufe der Jahre beim Älterwerden unschärfer wird, dass sich die Antwort auf die Frage, wer man ist, zurückzieht. Immer höher hinauf in das Gebirge der Erkenntnis, wo die Hänge zu steil werden, das Gestrüpp zu stachelig, die Luft zu kalt.

So bleiben wir eben stehen, und was uns bleibt, ist der Blick zurück, die Erinnerung, dass es früher anders war. Nichts sonst.

Ist das eigene Gehirn ein Verbündeter? Ein Gefährte? Ein Wesen, das auf einen aufpasst? Oder ein Wesen, das seine eigenen Ziele verfolgt?

Ich bin gespannt, was es in der nächsten Sitzung bei Dr. Kornberg mit mir anstellen wird. Und was für Träume es mir schickt.

Heute Nacht habe ich von der ermittelnden Kommissarin geträumt, dieser Frau, die Schnee heißt, die auch bei Kornberg sitzt. Jeden Tag ist ihr Bild in der Zeitung, deshalb habe ich sie erkannt, als ich ihr dort begegnet bin. Der Traum war eine Art Verhör, sie wollte wissen, wie gut ich Angela Börne kannte und wo ich war, als sie erschossen wurde. Schließlich hatte ich Sex mit ihr, und mein Schwanz wurde dabei immer härter und immer länger, und am Ende spießte ich diese Kommissarin damit auf. Ihre Augen hörten auf, etwas zu sehen, aus dem rechten kam ein Tropfen Blut, wie eine Träne.

Ein Bilderbuchtag da draußen vor meinem Fenster. Die Berge sind nah, und sie leuchten. Ich werde noch mal nach Forstham fahren. Jetzt gleich. Der Fluss wird glitzern, und die Bäume werden genauso riechen wie früher.

Tag 4 der Ermittlungen
Sonntag, 13. September

Eva Schnee war sich sicher: Bei einem Wettbewerb zum hässlichsten Büro der Welt hätte ihr Zimmer allerbeste Chancen. Absurd hohe Wände, bestimmt vier Meter hoch, und ganz oben eine meistens flackernde Leuchtstoffröhre. Absurd schmaler Raum, höchstens zwei Meter breit. Gleich an der Tür – aus Stahl und gelb angestrichen –, gleich neben dieser Tür zwei schwarze, absurd hohe Rollschränke. Okay, zum Aktenverschwindenlassen nicht schlecht. Doch selbst ein Leichtgewicht wie Eva Schnee musste jedes Mal auf dem Weg zu ihrem Schreibtisch (Plastik, weiß) fürchten, zwischen den Schränken und der Wand (dunkelgrau) eingeklemmt zu werden. Ach ja, und unten, am Boden, ein grüner, fleckiger Teppichboden, bei dem man besser nicht auf die Idee kam zu fragen, woher die Flecken eigentlich stammten. Gut, immerhin war es ein Einzelbüro. Man konnte auch sagen: Einzelzelle.

Dennoch hatte Eva Schnee, die da vor ihrem Laptop saß, ziemlich gute Laune. Erstens, weil ihr neues Parfüm der Hit war, sauteuer, aber auch echt ungewöhnlich. Zweitens, wichtiger natürlich, weil das Material, das ihr Philip gemailt hatte, sehr gut war. Zwölf Seiten, ein kleines Dossier, über die Firma *Suncloud*, den Großinvestor, der die alte Siedlung in Forstham aufgekauft hatte. Da stand 'ne Menge drin, viele Infos, klare, einfache Sprache. Perfekt. Danke, Philip.

Ach, der Philip. Ein Wirtschaftsjournalist beim Bayerischen Fernsehen, wohl durchaus eine große Nummer, sagte er selbst, sagten auch andere. Nicht mehr der Jüngste, irgendwas um Mitte vierzig, sah ganz gut aus, aber auch ein wenig langweilig, hielt sich für einen großen Womanizer. War aber keiner. Was kein guter Kontrast war. Er war ein Dauerverehrer von Eva Schnee, wahrscheinlich nicht nur von ihr, aber eben besonders von ihr. Sie hatten sich ein paarmal getroffen, einmal hatte sie ihm im Auto ein Küsschen gegeben oder waren es zwei? Philip hatte es jedenfalls überinterpretiert, war ein bisschen nervig geworden, doch das war auch wieder vergangen. Das Wichtigste: Philip blieb ihr wohlgesinnt. Oder wie es ihre Freundin Cat ausdrückte: Der On- und Off-Schalter funktionierte auch weiterhin.

Cat vertrat die Auffassung, jede Frau brauche einen Pausenclown. Es könnten auch mehrere sein, zu viele würden allerdings irgendwann anstrengend. Ein Pausenclown war für Cat klar definiert: Er will was von dir, manchmal richtig viel, manchmal was Ernstes, eigentlich egal; wichtig ist, dass du nichts Ernstes von *ihm* willst, aber dies nie klar zum Ausdruck bringst – warum muss man Menschen verletzen? Wichtig war weiter, dass du das Spiel am Laufen hältst. Immer mal wieder. Immer mal wieder den On-Schalter betätigst und dann, wenn es nötig wird, den Off-Knopf.

Bei Philip funktionierte das jedenfalls bestens. Sie hatte ihn bestimmt drei, vier Monate nicht gesehen, aber als sie ihn vor zwei Tagen angerufen hatte mit dem Satz, »Philip, du musst mir helfen, ich bin in einer schwierigen Lage, ich brauche dich« – als sie all diese Schlüsselworte gesagt hatte, war er sofort wieder ganz der alte Philip gewesen: »Okay, ich häng mich mal hinter diese Firma. Suncloud, was für ein bescheuerter Name. Ich schick dir was.«

Die zwölf Seiten des Dossiers waren klar strukturiert: Was war Suncloud für eine Firma, wer war der Chef? Welche Investoren steckten dahinter? Wer steckte wiederum hinter den Investoren, wer hielt die Fäden der Macht in den Händen? Diese Fragenkette gefiel Eva Schnee. Sie beschloss, sie in Zukunft öfters anzuwenden.

Suncloud: eine junge Firma, erst vor sechs Monaten gegründet, und zwar vermutlich für den Kauf der Forsthamer Siedlung. Geschäftsführer war ein Russe namens Andrej Markov. Das Unternehmen war eine Tochterfirma der weit größeren Firmenkonstruktion *Sunshine*, spezialisiert auf Immobiliengeschäfte mit Schwerpunkt auf der Entwicklung und Finanzierung von Bauprojekten. Sunshine operierte weltweit, hatte Filialen in Moskau und Peking sowie weiteren Städten im asiatischen Raum. (Anmerkung von Philip: ›Konnte so schnell nicht herausfinden, um welche Bauprojekte es sich in Deutschland handelt. Nur zwei Großkliniken, eine in Heidelberg und eine in Stuttgart, konnte ich zweifelsfrei Sunshine zuordnen.‹) Laut Handelsregister war der Sitz von Sunshine und auch von Suncloud Baierbrunn, ein kleiner Ort südlich von München. Es sollten weltweit mehrere Tausend Mitarbeiter angestellt sein, die Quellenlage hierfür war jedoch unklar. Anmerkung von Philip: ›Auch ich könnte sagen, ich beschäftige fünfhundert Leute, wer soll das kontrollieren?‹ Der Geschäftsführer von Sunshine war ebenfalls Andrej Markov. Sein Leumund war in Ordnung. Keine Skandale, keine Ermittlungsverfahren, zumindest keine, die bekannt waren. Markov sprach perfekt Deutsch, er hatte drei Wohnsitze: München, Wien und Moskau. Auf Fotos sah man einen großen schlanken Mann, der eine Besonderheit aufwies: An der linken Hand fehlten ihm zwei Finger.

Welche Investoren steckten hinter Sunshine? Das Unternehmen arbeitete hauptsächlich mit Immobilienfonds zusammen, aus China, Hongkong und Russland. Ungewöhnlich war, dass die Gesellschaften für Projekte von Sunshine immer einen ganz neuen Fonds auflegten, als hätten die Sunshine-Vorhaben etwas Jungfräuliches, als gäbe es niemals Schatten aus der Vergangenheit.

Welche Investoren waren bei Suncloud engagiert? Darüber gab es keine Informationen, bislang schien noch keine Investorenstruktur vorhanden zu sein. Dies war laut Philip in diesem Stadium des Projekts durchaus üblich, wo noch keine klaren Pläne veröffentlicht waren, was mit der Siedlung in Forstham geschehen soll.

Wer hatte die Macht bei Sunshine und Suncloud? Beide Firmen hatten einen Aufsichtsrat, in dem dieselben drei Personen saßen, angeführt von demselben Vorsitzenden. Der Mann hieß Markus Kessler, ein Deutscher. Ganz klar: Kessler war die Nummer eins, nicht Markov. Über ihn lief alles, er bestimmte alles – ihm gehörte alles. Sunshine war nicht an der Börse notiert. Sunshine war im Besitz verschiedener anderer Firmen, die aber ebenfalls Kessler gehörten.

Warum Immobilienfonds so gern bei Sunshine einstiegen? Ganz einfach: Kessler bot sehr ansehnliche Renditen – und garantierte dafür am Ende mit seinem Privatvermögen.

Letztes Kapitel: Wer war Markus Kessler? Eva Schnee blickte auf die Uhr, in zehn Minuten hatte sie eine Besprechung bei ihrem Chef, bei Roloff. Er hasste es, wenn jemand unpünktlich war, und Unpünktlichkeit fing bei ihm im Sekundenbereich an. Also begann sie, schneller zu lesen. Ihre Augen flogen über die Zeilen. Von Markus Kessler war so gut wie nichts bekannt. Es gab kaum Fotos von ihm. Nicht mal sein Alter war dokumentiert, musste aber irgendwo um die sechzig liegen. Er hatte nie ein Interview gegeben. Kessler war ein schwerreicher Mann, wir reden eher von Milliarden als von Millionen. Kessler war viel mehr als Sunshine, er hatte Beteiligungen an Dutzenden von Weltfirmen. Es gab kaum etwas, woran er nicht beteiligt war, auch an den Big Shots im Silicon Valley. Es konnte sein, dass er von Suncloud persönlich gar nichts wusste, vielleicht war die Nummer zu klein für ihn.

Wie Kessler so reich geworden war? Wusste keiner so recht. Bekannt war nur: Er hatte einige Jahre in Moskau gelebt, eine Zeit lang sollte er der Bürochef eines russischen Oligarchen gewesen sein. Man wusste so wenig über Kessler, dass auch nichts bekannt war von irgendwelchen Skandalen, von irgendwelchen Leichen im Keller. Anmerkung von Philip: ›Aber du kennst das Zitat von Balzac? Hinter jedem Vermögen steckt ein Verbrechen.‹ Und letzte Anmerkung des Journalisten: ›Ich hab ein einziges Foto von Kessler gefunden, bei einem Charity-Golfturnier am Starnberger See, und jetzt wird's spooky: Kessler fehlen auch zwei Finger und auch an der linken Hand.‹

Eva Schnee tippte schnell noch eine SMS an Philip: »Ganz toll, lieber Philip, super Arbeit. Du hast mir soooo geholfen. Will dich ausführen, ja? Ein Abend nur wir beide, bald? Freu mich auf dich. Du bist ein Schatz. Kiss, Eva.«

Zwanzig Sekunden vor dem Termin betrat sie das Büro von Roloff. Ein Kommissarkollege aus der Abteilung Wirtschaftskriminalität saß schon da. Paul irgendwas, ein schrecklicher Kerl, fett, immer schwitzend, bieder, komplett einfallslos. Einer von der Sorte, die dafür verantwortlich waren, dass von den wirklich großen Wirtschaftskriminellen nie einer gefasst wurde, dachte Eva Schnee.

»Hallo, Paul«, sagte sie.

»Hallo, Eva«, sagte Paul, sichtlich begeistert, dass er ihretwegen am Sonntag ins Büro gerufen wurde.

Roloff war berühmt für seine extrem kurzen Besprechungen und Konferenzrunden, die durchschnittliche Dauer lag gefühlt eher bei zwei als bei fünf Minuten. Roloff hasste jede Art von Langatmigkeit.

»Paul ist dankenswerterweise zu uns gekommen, um zu erzählen, was er über diesen Großinvestor Suncloud weiß, der die Siedlung in Forstham aufgekauft hat. Leg los, Paul«, sagte Roloff.

Wirtschaftsfachmann Paul fing ein bisschen an zu schwitzen und murmelte etwas von: Völlig unbekannte Firma, ein Russe namens Markov stecke dahinter, aber auch über den wisse man nichts. Und dann sagte er abschließend doch tatsächlich: Da sei wohl alles in Ordnung, sonst wüsste er es. Nix von Sunshine, nix von Kessler ... Nix, nix, nix.

»Das ist nicht viel«, sagte Max Roloff.

»Ich kann auch nicht zaubern, Max«, sagte Paul, »und mein Chef hat früher immer gesagt: Keine Informationen können auch hilfreiche Informationen sein.«

Eva Schnee versuchte jegliche triumphierende Tonlage zu vermeiden, als sie anfing, ihre Informationen vorzutragen (»Ich habe eine andere Quelle«) und kurz und schnell über den undurchsichtigen Milliardär Markus Kessler und seine Firmenverflechtungen berichtete. Am Ende sagte sie:

»Ich bin zuversichtlich, dass ich bald weitere Informationen erhalte.«

Roloff schaute Paul an und sagte: »Danke, Paul, du kannst wieder abziehen.« Kleine Pause, dann: »Und nur so als Tipp: Check doch deine Quellenlage mal, ist vielleicht noch ausbaufähig.«

Zu Eva sagte er: »Bleiben Sie bitte noch einen Moment da, ich hab noch was zu besprechen.«

Nachdem Paul ziemlich belämmert abgezogen war, sagte Roloff: »Gute Arbeit, Frau Schnee. War mir eine Freude.«

Doch das war es dann auch mit den angenehmen Dingen. Roloff berichtete Eva Schnee von der Untersuchung, die gegen sie lief. Er sagte, er halte diese Untersuchung für einen großen Schwachsinn und dass er fest zu ihr stehe. Es helfe jedoch nichts, sie müsse sich der Sache stellen.

»Und deshalb müssen Sie da nächsten Mittwoch hingehen, am besten ganz freundlich und entspannt. Dass du ausrastet, das wollen sie ja gerade.«

Manchmal verfiel Roloff ins Du, hatte es ihr aber nie offiziell angeboten. Er schrieb auf einen kleinen gelben Zettel einen Namen, eine Adresse und eine Zeit: 9 Uhr.

»Wer ist das?«, fragte Schnee.

»Eine Psychologin. Das ist Teil dieser Untersuchung.«

»Und was will die?«, fragte sie.

»Eva, die will checken, ob du noch klar in der Birne bist. Als hättest du nichts anderes zu tun.« Roloff begleitete sie bis zur Tür und versuchte aufbauend zu sein, auf seine Art. »Denken Sie an den alten Satz, Eva: Schlechte Erfahrungen im Leben haben noch nie jemandem geschadet.«

Sie ging runter auf die Straße und dann einfach weiter. Ein paar Minuten, langsam wurde sie ruhiger. Sie hätte von dem Gespräch mit Roloff auch behalten können, dass er gesagt hatte, er stehe zu ihr und alles werde am Ende gut ausgehen. Doch sie hatte behalten, dass man dabei war, ihr die falsche Frage zu stellen – eine Frage, die ihr keiner stellen sollte: »Bist du verrückt?«

Ihr Handy klingelte. Eine unbekannte Nummer. »Ja?«, sagte sie.

»Mein Name ist Markov. Spreche ich mit Frau Kommissarin Schnee?«

»Ja«, sagte sie.

»Sie haben meinen Namen vielleicht schon gehört. Ich rufe Sie an, weil Herr Markus Kessler gern mit Ihnen reden würde. Können wir einen Termin vereinbaren?«, fragte Markov.

»Klar, gerne. Jederzeit. Darf ich trotzdem fragen, woher Sie meine Handynummer haben?«

»Frau Schnee, lassen Sie es mich so sagen: Mein Job ist es, mehr Handynummern zu haben als andere.«

»Darf ich noch eine Frage stellen?«

»Gern, Frau Schnee.«

»In der Nähe der Siedlung, die Suncloud gerade gekauft hat, lebte eine große Familie mit vielen Kindern, die Familie hieß Kessler. Hat Markus Kessler etwas mit dieser Familie zu tun?«

»Genau darüber, Frau Schnee«, sagte Markov, »möchte sich Herr Kessler gern selbst mit Ihnen unterhalten.«

Vor fünfzig Jahren

Er war bestimmt der schüchternste Junge in der ganzen Schule, da war sich Margit Teichert ganz sicher. Er sagte fast nie etwas, und wenn der Lehrer ihn aufrief, bekam er rote Ohren. Sie konnte das gut sehen von ihrem Platz aus. Das Klassenzimmer war aufgeteilt in die Seite der Mädchen und die Seite der Jungen. Dazwischen gab es einen Gang, in dem der Lehrer auf und ab gehen konnte. Die Mädchenseite befand sich an der Fensterfront, die der Jungs an der Wand. Margit Teichert saß in der vierten Reihe, ganz innen am Gang. Lukas saß schräg vor ihr, in der zweiten Reihe der Jungs, auch ganz innen am Gang. Nicht dass er unscheinbar gewesen wäre, nein, im Gegenteil: Er war groß, hatte breite Schultern und schwere Muskeln, die sich langsam bewegten, das konnte sie beobachten. Langsam atmeten sie unter dem Stoff der karierten Hemden, die er trug. Er hatte nur zwei verschiedene, ein rotweißkariertes und ein blauweißkariertes, aber immer waren sie sauber und frisch gebügelt. Margit hatte den Verdacht, dass er sie selber bügelte, weil seine Mutter noch fünf weitere Kinder versorgen musste – und weil er jemand war, der sehr auf seine Sachen achtete, das mochte sie. Sein Federmäppchen war nicht bekritzelt oder beklebt, sein lederner Schulranzen war immer sauber und eingefettet. Er hatte ihn bestimmt schon seit der ersten Klasse – er wirkte an ihm etwas zu klein für sein Alter und seine Statur.

Draußen vorm Klassenzimmer waren Garderobenhaken an der Wand befestigt für die Mäntel und Jacken. Jeder Schüler hatte seinen eigenen, zu erkennen an den handgeschriebenen Namensschildern unter den Haken. Lukas hatte über seines ein Stück Tesafilm geklebt, damit es keine Flecken bekommen konnte. Die geraden Buchstaben standen wie Alleebäume ausgerichtet auf dem Stück Papier: LUKAS LEHMANN. Einmal, als Margit Teichert während des Unterrichts austreten war und von der Toilette zurückkam, war sie davor stehen geblieben. Sie war ganz allein in dem langen Gang, niemand konnte sehen, wie sie das Schild anfasste. Langsam fuhren ihre Fingerspitzen die Buchstaben entlang. *LUKAS LEHMANN*. Es war Sommer, und es hing keine Jacke an seinem Haken, sonst hätte sie vielleicht daran gerochen. Margit trug oft Miniröcke, die so kurz waren, dass sie Ärger mit ihrem Vater bekam. Die meisten Jungs und auch die Lehrer, besonders der alte Brunnenmeier, schauten verstohlen auf ihre Beine, Lukas nicht. Sie konnte sehen, dass er sich nicht traute. Er hielt seinen Blick überhaupt sehr bei sich, als könnte der ihn in gefährliches Terrain führen. Und wenn man dem Blick doch mal begegnete, dann senkte er ihn gleich. Aber ein paarmal hatten sie sich angelächelt, ganz kurz, und sie fand, er hatte das schönste und scheueste Lächeln der Welt. Sie beneidete die anderen Jungs, die in der Pause manchmal im Schulhof mit einem Tennisball Fußball spielten und dabei sein Lächeln öfter sahen. Braune Augen hatte der Lehmann Lukas, und er hatte schwarze, dicke Haare, die er ein bisschen wie Elvis Presley frisierte. Er war hervorragend in Mathe, immer nur Note 1, und die Lehrer hatten seinem Vater mehrmals gesagt, dass der Lukas auch das Gymnasium schaffen würde. Aber der Vater hatte eine Schreinerei und gleich abgewinkt. Es ging hier um seinen ältesten Sohn, und der würde nach der Hauptschule eine Schreinerlehre machen.

Lukas hatte wenig oder gar kein Geld, glaubte sie zumindest. Nie hatte sie ihn etwas kaufen sehen, zum Beispiel am Kiosk im Pausenhof, und nie hatte sie beobachtet, dass er etwas Neues bei sich hatte, eine Schallplatte oder ein neues Teil am Fahrrad. Margit dagegen hatte immer Geld, seit sie so viele Babysitterjobs in der neuen Bungalowsiedlung angenommen hatte. Die Hälfte musste sie zu Hause abgeben, aber sie bekam zwei Mark pro Stunde, da blieb immer noch viel für sie übrig. Einmal hatte sie Lukas auf dem Weg in die Pause einen Kaugummi angeboten, einen gelben Wrigleys. Zuerst hatte er schüchtern den Kopf geschüttelt und »Nein, danke« gesagt, aber als sie ihn noch einmal aufforderte, »Komm schon, nimm einen, die sind sehr gut«, hatte er doch zugegriffen. Aber gegessen hatte er ihn nicht. Ein paar Tage später hatte sie den Kaugummistreifen in seinem Federmäppchen gesehen, zwischen Spitzer und Radiergummi hatte er einen Platz gefunden und wirkte dort wie ein Wertgegenstand. Er war immer noch wie neu, die Verpackung hatte keinen Knick und leuchtete gelb.

Es war ihr letztes Schuljahr, und mit dem Abschlusszeugnis würde die Klasse auseinanderfallen. Margit hatte Angst vor diesem Tag. Wie sollte sie sich Lukas nähern, wenn ihr das in den letzten beiden Jahren nicht gelungen war, in denen sie sich beinahe täglich gesehen und ein paar Armlängen voneinander entfernt gesessen hatten? Sie musste etwas unternehmen, das wusste sie. *Er* würde es nicht tun.

Sie stand im Badezimmer vor dem Spiegel und schob den weißen Reifen in die Haare. Er passte zu dem weißen Rock, den sie ausgesucht hatte, und zu der gelben Bluse. Sie war spät dran, weil sie sich noch die Haare gewaschen hatte, das Blond schimmerte in der Morgensonne, die seitlich durchs Fenster fiel. Die Augen würde sie sich erst in der Schule anmalen, ihr Vater hasste es, wenn sie sich schminkte. Lukas, kann ich dich kurz sprechen? Das würde sie sagen. Am besten auf dem Weg in die Pause. Heute war ein mutiger Tag, das spürte sie.

»So willst du in die Schule? In diesem Aufzug?«, sagte ihr Vater mit Blick auf ihren Rock, als sie ihm in der Diele begegnete. Er rief über die Schulter Richtung Küche, wo ihre Mutter Frühstück machte: »Sabine, ich versteh nicht, wie du das erlauben kannst.«

»Ich muss mich beeilen, Paps«, sagte sie, zwängte sich an ihrem Vater vorbei, griff nach der Schultasche und flutschte durch die Haustür. »Bis später!«

Lukas, kann ich dich kurz sprechen. Ja, so würde sie das anfangen, direkt und klar. Egal, ob jemand bei ihm war, ob es jemand hörte. Und dann würde sie ihm erzählen, dass sie jetzt öfter zum Babysitten in die Bungalowsiedlung ging und dass der Weg dorthin am Fluss entlangführte und durch den Kiefernwald, und dass sie da immer ein wenig Angst habe. Willst du mich vielleicht mal begleiten? Das würde sie fragen. Heute vielleicht? Es ist ein schöner Weg, um sieben Uhr muss ich dort sein. Die Börnes wollen ins Theater, ich pass auf ihren Sohn auf, der ist sieben. Wir könnten uns um sechs am Stromhäuschen treffen. Dann haben wir ein bisschen Zeit und können uns ans Wasser setzen, reden und Steine werfen ...

Als der Eingang der Schule vor ihr auftauchte, lief der Tag kurz Gefahr, von einem mutigen zu einem nicht so mutigen zu werden. Aber Margit Teichert, einzige Tochter des Fernsehtechnikers Hermann Teichert, ließ das nicht zu. Sie würde ihren Plan jetzt durchziehen.

Das mit dem ans Wasser Setzen und Reden konnte sie ja weglassen, das war Lukas vielleicht unangenehm.

Sie hörte das laute, rasselnde Klingeln der Schulglocke, zweimal. Es bedeutete höchste Eisenbahn. Gleich fing der Unterricht an. Zum Schminken war keine Zeit mehr.

Schon als Iris Jantschek das erste Mal bei Hutzaks zum Putzen antrat, hatte sie ein komisches Gefühl. Nicht Frau Hutzak war zu Hause, um sie einzuweisen, sondern Herr Hutzak. Ein großer, lauter Mann, auf dem Kopf hatte er schwarze zurückgekämmte Haare, im Gesicht eine schwarze Hornbrille. Hinter dem Glas bewegten sich graue Augen unablässig hin und her, als wären sie eingesperrt. An der linken Hand trug Herr Hutzak einen Siegelring mit schwarzem Stein. Er roch stark nach Rasierwasser, Marke »Marbert Man«, wie sie später sah, weil die Flasche auf der Ablage unter dem Badezimmerspiegel stand. Die Hutzaks hatten keine Kinder, aber einen großen Fernseher im Wohnzimmer und in der Garage einen Opel Commodore, bei dem das Dach eine andere Farbe hatte als der Rest. Gold-schwarz war der Wagen.

»Wir trinken erst mal zusammen einen Kaffee und unterhalten uns«, sagte Herr Hutzak und zeigte auf das Sofa. Er setzte sich direkt neben sie, beim Einschenken des Kaffees berührte sein Unterarm ihr Knie. Er fragte sie allerhand Sachen, was sie werden wolle zum Beispiel, das Putzen sei ja nichts fürs Leben, und auch, ob sie schon einen Freund habe. Dann zeigte er ihr, wo sich die Putzmittel befanden und der Staubsauger – »ein Hoover, das sind die Besten« –, und führte sie durch die Zimmer. Von außen hatte sie sich die Bungalows irgendwie größer vorgestellt. Sie bestanden nur aus einem Wohnzimmer mit Essecke, drei kleinen weiteren Zimmern und Küche und Bad. Aber hübsch war das alles, fand Iris, alle Zimmer hatten eine Glastür ins Freie. »Viele Fenster zum Saubermachen«, lachte Herr Hutzak.

Es war zwei Uhr nachmittags, und als sie anfing zu arbeiten, fing es an zu regnen. Herr Hutzak saß auf dem Sofa und trank einen Cognac. Und beobachtete sie genau. Seine Blicke waren ihr unangenehm, sie war froh, als sie mit Wohnzimmer, Essecke und Küche fertig war und aus seinem Blickfeld verschwinden konnte.

»Wie war's?«, fragte ihre Mutter, als sie nach Hause kam. »Hat der Mann dich heimgefahren? Das ist aber nett von ihm bei dem Regen. Ein großes Auto hat er.«

Iris bemerkte das Glas und die Flasche Eierlikör auf dem Sofatisch sofort. Sie machte sich in letzter Zeit Sorgen um ihre Mutter. Inzwischen trank sie jeden Abend diesen Eierlikör, den sie selber herstellte. Sie war einsam, und sie wurde immer schrulliger. So würde sie nie einen Mann kennenlernen. Sie sagte, dass sie das sowieso nicht wolle, aber das glaubte Iris nicht. Fünfzehn Jahre war der Unfall jetzt her, bei dem ihr Vater auf der Baustelle erschlagen worden war. Doch die Bilder von ihm standen immer noch auf der Anrichte, immer noch mit einem schwarzen Band versehen, als sei es gestern geschehen.

»Ich treffe heute noch die Renate, und wir gehen zu einer Party«, sagte Iris.

»Schon wieder?«, fragte die Mutter. »Warst du nicht erst gestern auf einer Party? Gibt es denn so viele Partys?«

Da war Iris schon im Bad verschwunden. Sie wollte die Blicke und den Marbert-Man-Duft von Herrn Hutzak abduschen, und es hatte sowieso keinen Sinn, mit ihrer Mutter zu diskutieren. Seitdem Iris' Bewerbung für eine Buchhalterlehre in der Schaumstofffabrik abgelehnt worden war, schien für ihre Mutter klar zu sein, dass sie jetzt nicht mehr in der Ausbildung war, sondern als Vollverdienerin das ihre zum Haushalt beizutragen hatte.

Unter der Dusche fragte sich Iris, ob ihre Freundin Renate heute Abend zulassen würde, dass der Typ von der Autowerkstatt ihren Busen anfasste. Geküsst hatte er sie schon, und Renate hatte gesagt, sie würde es jetzt wissen wollen. Der Typ war ja auch toll, alle fanden den toll, er war erst vor kurzem hergezogen nach Forstham, und er war auch paar Jahre älter, vielleicht sogar schon zwanzig. Iris hatte ihren ersten Kuss auch schon hinter sich, aber das musste man eher als Missgeschick bezeichnen. Es war auf dem Parkplatz vom Hartlbräu passiert bei der Feier des Hauptschulabschlusses, sie hatte drei Glas Wein getrunken, und der Reger Heinzi hatte das ausgenutzt, seine Zunge war hart und eklig gewesen. Das war bei dem Typen von der Autowerkstatt bestimmt anders, der kannte sich schon aus, der konnte das bestimmt besser. Renate war ganz hingerissen.

»Wann kommst du nach Hause?«, fragte ihre Mutter, als Iris in schwarzen Schlaghosen und Glitzertop in der Tür stand.

»Weiß nicht«, sagte sie und umarmte ihre Mutter, vorsichtig, so dass sie die Zigarettenschachtel nicht spüren konnte, die sie im Hosenbund stecken hatte. Rauchen war für Iris Jantscheks Mutter der Inbegriff des Lotterlebens.

Lukas hatte ein Geschenk für sie dabei. Er holte es aus seiner Hosentasche und gab es ihr gleich im ersten Moment, als sie sich trafen. Es war gelb, und es war aus Plastik: ein kleiner länglicher Quader mit einem Mickey-Maus-Kopf. »Für dich«, sagte Lukas und nahm es ihr gleich wieder aus der Hand, um ihr zu zeigen, dass man den Mickey-Maus-Kopf nach hinten klappen konnte. Der Mechanismus schob ein kleines, viereckiges Bonbon nach vorne. Brausebonbons der Marke PEZ waren der Hit bei Kindern, und diese Bonbonspender waren neu, es gab sie erst seit ein paar Wochen. Lukas sagte: »Ist lustig, oder? Ich hab es aufgefüllt. Zitrone. Magst du Zitrone?«

Sie standen hinter dem Stromhäuschen an der großen Kiefer am Steilufer. Die Isar wälzte ihr dunkelgrünes Wasser unter ihnen vorbei. Es war halb sieben Uhr abends, aber die Sonne stand so hoch, als wäre es Nachmittag. Eine Bank war hier am Weg aufgestellt, Margit Teichert setzte sich, und Lukas setzte sich neben sie. Grillen zirpten. Das Bonbon in Margit Teicherts Mund war heiß, es glühte, brannte. Wie die Mickey Maus in ihrer Hand. Sie hatte das Gefühl, dass die Luft einen neuen Geruch annahm. Er mischte sich zu dem Harzgeruch der Föhren und dem Waschmittelduft, der von Lukas' kariertem Hemd kam. Ein Lukas-Geruch, ein Lukas-hat-mir-etwas-geschenkt-Geruch.

Sie kannte diese PEZ-Spender mit den Disneyköpfen: Donald Duck, Goofy, Mickey Maus ... Jedes, wirklich jedes Kind in der Siedlung hatte nicht nur einen davon, sondern mehrere, Margit sah sie auf Waschbeckenablagen, in Brotkörben, neben Kopfkissen. Mütter brachten sie vom Einkaufen mit, wenn es neue davon gab. Die Mütter der Siedlung, die sich auch teures Parfüm leisten konnten.

Lukas hatte ein großes Pflaster am Unterarm. »Hab mich beim Reparieren vom Mofa dumm angestellt«, sagte er, als er ihren Blick bemerkte. »Heißer Auspuff.«

»Du hast doch gar kein Mofa.«

»Ich repariere Mofas und Mopeds und verdien bisschen Geld.«

Von der Bank unter der großen Föhre bis zur Siedlung waren es höchstens zwei Kilometer Weg. Babysitter mussten pünktlich sein. Sieben Uhr hieß sieben Uhr, nicht fünf nach sieben. Die Börnes wollten nach München ins Theater. Margit Teichert hätte den Weg gern verlängert, am liebsten wäre sie bis nach München gelaufen, immer am Fluss entlang, immer neben Lukas. Weil der Weg schmal war, konnte man kaum nebeneinander laufen, ohne sich zu berühren.

»Was machst du in den großen Ferien?«, fragte sie, und als ihr einfiel, dass das ja ihr letztes Schuljahr und der Begriff Ferien eigentlich falsch war, fügte sie hinzu: »Also, wenn die Schule vorbei ist.«

»Ich fang in der Schreinerei an«, sagte er. »Gleich am ersten August.« Er sah immer nur kurz zu ihr herüber, dann waren seine Augen wieder auf dem Weg.

»Bist du schon mal mit einem Boot die Isar runtergefahren?«, fragte sie.

»Ja«, sagte Lukas und lächelte. »Schon oft.«

»Hast du ein Boot?«

»Wir haben so ein altes Armeeschlauchboot, ein Riesending, mein Vater hat es mal irgendwo abgestaubt.«

»Machst du das mal mit mir? Das wäre toll.«

Er antwortete nicht gleich. Margit Teichert hörte nur ihre Schritte. Mit jeder Sekunde dieser Stille wurde sie verlegener. Das war jetzt zu viel. Warum hatte sie das gefragt? Warum konnte sie ihre Klappe nicht halten?

»Da vorn ist ein großer Hund«, sagte sie schließlich. »Magst du Hunde?«

»Mein Vater gibt das Boot nicht einfach so her«, sagte Lukas. »Das wird nicht einfach, aber ich schaff das irgendwie. Du musst mir beim Transportieren und Aufpumpen helfen.«

Margit Teichert blieb stehen und griff nach seiner Hand. Später sollte sie sich mit heißem Gesicht im Badezimmer der Börnes fragen, woher sie den Mut dazu genommen hatte. »Oh, danke, danke«, sagte sie. »Da freu ich mich sehr!«

Sie schwiegen dann, bis sie am Friedhof angelangt waren und die Siedlung vor ihnen lag.

»Also dann«, sagte Lukas, »bis morgen.«

»Ja«, sagte Margit, »bis morgen bei Frau Spornraft.«

Frau Spornraft war ihre Deutschlehrerin. Sie hatten sie in der ersten Stunde.

Er lächelte sein Lukaslächeln. »Ja«, sagte er.

»Wann?«, fragte sie.

»Was wann?«

»Wann machen wir das mit dem Boot?«

Er zuckte die Achseln und schaute auf die Füße. »Ich muss mit meinem Vater reden.«

Sie blieb dann noch einmal stehen und drehte sich um, aber Lukas war schon nicht mehr zu sehen zwischen den Bäumen.

»Du bist spät«, sagte Frau Börne und sah demonstrativ auf ihre Armbanduhr. Sie hatte ein dunkelblaues Kostüm an und war geschminkt wie ein Filmstar.

»Spielst du mit mir noch ein Memory?«, sagte ihr Sohn Franz, der hinter dem Bein seiner Mutter stand, schon im Schlafanzug. Memory war ein neues Spiel. Man musste sich Bilder auf Karten merken, die umgedreht auf dem Tisch lagen, und wenn man zwei gleiche aufdeckte, durfte man sie behalten. Margit liebte dieses Spiel und hatte ihre Mutter schon ein paarmal zu überreden versucht, eines zu kaufen. Zu teuer, war der einzige Kommentar gewesen.

»Nein«, sagte Frau Börne, »ein anderes Mal. Margit bringt dich gleich ins Bett.«

Herr Börne erschien im Flur und klimperte mit den Autoschlüsseln.

»Hallo, Margit«, sagte er. Er hatte einen dunklen Anzug an und sah sehr gut aus, fand Margit Teichert. Sie hatte schon ein paarmal gedacht, so einen Mann würde sie später vielleicht auch mal haben. An diesem Abend dachte sie an Lukas. Sie dachte an ihn, während sie mit Franz dann doch noch Memory spielte, und später, während sie im Wohnzimmer saß und durch die Zeitschriften blätterte, die dort auf dem Tisch lagen. Sie hatte ausdrücklich die Erlaubnis dazu. Eine hieß *Brigitte*, eine andere *Quick*. Bei ihr zu Hause gab es keine Zeitschriften. Sie las von einem Diamanten, den ein Schauspieler der Schauspielerin Liz Taylor geschenkt hatte, und sie hielt die PEZ-Mickey Maus in ihrer Hand. Sie dachte, dass dieses Geschenk genauso wertvoll war wie ein Diamant.

Die Börnes kamen erst nach Mitternacht nach Hause. Sie hatte eine strenge, genervte Miene, er roch nach Alkohol, hatte seine Krawatte halb gelöst und sagte: »Ich fahre dich nach Hause, Margit.«

Herr Börne hatte ein Sportcoupé, es roch darin noch nach Frau Börnes Parfüm. Er sprach nichts während der Fahrt. Auch nicht, als er ihr zwischen die Beine fasste. Die Hand bewegte sich ruhig vom Schalthebel zu ihrem Knie, über den Oberschenkel nach oben unter ihren Rock. Als wäre es das Selbstverständlichste der Welt.

Wo war eigentlich seine Frau? Warum bekam sie die nie zu Gesicht?, dachte Iris Jantschek, als sie beim dritten Mal Putzen wieder nur auf Herrn Hutzak traf. Diesmal öffnete er die Tür in einem Bademantel, der mit seinen breiten grünen und weißen Streifen aussah wie eine Markise. Der Gürtel war über seinem stattlichen Bauch zusammengebunden, sein Mund unter der Hornbrille grinste und sagte: »Schick, oder? Ist ganz neu, aus Italien.«

Wieso war der Mann immer zu Hause? Hatte er kein Büro? Hatten Ingenieure kein Büro? Er behielt den Bademantel die ganze Zeit an, saß auf dem Sofa, trank Cognac, fragte sie sogar, ob sie auch einen wollte. »Ein klitzekleines Gläschen«, sagte er, und eines der Augen zwinkerte.

»Nein, danke«, sagte sie, spürte, dass sie rot wurde – und hasste sich dafür. Wieder fuhr er sie später in seinem Opel nach Hause, auch dabei behielt er den Bademantel an, schlüpfte nur in einen Regenmantel, damit die Leute es nicht sahen. Aber *sie* sah seine haarigen Beine von den Knien an abwärts neben sich im Auto, und sie sah seine riesigen Füße in ledernen Hausschuhen, wie sie die Pedale des Commodore bedienten.

»Wo ist Ihre Frau?«, fragte sie, als er vor ihrem Haus anhielt. Sie sah den Nachbarsjungen mit seinem roten Dreirad die Straße überqueren.

»Sie erholt sich gerade«, sagte Herr Hutzak, »sie ist zu ihrer Schwester ins Sauerland gefahren. Es ist schön dort, vor allem ruhig. Marianne braucht viel Ruhe.«

»Ach so«, sagte Iris Jantschek, weil ihr nichts Besseres einfiel. Er beugte sich von der Seite über sie, um den Türgriff zu erreichen, und öffnete die Autotür. Sie roch seinen Cognac-Atem, sein Marbert-Man-Rasierwasser und den neuen Frotteestoff des Bademantels. Er ließ seine Hand auf ihren Unterarm fallen, hielt ihn kurz fest und sagte: »Das Leben ist nicht immer leicht, weißt du, Iris. Nicht mal für einen wie mich. Und so ein Haus, auch ein so schönes, ist dann ziemlich leer.«

»Ja«, sagte sie. »Auf Wiedersehen, Herr Hutzak.«

»Bis nächste Woche, liebe Iris«, sagte er. Da war sie schon ausgestiegen. Erst als sie die Haustür aufsperrte, hörte sie hinter sich den Wagen anfahren. Sie war froh, dass ihre Mutter nicht zu Hause war.

Heute

13. September

Die Wahrheit hat keine Lust auf mich. Aber das wird mich nicht aufhalten.

Nichts hat geklappt heute. Ich wollte Margit Teichert sprechen, ich wollte auf dem Friedhof Martins Grab finden, und ich habe heute zum dritten Mal versucht, Markus Kessler ans Telefon zu bekommen, den Investor, den »Hai, der sich der Isar nähert«. Markus Kessler hat ein Büro in New York, eines in Berlin – und eines hier in der Gegend, in Baierbrunn. Er ließ seine Sekretärin ausrichten, er sehe keinen Sinn darin, mit ehemaligen Bewohnern der Siedlung zu sprechen. Ich ließ ihm im Gegenzug bestellen, er möge unsere gemeinsamen Bekannten nicht vergessen, die Grabowskis und den Schenkel Ernst. Ich habe meine Nummer hinterlassen. Mal sehen, ob das reicht. Ich weiß natürlich, wer Markus Kessler ist. Dass er früher als Halbstarker mit einem Stahlhelm auf dem Kopf herumlief. Niemand weiß so viel über die Kesslers wie ich, wahrscheinlich nicht einmal sie selbst. Wenn er nicht reagiert, werde ich ihm einen Brief schreiben, was ich so alles weiß über ihn. Und ihn fragen: Warum zum Teufel kommst du zurück nach Forstham? Was willst du hier?

Margit Teichert wohnt immer noch in einem dieser alten, winzigen Reihenhäuser mitten im Ort. Der Vorgarten misst nur zwei

Meter vom Gehweg zur Haustür und ist nur fünf Meter breit, wie das Haus selbst. Eine Hortensie steht da, sehr blau, sicher mit Farbdünger gedopt. Ein weißer Plastikstuhl, auf dem wahrscheinlich nie jemand sitzt. Oder doch? An der Hausmauer über der Haustür fliegen drei Enten aus Keramik ins Nirgendwo, und so, wie sie aussehen, tun sie das seit fünfzig Jahren.

Es hat niemand aufgemacht auf mein Klingeln. Eine neugierige Nachbarin, plötzlich hinter mir, sagte, Margit Teichert sei bei der Arbeit in der Apotheke. Sie gehöre dort ja längst zum Inventar, sagte die Nachbarin. Alte Forsthamer würden das Wort »Apotheke« gar nicht benutzen. Hol ein Rezept bei der Teichert, sagten die. Neuerdings habe die Margit aber freitags frei, zur Erholung, wir würden ja alle nicht jünger. Um was es denn gehe? Ob sie etwas ausrichten solle?

Der Friedhof zwischen der Siedlung und dem Fluss ist nicht groß, aber er ist unübersichtlich. Ich kann Martins Grab nicht finden. Ist es schon aufgelöst worden? Gibt es die Familie hier nicht mehr? Steigerwald, so haben sie geheißen. Oder bin ich zu blöd? Ich habe zuerst intuitiv gesucht, dann mit System. Aber weil die Wege nicht gerade sind, die Gräber nicht nummeriert, und es dann noch scheinbar zufällig angelegte Inseln mit hohen Büschen und Bäumen gibt, auf denen Gräber fast versteckt sind, habe ich den Stein nicht gefunden. Meine Erinnerung liefert nur unscharfe Bilder, ein buntes Blumenmeer, ein schwarzes Menschenmeer. Martins Mutter mit Schleier vorm Gesicht, rechts und links gestützt von Männern, die Hüte aufhatten. In meiner Erinnerung hat sich ein merkwürdiges Licht über die Szene gelegt, wie ein Gas, das sich in der Luft ausgebreitet hat. Bäume, die heute zwanzig Meter hoch sind, existierten damals noch nicht. Wonach soll ich in meiner Erinnerung Ausschau halten?

Die Wahrheit hat keine Lust auf mich. Oder vielleicht hat es mit mir gar nichts zu tun. Vielleicht will sie sich einfach noch nicht zeigen. Das hab ich schon oft gedacht, beim Zeitunglesen, beim Nachrichtenhören: dass wir alle davon ausgehen, die Wahrheit sei passiv, man müsse sie nur finden. Aber stimmt das? Vielleicht muss sie bereit dafür sein, sich zu zeigen. Vielleicht entscheidet sie selbst, wann sie ausgehen möchte, damit man sie kennenlernen kann.

Margit Teichert hat damals in der Siedlung auf uns Kinder aufgepasst, wenn die Eltern abends nicht da waren, im Theater, auf einem Fest, im Kino ... Bei fast allen Familien in der Siedlung war sie der Babysitter. Mein kleiner Bruder und ich waren immer schon im Bett, wenn sie zu uns kam. Mein Bruder lag in einer Art Schlafsack, weißer Stoff mit roten Flugzeugen drauf, das weiß ich noch genau. Ich hatte einen blauen Schlafanzug mit Seemannsstreifen. Die Margit hat gut gerochen, sie brachte andere Luft und anderen Shampooduft mit. Und sie hat uns noch vorgelesen. Oder vielmehr mir, mein Bruder war noch zu klein, um was zu verstehen. Danach hat sie dann das Licht ausgemacht und gesagt: »Schlaft gut, der Mond passt auf euch auf.« Einmal bin ich aufs Klo und hab sie durch die offene Tür im Wohnzimmer sitzen sehen. Der Fernseher, ganz neu, war an. Das konnte ich am Licht erkennen, das auf ihr Gesicht fiel, ein unruhiges, blasses Licht.

Ein anderes Mal, als ich meine Mutter dort sitzen sah, bin ich zu ihr hingegangen und hab sie gefragt: »Wann kommt denn die Margit mal wieder?« Im Fernsehen waren lauter schwarzweiße Männer mit Anzügen und Hüten zu sehen. Da hat meine Mutter Tränen in die Augen bekommen und mich in den Arm genommen. »Die Margit kommt nicht mehr«, sagte sie.

»Warum nicht?«, fragte ich.

»Die Margit ist ein ganz armes Mädchen«, sagte meine Mutter. »Ein ganz, ganz armes Mädchen.« Mehr sagte sie nicht, aber sie hielt mich noch eine Weile im Arm, und wir starrten auf die Männer im Fernsehen.

Damals wollte ich sie nicht fragen. Aber jetzt, fünfzig Jahre später, wird es Zeit für die Frage: Warum warst du damals ein ganz, ganz armes Mädchen, Margit Teichert? Ich werde an deinem freien Tag wiederkommen.

Und ich werde den Stein finden, der auf meinem Freund Martin Steigerwald liegt. Ein Stein kann nicht sprechen, aber vielleicht hat er das nötige Gewicht, um meine Gedanken zu verschieben: Was ist damals in der Eichbergkurve passiert? Was habe ich dort erlebt?

Die Wahrheit ahnt nicht, wie viel Zeit ich habe. Got to get you into my life. *Ein Beatles-Song, damals. Meine Mutter hatte einen Plattenspieler.*

Die Polizei in Rupertshausen ist in einem Gebäude untergebracht, das früher ganz neu und modern war und heute so aussieht, als müsste man es bald abreißen. Betonplatten mit Rostrinnen, Flachdach. Die Polizei muss den Unfall in der Eichbergkurve aufgenommen haben damals. Da muss es ja eine Akte geben.

Got to get you into my life.

Wenn ich in besserer Verfassung bin, werde ich dort hingehen. Vielleicht wartet sie dort auf mich, die Wahrheit? Morgen bin ich wieder bei Dr. Kornberg und seinem Aufnahmegerät. Was meine Seele unter Hypnose da draufspricht, sind nur Rätsel. Bis jetzt. Aber nichts bleibt, wie es ist, nichts.

Ich sitze in meinem Hotelzimmer, habe drei Schnäpse getrunken, »Saubirne« steht auf der Flasche. Guter Name. Der Mond hängt im Fenster. Passt auf. Die Nachrichten im Radio sagen gerade, dass dieser September bisher in Bayern der schönste und wärmste ist, seit das Wetter protokolliert wird. Und dass die Wetterlage stabil bleibt. In meiner Kindheit in der Siedlung »Unter den Kiefern« war immer schönes Wetter, das sagt meine Erinnerung. Immer stand die Sonne über den weißen Bungalows. Vielleicht ist das Wetter grundsätzlich ein Freund der Kinder?

Teil 2

DIE KINDER

Heute

Tag 5 der Ermittlungen
Montag, 14. September

Der Terminplan von Jakob war genau getaktet. Wer ihn in die Schule brachte, wer ihn von der Schule abholte: Mal war es sein Vater, mal war es die Kinderfrau, mal war es die Mutter eines Schulfreundes von Jakob, mal war es eine von den Omas.

Heute, am ersten Schultag nach den Ferien, war Eva Schnee dran. Sie freute sich darauf und ärgerte sich.

Sie freute sich, weil sie ihren Sohn liebte. Sie freute sich jedes Mal, wenn sie ihn sah. Merkwürdig, er beruhigte sie, sie war immer völlig ruhig, wenn er da war. Kein Irrsinn im Kopf. Jakob war ein sehr witziges Kind, es gab kaum jemanden, der sich seinem Charme entziehen konnte. Wenn Jakob kurz in der Krise war, weil er hingefallen war oder einen Wunsch (»Ich will jetzt einen Hund!«) nicht sofort erfüllt bekam, musste man ihn nur ablenken: Komm Jakob, da hinten in der Straße soll ein verrückter Mann leben, der kein Auto, sondern eine Rakete hat, komm, wir suchen den Mann. Und schon war alles gut. Ja, ja, rief Jakob dann, los, schnell, ich weiß, wo der Mann lebt, ich habe ihn gesehen.

Jakob liebte die Phantasie. Er hatte früh begriffen, dass die Phantasie hilft, vor blöden Situationen wegzulaufen.

Sein Phantasie-Muskel war super ausgeprägt. Lag wahrscheinlich an dem guten Training. Blöde Situationen hatte er früh kennengelernt und die Auswege eben auch. Phantasie war für Jakob immer was Gutes. Das Böse saß anderswo.

Eva Schnee musste für Jakob immer eine Geschichte mitbringen, das war ihr Deal. Andere Kinder bekamen Schokolade oder Ritterfiguren oder Spielzeugpistolen. Bei Jakob mussten es Geschichten sein. Mama, erzähl. Sie saß in ihrem Wagen vor der Schule, Tür auf, Fenster heruntergekurbelt, und freute sich, dass er jetzt gleich durch das große steinerne Tor herausgelaufen kommen würde. Sie hatte diesmal eine richtig tolle Geschichte dabei. Es ging um einen kleinen, schwarzen Hasen, der natürlich über magische Fähigkeiten verfügte, aber nicht nur das: Der kleine, schwarze Hase wohnte bei ihrer Mutter, Jakobs Oma. Es war eine wirklich besondere Geschichte. Und ihre Mutter machte mit, das war wirklich nicht selbstverständlich.

Was Eva Schnee ärgerte: dass sie wieder zu wenig Zeit mit Jakob verbringen konnte, obwohl sie sich den Tag eigentlich mal freigenommen hatte. Aber jetzt, mitten in den Ermittlungen? Hätte sie wirklich den Termin mit Markus Kessler verschieben sollen? Verschieben können? Markov hatte am Telefon gesagt, 14 Uhr 30 sei Herr Kessler für sie da, wo immer sie ihn haben wolle. So hatte er es formuliert. Okay, hatte sie gesagt, dann in Rupertshausen, im Gasthof Hartlbräu, ganz nah am Markt. Sie sagte nicht: Und nur drei Fußminuten von der Wohnung meiner Mutter entfernt. Sie sagte: Herr Kessler müsste das Lokal kennen. Rupertshausen lag ja nicht weit entfernt von Forstham, der Siedlung und den Baracken, aus denen er stammte. Markov antwortete: Gut, Herr Kessler wird da sein.

Hätte sie sagen sollen, nein, ich bin da mit meinem Jungen unterwegs, auf der Suche nach einem kleinen schwarzen Hasen? Im Grunde wusste Eva Schnee die Antwort: Ja, sie hätte das sagen sollen. Tage mit meinem kleinen Jungen sind heilig. Das hätte sie sagen müssen. Vor allem sich selbst.

Jakob kam zusammen mit einigen anderen Kindern, die meisten kannte Eva Schnee, alles lustige Kinder, die kleine Marie mit den roten Zöpfen, der eine Max und der andere Max. Eva Schnee begrüßte sie alle, beugte sich aus dem Fenster zu Jakob und küsste ihn. »Na, mein kleiner Mann«, sagte sie. Sie wusste, er mochte es, wenn sie ihn so nannte. Andere Mütter kamen, hallo, hallo, wie war's ... wo hast du denn deine Jacke ... nein, erst werden Hausaufgaben gemacht ... der Max soll bei uns mitfahren ... Das waren die Sätze, das war die Geräuschkulisse, die Jakob begleitete, als er in ihr Auto einstieg. Sie zog die Gurte des Kindersitzes auf dem Beifahrersitz fest. Dann fuhren sie los.

Jakob trug die Jeans, die sie ihm vor drei Wochen gekauft hatte, dazu eines der blauen T-Shirts, die sie gleich dazu genommen hatte. Normalerweise zog ihm sein Vater nie etwas an, was sie besorgt hatte. Normalerweise steckte Jakob, wenn er zu ihr kam, immer in Sachen, die sein Vater gekauft hatte, meistens hässliche, wie sie fand. Raphael trug selbst gern schrille T-Shirts mit Aufschriften, also musste sein Sohn natürlich auch schrille T-Shirts mit Aufschriften tragen. Was bedeutete es, dachte sie, dass es heute anders war? Ein Schritt in Richtung Entspannung? Oder war eine andere Frau im Spiel? Hatte Raphael eine Neue? Hatte *sie* Jakob heute angezogen? Der Gedanke fühlte sich nicht gut an. Tatsächlich, immer noch.

»Mama, erzähl«, sagte Jakob.

Eva Schnee lachte. »Darf ich dich vorher noch fragen, wie es in der Schule war?«

Jakob war sieben Jahre alt und jetzt in die zweite Klasse gekommen. Er ging nicht gern in die Schule und nicht ungern. Dachte sie jedenfalls.

Jakob quiekte. »Nein. Los, erzähl!«

Also gut. »Wir fahren jetzt zur Oma. Da ist doch der Isarkanal ...«

»Jaaa, klar«, sagte Jakob, »da wo die Schwäne wohnen, die ich mit Oma immer füttere.«

»Genau da. Und da gibt es ein Haus, das du nicht kennst, glaube ich wenigstens. Es ist ein Holzhaus mit einem kleinen Garten, und in diesem Garten wohnen ein paar Hasen, und einer von ihnen ist klein und schwarz. Und der kann zaubern.«

»Zaubern?«, fragte Jakob, »was heißt zaubern?« Es klang Neugierde in seiner Frage, keine Skepsis, das war das Großartige an ihm.

»Zaubern stimmt eigentlich gar nicht. Es ist etwas anderes, was er kann. Der Hase kann Wünsche erfüllen, aber das macht er nur bei Leuten, die er mag.«

»Wenn er mich mag«, fragte Jakob, »dann erfüllt er mir alles, was ich will. Dann kann ich fliegen?«

»Ich weiß nicht, was der alles kann«, sagte Eva Schnee, »das musst du ausprobieren.«

»Woher weißt du, dass er zaubern kann?«

»Das hat Oma erzählt.«

»Hat er Oma schon einen Wunsch erfüllt?«, fragte Jakob.

»Das musst du sie selber fragen. Ich glaube, der Hase erfüllt vor allem Wünsche, über die man nicht redet, die tief in einem drin sind. Die nur du kennst und der Hase.«

Jakob schaute aus dem Seitenfenster des Wagens und sagte lange nichts. »Darf ich den Hasen besuchen?«

»Ja. Das Beste habe ich dir nämlich noch gar nicht erzählt«, sagte Eva Schnee.

»Was denn?«

»Der Hase ist umgezogen. Er wohnt jetzt bei Oma in der Wohnung, wahrscheinlich für immer.«

»Was?«, rief Jakob aufgeregt. Und nach einer Pause: »Wie heißt der Hase?«

»Der Hase hat keinen Namen«, sagte Eva Schnee, »du musst dir einen ausdenken.«

»Warum hat der keinen Namen?«

»Die Frau, die Besitzerin von dem Haus, hat den Hasen einfach Nummern gegeben. Unser Hase heißt Hase Sieben. Das ist doch aber kein Name.«

Jakob überlegte. »Doch, ich finde, das ist ein Name. Hase Sieben. Man darf ihm doch nicht einfach einen neuen Namen geben. Ich kann ihn ja mal fragen, ob ihm der Name gefällt.«

»Das finde ich gut«, sagte sie.

Der Wagen passierte das Ortsschild Rupertshausen. Mochte sie dieses Städtchen? Solche Fragen konnte Eva Schnee nie beantworten. Geht es mir eigentlich gut? Wusste sie nicht. Wusste sie erst viel später, oft viel zu spät. Aber Rupertshausen kannte sie doch schon so lange, fast so lange, wie sie lebte. In Rupertshausen hatte sie den ersten Sex gehabt, im Hinterhof der Eisdiele. Ein älterer Typ aus München, sie hatte sich nicht mal nach seinem Namen erkundigt, auch danach nicht. Mann eins. Trotzdem, trotz all der Jahre: Mochte sie Rupertshausen? Keine Ahnung.

Ihre Mutter hatte eine kleine nette Wohnung in einem dreistöckigen Haus, einen Steinwurf vom Isarkanal entfernt. Eigentlich war es hübsch da. Auch der Supermarkt gegenüber störte nicht, im Gegenteil, es gab immer ausreichend Stellplätze fürs Auto. Als sie einparkte, versuchte sie es möglichst beiläufig mit der Frage: »Sag mal, Jakob, hat Papa eigentlich eine neue Freundin?«

Sie befreite Jakob von den Kindersitzgurten, und er antwortete: »Darf ich heute Nachmittag mit dem Hasen spielen?« Er erzählte nie etwas von seinem Vater und antwortete auch auf keine Fragen.

Okay, dachte Eva Schnee, schon verstanden, und sagte: »Ja, das darfst du.«

Ihre Mutter hatte sie vom Fenster aus gesehen, war die Treppe heruntergekommen und stand in der Haustür. Sie sah gut aus, strahlend, das war immer ihre Fassade. Sie steckte in einer beigen Hose und einer weißen Bluse mit großen gelben Schmetterlingen drauf, ihre Haare wurden von einem weißen Haarreif aus der Stirn gehalten. In zwei Wochen hatte sie Geburtstag, 57 wurde sie. Eva Schnee hatte keine Ahnung, was sie ihr schenken sollte.

»Hallo, ihr beiden«, sagte ihre Mutter und nahm Jakob in den Arm. »Hast du schon gehört, wer bei mir eingezogen ist?«

»Ja«, sagte Jakob ziemlich aufgeregt, »der Hase Sieben.«

Die Mutter lachte. »Ja, der Hase Sieben. Er hat auf meinem Balkon sein neues Zuhause. Komm, wir besuchen ihn.« Zu Eva sagte sie: »Kommst du noch mit oder musst du gleich los?«

»Ich muss gleich los. Wird nicht länger als 'ne Stunde dauern, glaube ich. Dann bin ich zurück.«

»Lass dir Zeit, Eva«, sagte sie, »wir haben ja unseren Hasen.«

Wenn Eva ihre Mutter traf, war es immer so, als würde

sich die Welt beschleunigen. Schnelle Gespräche, schnelle Wortfetzen, flüchtige Gesten, rasche Körperkontakte, wenn überhaupt. Als hätten die beiden beschlossen, Geschwindigkeit tue ihnen gut und Langsamkeit und Genauigkeit nicht. Sie schienen sich geradezu davor zu fürchten. Keiner von ihnen hätte gesagt, dass sie beide eine enge Beziehung hatten, aber vielleicht stimmte das gar nicht, vielleicht war die Beziehung nur ein bisschen anders, auf jeden Fall ein bisschen schneller. Der frühe Tod des Vaters hatte dieses Tempo vorgegeben. Eva Schnees Psychotherapeut Kornberg hatte ihr mal eine interessante Frage gestellt: »Sie sagen immer, die Ehe Ihrer Eltern sei unglücklich gewesen. Kann es sein, dass Sie dieses Unglück beschlossen haben, weil Sie die Einzige sein wollen, die Ihren Vater wirklich verstanden hat?« Sie hatte ihm darauf nicht geantwortet, womöglich, weil sie ahnte, dass etwas dran war.

Jakob war mit der Oma schon fast in der Haustür, als er sich noch mal umdrehte und zu ihr zurücklief. »Mama«, flüsterte er, »weiß die Oma, dass ich weiß, dass der Hase zaubern kann?«

»Ja«, sagte Eva Schnee.

*

Das Hartlbräu war eine sehr alte Gaststätte in Rupertshausen, sie hatte oft den Besitzer gewechselt. Meistens hatte es dort bayerische Küche gegeben, aber das »Hartl«, wie hier alle sagten, war auch schon mal ein Chinese gewesen, oder war es ein Italiener? Jetzt jedenfalls war wieder Bayern angesagt, das sah Eva Schnee gleich, als sie die Gaststube betrat. Der mächtige ausgestopfte Kopf eines Wildschweins hing über der Tür, ansonsten gemütliche Holztische mit blauweißkarierten Servietten, in denen das Besteck eingewickelt war. Die meisten Tische waren leer, die Mittagszeit war auch schon vorbei. In der Luft hing der dunkle Geruch bayerischer Wirtschaften, eine Mischung aus Bratensauce, Bier und Brezen. Hinten in der Ecke saß ein Mann allein, sie musste nicht lange überlegen, denn der Mann winkte ihr zu. Als sie auf den Tisch zuging, stand er auf. Ein großer, schwerer Mann, mit einem überraschend weichen Händedruck.

»Kessler«, sagte er, und: »Schön, dass Sie es sich einrichten konnten, Frau Kommissarin.«

Konzentrier dich auf etwas, dachte Eva Schnee, auf ein Detail, und rede darüber. Das schafft Ordnung im Kopf. Sie schaute auf seine linke Hand, kurzzeitig hatte sie die Info von Philip fast vergessen: Da fehlten zwei Finger.

»Oh«, sagte Eva Schnee, »was ist mit Ihrer Hand passiert?«

»Ach, eine alte Geschichte. Schon so lange her, dass ich sie vergessen habe«, sagte Kessler. »Das Vergessen ist überhaupt ein großer Segen. Finden Sie nicht?« Er lachte. Ein warmes Lachen.

Erster Eindruck, dachte Eva Schnee: nicht unsympathisch. Kessler trug ein schwarzes Hemd, eine dunkelbraune Lederjacke. Er hatte dichte, steingraue Haare, auf dem Tisch lag eine kleine Lesebrille mit silbernem Rand.

»Herr Markov gar nicht da?«, fragte sie und schaute sich in der Gaststube um, »Sie sind ganz alleine gekommen?«

Markus Kessler nickte. »Frau Kommissarin«, fing er an, »ich wollte Sie treffen, um mögliche Missverständnisse zu vermeiden. Darf ich ein bisschen ausholen?«

»Natürlich, sehr gerne.«

»Aber vorher muss ich noch was regeln.« Er winkte die

Kellnerin heran. »Wären Sie so nett und würden mir in der Bäckerei gegenüber vier Stücke Sahnetorte holen. Ich habe vorher geschaut, die haben wunderbare Sachen. Schwarzwälder Kirsch zweimal und zweimal Marzipan-Eierlikörtorte.« Bevor die Kellnerin etwas erwidern konnte, gab er ihr einen Fünfzigeuroschein, »der Rest ist für Sie.«

»Das wäre nicht nötig«, sagte die kleine, rundliche Kellnerin, »ich mache das gerne.«

»Ist für Sie«, sagte er und beendete das Gespräch.

Eva Schnee dachte: Das macht er gern, das Kaufen von Leuten, aber sie dachte auch, dass sie das jetzt vielleicht ein wenig überinterpretierte.

»Schrecklich, aber ich brauche am Nachmittag meine Sahnetorte, sonst kann ich nicht weiterleben. Mein Arzt sagt immer: Aber nicht mehr lang, Herr Kessler.« Er lachte. »Versprochen? Sie müssen dann mitessen.«

»Versprochen. Ich esse alles auf.« Jetzt lachte sie auch.

»Ich kann eins und eins zusammenzählen. Vor ein paar Tagen wird bekannt, dass wir als Investoren die Siedlung in Forstham kaufen, mit unbekannten Plänen. Es lebt dort noch eine einzige Frau aus früheren Zeiten, die Frau Börne. Und dann wird Frau Börne erschossen. Da könnte man doch glatt auf den Gedanken kommen: Böser Investor entledigt sich lästiger Bewohnerin. Oder, Frau Kommissarin?«

»Manchmal sind wir gar nicht so simpel strukturiert wie wir aussehen«, sagte sie.

»Es gab kein Problem mit Frau Börne, gar keins. Wir hatten einen Vertrag mit ihr gemacht. Ich habe eine Kopie mitgebracht, die können Sie mitnehmen.« Kessler legte ein Kuvert auf den Tisch. »Wir haben ihr das Haus abgekauft für einen sehr, sehr guten Preis. Sie hat übrigens sofort zugestimmt. Es gab keinerlei Problem. Wahrscheinlich war sie selbst froh, dass sie da endlich wegkonnte. Den Eindruck machte sie mir jedenfalls.«

Eva Schnee blickte ihn erstaunt an. »Habe ich Sie richtig verstanden: Sie waren persönlich bei ihr?«

»Ja«, sagte Kessler, »zwei Wochen, bevor man sie gefunden hat. Markov und ich waren da, nicht lange, höchstens 'ne Stunde. Alles war völlig entspannt.«

»Jetzt wundere ich mich aber, Herr Kessler. Wenn es stimmt, was ich weiß, dann sind Sie ein sehr, sehr reicher Mann, auf Augenhöhe mit den Größten dieser Welt. Und Sie sitzen persönlich vor der kleinen Eigentümerin Angela Börne, die möglicherweise ein kleines Problem darstellt in einem für Sie winzigen Projekt? Erklären Sie mir das, Herr Kessler.«

Kessler lehnte sich zurück. Sein Bauch hatte auch ohne die bevorstehenden Sahnetorten ein beachtliches Volumen. »Markov sagte mir, Sie wissen, woher ich komme. Ich habe die ersten Jahre meines Leben in der Nähe von Forstham gelebt, und ich kann Ihnen sagen, das waren verdammt lange Jahre.«

»Das glaube ich Ihnen.«

Kessler schüttelte den Kopf. »Nein, das kann niemand verstehen, der da nicht gelebt hat. Abgrund, was anderes fällt mir nicht ein. Das ist aber nicht das Schlimmste. Das Schlimmste ist, was das aus einem macht ...« Er hielt inne. »Deshalb ist das Vergessen die einzige Möglichkeit. Glauben Sie mir.«

Die kleine runde Kellnerin brachte die Tortenstücke. Und servierte Kaffee. Sie war noch nicht wieder weg, da hatte Kessler mit zwei Gabelstichen bereits die Hälfte der ersten Schwarzwälder Kirsch vertilgt.

»Sie wollen vergessen. Und kaufen die ganze Siedlung?«, sagte Eva Schnee. »Interessante Definition von Vergessen.«

»Ich will Ihnen sagen, was ich mit der Siedlung vorhabe. Aus der Siedlung ›Unter den Kiefern‹ soll ein Kinderdorf werden. Eine riesige Anlage für Kinder. Vorschule, Kita, Spiel- und Sportplätze, eine Küche, Experimentier- und Malateliers ... Betreut von den modernsten, tollsten Pädagogen. Wenn Sie so wollen: ›Unter den Kiefern‹ und das angrenzende Gebiet soll ein Paradies werden.«

»Das Gegenteil von dem, was Sie erlebt haben«, sagte Eva Schnee.

»Genau, Frau Kommissarin, Sie haben es verstanden. Deshalb saß ich selbst bei Frau Börne.«

»Haben Sie ihr gesagt, wer Sie sind?«

»Sie meinen, ob ich gesagt habe, dass ich ein Kessler bin?«

Eva Schnee nickte.

»Ja, das habe ich. Das war mir schon ein Bedürfnis, ihr zu sagen, wer da vor ihr sitzt und alles kaufen wird. Der Kessler Markus, der Abschaum. Nötig gewesen wäre es nicht, aber da ist die Eitelkeit für einen Moment mit mir durchgegangen.«

»Kann ich gut verstehen«, sagte sie, »Sie wollten den Triumph auskosten. Wie hat sie denn reagiert, als sie Ihren Namen hörte?«

»Teilnahmslos. Als hätte sie es gar nicht gehört. Wissen Sie, Frau Kommissarin, diese Börne war eine schreckliche Frau, früher war sie das auf jeden Fall, und am Ende war sie das auch noch. Eine fürchterliche Ziege.«

»Und Sie wollten sich von dieser Ziege auf keinen Fall Ihr Projekt kaputtmachen lassen«, sagte Eva Schnee.

»Ja, auf keinen Fall. Wir hatten einen Plan, wenn sie Zicken gemacht hätte. Wir hätten diesen Teil der Straße ausgeklinkt, das wäre kein Problem gewesen. Aber so ...« Er klopfte auf das Kuvert mit dem Vertrag. »Die Alte wollte Geld ...«

»Wer hat sie umgebracht?«, fragte Eva Schnee.

»Keine Ahnung. Mir ist das völlig egal. Das aufzuklären ist Ihr Job. Nehmen Sie jetzt doch kein Stück Torte?«

Sie schüttelte den Kopf. Nein, danke. Kessler nahm sich das letzte Stück. Kurze Stille am Tisch.

»Warum Kinder, Herr Kessler? Sie hätten auch ein Heim für Flüchtlinge bauen können, gerade an diesem Ort mit dieser Geschichte. Es werden so dringend Orte für Flüchtlinge gesucht.«

Markus Kessler machte eine abwehrende Handbewegung. »Nein, ich hätte nie etwas mit Flüchtlingen gemacht. Das meine ich völlig unpolitisch. Ich bin kein Politiker, Geschäfte und Politik vertragen sich nicht, das habe ich in Russland gelernt. Aber Flüchtlinge bedeuten: Vergangenheit, da kommt immer etwas nach. Flüchtlinge haben Geschichte, und keine gute. Das rächt sich immer, die Schatten kommen eines Tages. So sehe ich das. Nein, Flüchtlinge wären nicht mein Ding.«

»Warum Kinder, Herr Kessler?«

»Haben Sie Kinder?«, fragte er.

»Ja, einen Sohn.«

»Ich habe keine Kinder. Ich habe es paarmal versucht. Hat nie geklappt. Schlimme Geschichten, ich erspar sie Ihnen, keine Sorge. Hat nicht sollen sein. Warum Kinder? Kinder sind für mich Zukunft, der Blick nach vorne. Wissen Sie, Forstham hat eine verfluchte Vergangenheit, es wird höchste Zeit für eine gute Zukunft, meinen Sie nicht, Frau Kommissarin?«

»Markus Kessler, der Wohltäter ...«, sagte sie.

»Moment. Wir haben uns das schon durchgerechnet. Eltern sind heute bereit, viel Geld für ihre Kinder auszugeben. Ich hatte einen Lehrmeister in Russland, der hat immer gesagt, um richtig viel Geld zu verdienen, musst du die Wirklichkeit verändern.«

»Wann sind Sie weg aus Forstham?«

»Achtziger Jahre. Ende der Achtziger. Endgültig, für immer. Warum fragen Sie?«

»Wo waren Sie, als die Nachricht kam, von den Toten im Wald, damals?«, fragte Eva Schnee.

»Das weiß ich noch genau. Ich saß in einem Café in einem Küstenort am Schwarzen Meer. Das war wie eine Botschaft ...« Kessler hörte auf zu sprechen. »Bringt nichts, vergessen wir es.«

»Es war die Tat von Profis«, sagte Eva Schnee, »die verstanden ihr Geschäft.«

»Das ist das Irritierende, ja«, sagte Kessler, »die Kühle, die Gelassenheit, mit der getötet wurde. Interessant, wirklich interessant.«

»Warum haben Sie es geschafft?«, fragte sie, »was ist Ihre Erklärung für Ihren Aufstieg, Herr Kessler?«

»Ich hatte Glück. Ich hatte in vielen Dingen kein Glück, aber bei Geschäften hatte ich Glück. Ich lernte Leute kennen, die nicht gut waren, aber gut für mich. So war das, Frau Kommissarin.«

»Es gab viele Kesslers. Haben Sie noch Kontakt zu jemandem aus Ihrer Familie?«

»Nein.«

»Wissen Sie, ob Ihre Familie ...«

»Bitte lassen Sie die Fragen, ich rede nicht über meine Familie, schon lange nicht mehr.«

Eva Schnee konnte es sich sparen weiterzufragen, zumindest jetzt, das spürte sie. Aber sie versuchte auf einem anderen Weg, die Vergangenheit an den Tisch zu holen. Sie erzählte von ihrem Besuch in der Kiesgrube, in der Hütte, in der Ernst Schenkel lebte, immer noch. Sie sah in Kesslers Augen keine Reaktion, als der Name fiel. Er schaute sie nur an. »Erinnern Sie sich an den Namen Schenkel?«

»Frau Kommissarin, natürlich könnte ich mich erinnern. Aber ich will mich nicht erinnern, weder an den Namen Schenkel noch an den Namen Kessler. Ich bitte Sie, das zu respektieren.«

»Das mache ich, Herr Kessler, einverstanden. Nur noch eine allerletzte Frage: Gehört zu Ihrem Vergessen auch Ihr Bruder Peter? Mit dem sollen Sie ja immer sehr eng gewesen sein.«

»Mein Lieblingsbruder, ja. Das war einmal. Peter sitzt im Gefängnis, das wissen Sie sicher. Und wenn er rauskommt, ist er bald wieder drin. Ich brauche ihn also gar nicht zu vergessen. Er hat das für sich selbst erledigt.«

Der letzte Dialog an diesem Nachmittag – Eva Schnee fragte: »Haben Sie Angst vor den Schatten der Vergangenheit?« Und Markus Kessler antwortete: »Natürlich. Aber nicht nur vor den Schatten der Vergangenheit. Ich habe vor sehr vielen Dingen Angst. Deshalb esse ich so viel, um endlich groß und stark zu werden.« Gelächter. Manchmal war das Lachen nur dazu da, um Distanz zu schaffen.

Sie verabschiedeten sich draußen auf der Straße. Er ging nach rechts, sie nach links. Nach ein paar Metern drehte Eva Schnee sich um und schaute ihm nach. Ein großer, schwerer Mann, der langsam die Straße hinunterging.

Eva Schnee ging dann weiter, Richtung Mutter, Richtung Jakob. Sie schaute auf die Uhr. Ich muss in das Haus von der

Börne, dachte sie, das Foto finden, von dem Maler erzählt hatte, und den Vertrag mit Kessler. Ich muss da hin, so schnell es geht. Am besten noch heute.

*

Keine Spur, keine Ansatzpunkte, nichts. Nichts. Eva Schnee blätterte in den beiden Fotoalben. Die Hochzeit des Ehepaars Börne, das war das eine Album. Das Baby, der kleine Sohn, das war das andere. Das Ehepaar im Hochzeitsdress aus unendlichen verschiedenen Blickwinkeln fotografiert, und jede dieser Perspektiven bildete nichts als Unglück ab. Das interpretierst du hinein, dachte Eva, weil du weißt, wie die Ehe weitergegangen ist. Angenommen, du wüsstest, die Ehe wäre glücklich gewesen, könnte man diesen Bildern vielleicht auch das ansehen?

Nein, dachte Eva. Verkrampfte Gesichter. Wie eingefroren. Warum kam ihr bei Angela Börne immer dieses Wort in den Sinn? Eingefroren. Nein. Glück gab es auf diesen Fotos nicht. Aber das konnte ihr gleichgültig sein, das war nicht das Problem. Die Fotoalben, die sie vorhin aus dem Haus von Angela Börne mitgenommen hatte, die einzigen, die sie gefunden hatte, waren für die Tonne. Kein Hinweis, nirgends.

Gespenstisch war es in dem Bungalow gewesen. Die Stille, dieser säuerliche Geruch sehr alter Menschen, das gemachte Bett in dem abgedunkelten Schlafzimmer, immer noch ein Doppelbett, die Möbel, die allesamt aus einer anderen Zeit stammten, den sechziger Jahren, alles jahrzehntelang gewienert und poliert und geputzt und jetzt von Staub bedeckt und fleckig. Die alte Frau hatte aufgegeben, das war klar, schon lange bevor eine Kugel ihre Stirn durchschlug und auch die letzten Gedanken ins Jenseits beförderte. In der Küche auf der Arbeitsplatte stand ein offener Karton mit Reis, im Internet bestellt, bestimmt fünfzig Beutel waren noch drin. Auf dem Herd ein Topf mit gekochtem Reis, schimmelig. In dem Zimmer, das mal das Kinderzimmer gewesen sein musste, befanden sich jetzt nur zwei Kleiderschränke. Sie standen sich gegenüber. In einem hing Frauenkleidung, Kleider, Kostüme, Röcke, Blusen, akkurat aufgereiht wie Varieté-Tänzerinnen, hatte Eva Schnee gedacht. Im Schrank gegenüber: Männeranzüge, Schulter an Schulter, Naht an Naht, wie Soldaten. Die Kommissarin hatte die Alben im Wohnzimmer gefunden, in einer Anrichte aus Teakholz. Ein silberner Pokal war dort auch verstaut, mit eingravierter Schrift. Franz Börne, der Sohn, hatte ihn 1973 im Tischtennis gewonnen.

Sie blätterte jetzt noch mal in dem Babyalbum. Dickes Kind. Hässliches, dickes Kind. Sonst nichts. Nirgends eine Spur Leben. Dieses Kind hatte Angela Börne wohl nicht gemeint, als sie bei August Maler anrief, kurz vor ihrem Tod. Ihr eigenes Kind, ihren Sohn – oder vielleicht doch? Eva, denke das Unmögliche, das Ungewöhnliche, dachte Eva. Quatsch. Die Börne hatte zu Maler gesagt, sie könne ihm EIN Foto zeigen, von dem Kind, von dem sie sprach. Ein einzelnes Foto, kein Fotoalbum.

Das andere, was sie in Börnes Haus gefunden hatte, war eine Metallkassette, mit Bankauszügen, Familienstammbuch, Steuersachen. Unbedeutendes Zeug, soweit sie beurteilen konnte. Der Vertrag mit Kessler fehlte, kein Testament, keine anderen wichtigen Urkunden.

Sie klappte ihren Laptop auf, öffnete den Ordner Forstham, rief das Dokument »What to do« auf. Eva Schnee schrieb: ›Nochmalige Vernehmung des Sohns von Angela

Börne.‹ Franz. Hatte wenig Kontakt in den letzten Jahren mit seiner Mutter, hatte er zu Protokoll gegeben, als sie mit ihm nach dem Fund der Leiche geredet hatte, im Garten des Bungalows. Sie dachte an diesen verschlossenen Mann, der als Ingenieur für Stromspeichertechnik weltweit unterwegs war. Er hatte zu Protokoll gegeben: »Meine Kindheit ist nicht der Rede wert. Ich habe keine schönen Erinnerungen wie andere Leute, aber auch keine schrecklichen.« Wichtige Fragen: Gehörte ihm jetzt das Haus? Gab es ein Testament, wusste Franz davon? Hatte ihm seine Mutter erzählt, dass sie das Haus verkaufen wollte bzw. verkauft hatte? Bekam Franz jetzt das Geld von Kessler? Kannten sich Franz Börne und Markus Kessler von früher?

Draußen war es dunkel geworden, endlich dunkel geworden. Fast 22 Uhr, und erst jetzt brannten die Lichter in ihrer Wohnung. So mochte sie ihre Wohnung am liebsten, draußen dunkel, und drinnen konnte sie Kerzen anzünden. Sie liebte Kerzen, überall standen Kerzen, kleine, große. Auch auf ihrem Schreibtisch befand sich eine Schale mit Teelichtern. Kerzenlicht und der leuchtende Laptop, das gefiel ihr. Normalerweise trank sie Tee, immer einen Darjeeling Jungpana, und dazu hörte sie Popmusik, je leichter, desto besser, sie hatte unzählige Sampler-CDs, Best of Love, Best of Summer, Best of irgendwas. Im Auto Klassik, zu Hause Pop. Raphael hatte ein paarmal mit ihr darüber diskutieren wollen, über diese Schizophrenie, wie er es nannte. Sie drehte die Musik gern laut, einmal hatte sich ein Nachbar beschwert, der Snob vom dritten Stock, die Lautstärke der Musik würde ihn nicht stören, aber diese Musik an sich sei unerträglich. Heute Abend konnte er sich entspannen, sie trank den Tee ohne Musik, denn Jakob schlief nebenan in ihrem Bett. Und sie wollte hören, wenn da irgendwas zu hören war. Obwohl das nicht zu erwarten war: Er war schnell eingeschlafen, heute, man konnte es so zusammenfassen: Hase Sieben hatte mächtig Eindruck auf Jakob gemacht.

Bevor sie nach dem Treffen mit Kessler zurück zu Mutter, Sohn und Hase gegangen war, hatte sie Maler angerufen. Ob er jemals mit Markus Kessler zu tun gehabt hatte? Hatte er nicht. Es hätten keinerlei Verdachtsmomente in Richtung der Kessler-Familie existiert. Von ihnen hatte er nur mit der alten Mutter und Peter Kessler zu tun gehabt. Eigentlich ein ganz angenehmer Typ, hatte Maler gesagt. Aber eben sozialisiert im kriminellen Milieu, immer im Knast, Zuhälterei, Dealerei, Körperverletzung und so weiter und so weiter.

Sie tippte weiter auf ihrem Laptop, öffnete das Dokument »Beweise Forstham«, in dem bislang nur die Sache mit der Kugel festgehalten war, die Angela Börne getötet hatte. Die Waffenexperten hatten festgestellt, die Kugeln gebe es nicht mehr offiziell im Handel, sie stammten aus dem ehemaligen Jugoslawien. Es war Jagdmunition, eigens präpariert für einen Revolver. Kleine, saubere Löcher. Sie wollten weiterrecherchieren, ob man klären könnte, wo diese Munition noch verkauft wurde. Und am besten: von wem.

Als sie in Börnes Bungalow gewesen war, hatte plötzlich das Telefon geläutet. Sie war rangegangen, doch am anderen Ende der Leitung wurde sofort aufgelegt. Konnten die Techniker vielleicht noch etwas zurückverfolgen, wer da angerufen hatte? Große Hoffnung hatte sie nicht.

Eva Schnee machte den Computer aus. Und holte ein Blatt Papier aus der Schreibtischschublade, die Schublade war voll davon. Es waren Blätter aus einem Zeichenblock. Und das war wichtig, das Papier musste dick sein, sie brauchte das Gefühl, eine Zeichnung zu erstellen. Was sie darauf schrieb und schraffierte, war eine Übersicht, die das Wesentliche des Falles, an dem sie gerade arbeitete, erfasste. Sie hatte Hunderte solcher Zeichnungen, sie warf sie niemals weg. Sie waren eine Art Tagebuch ihrer Arbeit.

Es war die erste Zeichnung im Fall Forstham. Wer stand im Mittelpunkt? Ein paar Namen: Angela Börne, klein daneben, Franz Börne, der Sohn. Sie malte einen Kreis um die beiden Börnes. Groß darüber: Markus Kessler. Daneben: Ernst Schenkel. Warum Schenkel? Ja, warum? Sie fügte seinem Namen ein Fragezeichen hinzu. Sie malte ein paar Häuser, sie standen für die Siedlung. Daneben einen Friedhof mit einigen Kreuzen, das waren die Toten im Wald.

Im Mittelpunkt stand Angela Börne. Und da fehlte etwas: das Kind, von dem sie Maler gegenüber gesprochen hatte. Eva malte ein Kindergesicht neben Börnes Namen und verband es mit einem Strich mit dem Friedhof. Wenn diese Verbindung stimmte, dann musste Angela Börne Angst gehabt haben wegen des Fotos, das sie Maler hatte zeigen wollen. Ein Foto, das Angst macht, klebt man in kein Album. Das versteckt man.

Sie war nicht lange in dem Bungalow geblieben, heute am Ende des Nachmittags, nicht nur, weil draußen Jakob und ihre Mutter gewartet hatten. Das Haus war ihr nicht geheuer.

Das Letzte, was Eva Schnee an diesem Abend tat, war eine Mail an die Spurensicherung zu senden: ›Ihr müsst noch mal in diesen Bungalow von der Börne. Stellt ihn auf den Kopf, irgendwo muss da ein Foto sein, irgendwo hat sie es versteckt. Mit einem Kind drauf.‹

Ein paar Minuten später kletterte sie ins Bett zu Jakob, der ganz fest schlief, vermutlich von einem Hasen träumte – und ganz nebenbei dafür sorgte, dass seine Mutter kurz darauf ganz ruhig, ohne Furcht einschlief.

15. September

Ich liege im Gebüsch auf dem Boden. Ich spüre, wie die Nadeln der Bäume und der Dreck an meinen Oberschenkeln unter die neue Lederhose kriechen. Ich kann den Boden riechen, die Erde, und ich kann das Leder riechen, das Kalbsleder, das hellgrau ist und noch ganz weich. Ich sehe den Porsche kommen, die weißen Augen des Fahrers. Die Szene ist in meiner Erinnerung gestochen scharf und so brillant in den Farben, dass sie fast unwirklich scheint, wie aus einem 3D-Film. Kornberg will sie in den Sitzungen wieder und wieder mit mir durchgehen. Er fragt nach Details, er fragt nach meinen Gefühlen.

»Ich hatte Angst, dass meine Mutter mit mir schimpfen würde wegen der neuen Lederhose. Weil ich sie so versaut hatte.« Das ist das einzige Gefühl, an das ich mich erinnere. Ich wiederhole es jedes Mal, weil ich nichts anderes sagen kann. Heute hat Kornberg gefragt: »Was heißt neu? Wann hatten Sie die Lederhose denn bekommen?«

Ich musste nicht überlegen. Es war am Tag davor gewesen. »Heute kriegst du eine neue Lederhose«, hatte meine Mutter gesagt, als ich von der Schule nach Hause gekommen war. Und nach dem Essen waren wir gleich losgefahren nach Rupertshausen, in ihrem Fiat 500. Ich weiß sogar noch, was es zum Mit-

tagessen gab. Griesschnitten mit Zucker und Zimt und Pfirsichkompott.

Das Isar-Bekleidungshaus hatte zwei Etagen und sogar eine Rolltreppe. Männersachen oben. Die Lederhose ging bis knapp ans Knie, hatte grüne Hornknöpfe und vorne einen Latz, den man aufmachte, wenn man pinkeln musste. Die Hosenträger waren auch aus Leder, sie wurden angeknöpft, verliefen am Rücken gekreuzt und hatten auf der Brust eine Querverbindung, auf der zur Zierde ein Wagenrad aus Horn angebracht war. Ich hatte das Gefühl, dass meine Mutter genauso viel Freude daran hatte wie ich, mindestens. Am Abend nahm ich die Lederhose mit ins Bett und legte sie neben mich aufs Kopfkissen. So konnte ich sie beim Einschlafen riechen und beim Aufwachen gleich wieder.

»Haben Sie sich denn freiwillig dort ins Gebüsch gelegt? Vielleicht, weil Sie sich verstecken wollten? Können Sie sich an irgendeine Bewegung erinnern?«

Die Fragen des Professor Kornberg. Fetzen von Bildern in meinem Kopf, Schatten eher, so kurz, dass sie das Bewusstsein nicht erreichen. »Eine Schnur ist da noch, eine dicke Schnur, ein SEIL«, das sage ich manchmal, das taucht immer wieder auf, aber mehr als Wort denn als Bild. Und führt nirgendwohin.

Dann die Hypnose: Schließen Sie die Augen, Ihre Arme werden schwer ...

Manchmal hören wir uns die Aufnahme danach gemeinsam an. Immer wieder dasselbe: mein Wimmern, dieser hohe Ton. Manchmal winkt Kornberg gleich ab, nachdem er mich aus der Hypnose geholt hat. »Nichts Neues«, sagt er dann.

Er will natürlich auch viel über meine Familie wissen, klar, er ist ja Psychologe. Wenn nichts mehr geht, muss die Mutter herhalten. Wie waren sie so, Ihre Eltern?

Heute hat er plötzlich gefragt: »Was für ein Verhältnis hatten Sie denn zu Ihrem Bruder?«

»Wie bitte?«, hab ich gesagt. »Der war doch viel zu klein. Wie kann man zu einem so kleinen Kind ein Verhältnis haben?«

»Zu klein?«, hat Kornberg nachdrücklich wiederholt. »Und wie war es später, als er größer war?«

Da bin ich dann ungemütlich geworden. Ich saß dort ja nicht, weil ich eine Therapie nötig hätte. Das habe ich ihm dann auch gesagt. Mich interessiert, was an diesem Tag geschehen ist, als mein Freund Martin ums Leben gekommen ist, oder vielleicht noch, was davor geschehen ist. Ich spüre ja, dass da etwas ist, dass da etwas nicht stimmt. Aber was danach geschah, geht Herrn Kornberg in seinem Sessel nichts an. Er flüchtet sich in seinen Fragen doch nur dorthin, weil er an der anderen Stelle nicht weiterkommt. Auch das habe ich ihm heute gesagt.

Er hat mich komisch angesehen, saß da in seinem dunkelblauen Hemd und sah mich nur an, auch, als ich aufstand und ging. Kein Wort hat er gesagt.

Von mir aus. Auch recht. In drei Tagen bin ich wieder dort.

Vorhin habe ich meinen Brief an Kessler ins Kuvert gesteckt. Bin gespannt, wie er reagiert. »Persönlich, vertraulich«, habe ich draufgeschrieben. Handschrift. Ein Brief ist schon etwas anderes als eine E-Mail, er hat eine ganz andere Wirkung. Das habe ich selbst auch immer so empfunden, als ich noch meine Werbeagentur hatte, meine drei Sekretärinnen und meinen Vierzehnstundentag. Jede Wette: Dieser Brief landet direkt auf deinem Schreibtisch, Mister Kessler.

Du setzt besser deinen alten Stahlhelm auf, ich will mit dir spielen.

Vor fünfzig Jahren

Das Feuer krachte, Funken flogen wie Insektenschwärme in den Himmel. Die Stimmen und das Gelächter hallten durch den Wald. Wer eigentlich die Idee zu dem Fest gehabt hatte, das war gerade das Thema.

»Also, wenn ich nicht gesagt hätte, wir müssen doch unsere neue Siedlung mal richtig feiern …«

»Und wer hat gesagt, warum spielen immer nur die Kinder Indianer, das können wir doch auch …?«

Öhler erklärte noch mal, dass er es gewesen sei, der über seine Beziehungen die zwei Fässer Bier besorgt hatte, Hutzak lobte sich dafür, dass er den Likör für die Frauen mitgebracht hatte, Cointreau, Orangenlikör aus Frankreich, etwas ganz Besonderes. Jemand spielte Gitarre und sang: »If you're going to San Francisco …« Ein anderer rief: »Hey, ich glaube, du bist ein Hippie …« So saßen sie alle um das große Feuer auf der Ebnerwiese, die Männer in weißen Hemden, Schweißflecken unterm Arm, die Frauen in Kleidern, tatsächlich mit Blumen im Haar, hi, hi, ein bisschen San Francisco. Und der Geist der Siedlung wurde mit dem Alkohol immer größer und größenwahnsinniger. Ein Halbmond lächelte über der Szenerie, der Fluss rauschte unbeeindruckt, wie er immer rauschte. Es war schon lange dunkel, aber immer noch heiß.

Margit Teichert stand neben Iris Jantschek vor dem großen Zelt, in dem die Kinder übernachteten. Man hatte es extra aufgebaut, etwa fünfzig Meter abseits. Bis zu dem Fest hatten sich die beiden Mädchen kaum gekannt. Iris Jantschek war auch schon zwei Jahre älter, also in einer ganz anderen Welt. Ein paarmal war Margit Teichert ihr in der Siedlung begegnet, und sie war auch schon auf sie angesprochen worden: Die Iris, die kennst du ja sicher, die macht bei uns sauber. Umgekehrt war das vermutlich auch so: Die Margit, du weißt schon, die ist unsere Babysitterin. Für das »Indianerfest«, wie alle es nannten, hatten Margit und Iris schon seit Tagen gemeinsam Dienst. Sie hatten Getränke geschleppt und die Klapptische für die Schüsseln mit Essen, sie hatten Luftmatratzen aufgeblasen, Wickeldecken für die ganz Kleinen ausgebreitet, Bücher zum Vorlesen ins Zelt gebracht und Brettspiele für die etwas Älteren. Sie hatten Kartoffeln geschält und Salat geschnippelt, Käsewürfel aufgespießt, Feuerholz gesammelt – und irgendetwas war irgendjemandem immer noch zusätzlich eingefallen. »Margit, kannst du mal bitte …«, »Iris, du solltest noch …«, »Haben wir eigentlich schon … brauchen wir nicht noch …«

Jetzt standen sie da und unterhielten sich über die Leute aus der Siedlung. Die kleinen Kinder schliefen, die größeren waren müde und tuschelten im Zelt. Hutzak hatte zwei Gläser Weißwein vorbeigebracht. Die warme Nacht, der Mond und der Alkohol lösten ihre Zurückhaltung.

»Die Bungalows sind schön«, sagte Margit.

»Aber nicht so schön, wie ich gedacht hab. Von innen, meine ich.«

»Ja.«

»Die Zimmer sind auch nicht viel größer als in unserem Haus, nur nebeneinander statt übereinander.«

»Ja, das stimmt.«

Beide trugen sie Kleider, Margit ein gelbes, Iris ein blaues. »Ein bisschen sehen wir aus wie die Assistentinnen in ›Einer wird gewinnen‹«, hatte Iris gesagt. Das war eine Quizshow im Fernsehen. Sie hatten gelacht.

Margit Teichert dachte an Lukas, und sie überlegte, ob sie Iris von ihm erzählen sollte. Sie hatte ein bisschen Angst, dass Iris etwas über ihn sagen könnte, was sie nicht hören wollte. Vielleicht hatte er schon eine Freundin? Die Schreinerei seines Vaters lag in dem Ortsteil, in dem auch die Jantscheks wohnten …

Und Margit Teichert dachte an Herrn Börne und seine Hand zwischen ihren Beinen. Sie hatte ihn seither nicht gesehen. Heute Abend hatte er sie freundlich angeschaut, als wäre nichts gewesen. Ob Iris so etwas auch schon mal erlebt hatte? Aber darüber konnte sie auf keinen Fall sprechen. Wie gelähmt hatte sie im Auto gesessen, unfähig zu reagieren. Er hatte seine Hand lange, sehr lange dort gelassen, und gerieben hatte er auch, und dann hatte er gesagt: »Ich weiß, was für Sehnsüchte man in deinem Alter hat. Ich freue mich darauf, dich wiederzusehen.« Eine Ohrfeige hätte sie ihm geben sollen oder wenigstens seine Hand wegstoßen. Vielleicht hätte sie schreien sollen. Auf jeden Fall hätte sie IRGENDETWAS tun müssen. Wenn sie Iris davon erzählen würde, käme bestimmt die Frage: Und was hast du gemacht? Schon die Vorstellung ließ sie rot vor Scham werden. Wie hätte sie erklären können, dass sie nicht in der Lage gewesen war zu denken, geschweige denn etwas zu tun …

Im Zelt waren auch zwei Luftmatratzen für sie beide aufgepumpt. Es war ausgemacht, dass sie bei den Kindern schlafen würden, damit die Erwachsenen »auf die Pauke hauen konnten«, wie Hutzak es formuliert hatte. Er stammte ursprünglich aus Berlin und sagte auch Wörter wie »knorke«, was so viel hieß wie toll, gut, schön.

»Hast du einen Freund?«, hörte sie Iris fragen.

»Ich weiß nicht«, antwortete sie. »Vielleicht.«

»Vielleicht?«

Dann erzählte sie doch von Lukas, von den beiden Spaziergängen, die sie gemacht hatten, von der Schlauchbootfahrt, die für Samstag geplant war, heute in einer Woche.

»Das ist eine nette Familie«, sagte Iris. »Der Vater ist ganz schön streng, aber trotzdem nett.« Dann fügte sie hinzu: »Lukas ist ziemlich schüchtern.«

»Ein bisschen«, sagte Margit. »Aber wenn man ihn besser kennt …«

»Ja, das glaub ich, so ist das immer mit den Schüchternen«, lachte Iris.

Und Margit fragte sich, ob sie vielleicht schon mal mit einem schüchternen Jungen zusammen gewesen war.

»Und du?«, fragte sie. »Hast du einen Freund?«

»Hey, Margit, Iris!« Das war wieder der Hutzak, der gerufen hatte. »Kommt doch mal rüber, setzt euch zu uns.«

Margit sah auf die Uhr. Es war kurz nach Mitternacht. Daran sollte sie sich später ein Leben lang erinnern. Dass bis dahin alles normal gewesen war, sogar ganz nett.

*

Iris Jantschek schreckte aus dem Schlaf hoch und wusste im ersten Moment nicht, wo sie war. Eine Hand rüttelte im

Dunkeln an ihrer Schulter, eine Stimme flüsterte: »Iris, komm, los, komm ...« Hutzaks Hand, Hutzaks Stimme. Iris tastete nach links, die Luftmatratze neben ihr war leer. Wo war Margit? Nur allmählich setzten sich die Fakten in ihrem Kopf wieder zusammen.

Diese ekligen Hände, die wie fette Käfer an ihren Beinen hochgekrochen waren. Der Geschmack von dem Orangenlikör, die benebelten Gedanken, die Glut des Feuers. Sie waren mit den Leuten der Siedlung um das Feuer gesessen, Hutzak neben ihr, hinter ihr, über ihr. Dieser Börne neben Margit. Er hatte den Arm um sie gelegt und ihr ins Ohr geflüstert. Margits ängstlicher Blick. Das Gelächter, die Frauenstimmen: »... nun lasst die Mädchen in Ruhe, ihr Monster!« Jemand hatte aus Versehen von hinten Wein über Margits Kleid geschüttet, Iris hatte gesehen, dass sie aufstehen wollte, aber Börne hatte sie zurückgehalten. Seine Frau war schon den ganzen Abend auf ihrer Picknickdecke gesessen wie eine Figur aus einem Gemälde. Unbeweglich, die Beine seitlich angewinkelt unter ihrem Po, die Knie zusammen, den Oberkörper auf einen Arm gestützt. In der freien Hand ein Glas Weißwein, das nicht leer wurde. Ihr Augen waren weit offen gewesen, aber ihr Blick gleichgültig – und nur auf ein Ziel gerichtet: ihren Mann.

Irgendwann waren die Ersten aufgebrochen, hatten sich schwankend in Richtung der Siedlung aufgemacht. In diesem Moment war es Iris und Margit gelungen, in das Zelt zurückzugehen, beide ziemlich betrunken. Iris konnte sich noch an das Gefühl erinnern, als ihr Kopf endlich auf dem Luftkissen lag. Einerseits war sie erleichtert, andererseits begann sich die Welt zu drehen, sobald sie die Augen zumachte. Trotzdem musste sie sofort eingeschlafen sein.

Jetzt zerrte Hutzak sie aus dem Zelt. Es begann bereits

zu dämmern. Iris sah, dass das Feuer nur noch schwach glühte. Ein Klapptisch war umgefallen, ein paar Teller lagen im Gras, überall waren weiße Papierservietten verstreut, die unnatürlich leuchteten.

»Jetzt sind alle weg, jetzt machen wir es uns zu viert noch ein bisschen gemütlich ...«

Iris Jantschek spürte, dass ihr Magen rebellierte. Sie riss sich von Hutzak los und übergab sich im Gras. Das Erbrochene roch nach Orangenlikör.

Hast du einen Freund? Hast du einen Freund? Hast du einen Freund? Das dachte sie, als sie würgte, wie eine Platte, die einen Sprung hatte. Hutzaks Hände waren an ihrem Po. »Ja, raus damit!«, sagte er mit schwerem Zungenschlag, »dann passt wieder was rein.«

Jetzt sah Iris die zwei Gestalten im Schein der Glut bei der Feuerstelle. Es waren Margit und dieser Börne, sie lagen halb auf einer Decke, Margits Kleid war hochgerutscht, Iris sah ihr weißes Höschen, und sie sah auch Börnes Unterarm, der darunter verschwand. Hutzak schob sie dorthin, ließ sich neben die beiden auf die Decke plumpsen und zog Iris auf sich. Sie sah Margits starren Blick, sie roch Alkohol und Rasierwasser, sie hörte das Rauschen des Flusses, sie spürte, dass ihr wieder schlecht wurde. Hutzaks Hände waren jetzt keine Käfer mehr, sondern Schraubstöcke, und plötzlich war da noch eine andere Hand, sie packte ihre Brust.

Hast du einen Freund? Hast du einen Freund?

Das Rauschen des Flusses in ihrem Kopf wurde lauter und immer lauter, es übertönte alle anderen Geräusche, alle Gedanken. Sie verlor das Bewusstsein mit dem Gefühl, dass es von einer Welle fortgerissen wurde.

*

Als sie wieder wach wurde, blickte sie direkt in Margits Augen. Ihr Gesicht war ganz nah, wie auf einer Leinwand. Margit lag auf dem Rücken und hatte ihr Gesicht zu ihr gedreht. Auch Iris lag auf dem Rücken. Sie lagen nebeneinander und starrten sich in die Augen. Aber Margits Gesicht war nicht festzuhalten in diesem Bild, es zuckte vor und zurück, und Iris spürte, dass dasselbe auch mit ihr geschah. Ihre Gesichter wurden gestoßen, vor und zurück. Und in die Wahrnehmung dieser Stöße mischte sich die Wahrnehmung von Geräuschen, die nichts Menschliches hatten.

Es war, als würden sie sich an ihrem Blick festhalten, sich mit den Augen aneinanderklammern, um nicht in einen Abgrund zu fallen. In einen Abgrund, in dem die Tiere schon grunzten.

Später, als sie auf den Luftmatratzen nebeneinander lagen, hörte sie Margit weinen. Sie suchte ihre Hand und hielt sie fest – bis die Sonne sich über Forstham erhob, ihre Strahlen durch den gelben Zeltstoff bohrte und das erste Kind erwachte.

Weder am nächsten noch an den darauffolgenden Tagen sprachen sie miteinander darüber, was geschehen war. Auch nicht in den kommenden Wochen und Monaten. Sie sprachen nicht ein einziges Mal darüber, nicht als Mädchen, nicht als Frauen, nicht, als sie alt wurden. Aber Margits Blick und Margits Hand behielt Iris Jantschek jahrelang bei sich, wie ein Bergsteiger Seil und Haken bei sich hat. Wenn es steil und gefährlich wurde, brauchte man diese Ausrüstung.

Sie fragte sich oft, ob Margit ähnlich empfunden hatte. Woher Margit ihre Stärke bezog, ihr Durchhaltevermögen. Sie fragte sich, was Margit ihren Eltern erzählt hatte, als klar wurde, dass sie schwanger war. In Forstham war das schwangere Mädchen ohne Vater ein Skandal. Sie fragte sich, was sie Lukas erzählt hatte. Als Lukas Jahre später heiratete, war Margit Teichert ganz hinten in der Kirche gesessen. Und als Lukas Jahrzehnte später beerdigt wurde, auch. Die Apothekenhelferin Margit Teichert hatte man bei keiner anderen Gelegenheit in der Kirche gesehen.

Auch Iris Jantschek musste ein paar Wochen nach dem Fest zum Frauenarzt, weil ihre Periode ausgeblieben war. Die Untersuchung ergab nichts. Aber Iris Jantschek war ruhig, beinahe heiter in der Praxis erschienen. Denn sie hatte einen Beschluss gefasst: Sollte der Arzt feststellen, dass sie schwanger war, würde sie sich das Leben nehmen.

Heute

Tag 7 der Ermittlungen
Mittwoch, 16. September

Wie lange hatte sie geschlafen? Gefühlt zehn Minuten, höchstens. Tatsächlich zwei Stunden, höchstens. Eva Schnee stand in ihrer Küche vor dem Herd und wartete, bis das Wasser in ihrem alten, verkalkten Teekessel zu kochen anfing. Sie hatte sich die ganze Nacht voller Wut in ihrem Bett hin und her gewälzt. Was fiel diesem Mann ein, ihr diesen Satz an den Kopf zu werfen. Glaubte Milan wirklich, dass so eine Liebe anfangen konnte? Glaubte er wirklich, dass sie irgendeine Chance hatten, wenn er als Erstes eine Mauer hochzog?

»Weil es dich nichts angeht.«

Die ganze lange Nacht war eines für sie völlig klar gewesen: Sie hatte richtig gehandelt. Sie hätte gar nicht anders gekonnt, als aufzustehen und zu gehen. Sie musste so reagieren. Sie musste ihre Liebe verteidigen, nein, noch viel mehr: Sie musste die Liebe prinzipiell verteidigen, die Liebe im Großen und Ganzen. Alle Schuld lag bei Milan. Wie konnte er nur? Jetzt am Morgen, der alte Teekessel kochte immer noch nicht, begann ein winziges, echt winziges Zweifelkörnchen irgendwo in ihrem Hirn eine eigene Frage zu formulieren: Hatte sie womöglich doch ein wenig übertrieben?

Dabei hatte der Abend schön angefangen. Sie hatten sich in Milans Wohnung getroffen, landeten sofort in seinem Bett und kamen so schnell nicht mehr heraus. Sie liebte seine Art zu küssen, sie liebte seinen Geruch, seine Nähe. Sie merkte, sie war auf dem Weg, sich ernsthaft in ihn zu verlieben. Sie hatte sein Hemd angezogen, und sie saßen auf seinem kleinen Balkon, unter dem langsam dunkel werdenden Himmel. Sie aßen geröstetes Brot mit Tomaten und Käse drauf und tranken eiskalten Weißwein. Alles konnte nicht besser sein.

Doch dann fragte Eva Schnee Milan nach seinen bisherigen Frauen, die er geliebt hatte. Er solle doch etwas erzählen. Wie hübsch waren sie? Wie waren sie im Bett? Warum gingen seine Lieben irgendwann zu Ende? Alles wolle sie wissen, sagte sie, alles. Und sie lachte dabei und küsste ihn. Und er lachte zurück und küsste zurück. Und sagte: »Nichts wirst du wissen. Weil ich nämlich nichts erzähle, gar nichts.«

Die Stimmung auf dem Balkon nahm dann ihren Lauf. Sie fragte nach und noch einmal nach, und dann sagte sie, okay, dann würde sie jetzt anfangen, von ihren Männern zu erzählen.

»Nein«, sagte Milan, »das tust du nicht. Ich will es nicht hören.«

Und er versuchte ihr zu erklären, warum er nicht wollte, dass sie sich einander Geschichten von verflossenen Lovern erzählten – weil sie beide sich damit automatisch kleiner machen würden, sich als Teil einer Kette betrachten, und genau das wolle er nicht. Er wolle, sagte Milan, dass ihre Liebe eine besondere Liebe werde. »Lass uns bitte bei null anfangen und nicht mit alten Depressionen.«

Doch seine Definition von Romantik hatte bei Eva

Schnee keine Chance, zumindest nicht auf diesem Balkon, an diesem Abend.

»Stunde null. So ein Quatsch. Ich habe ein Kind. Willst du von dem auch nichts wissen?«

»Natürlich«, antwortete Milan, »will ich was von Jakob wissen, und das ist dir auch klar. Mir geht es um unsere Liebesgeschichte.«

Sie sagte, vielleicht gehe es ja in Wahrheit um Geheimnisse, die er verbergen wolle, »und das war noch nie ein guter Anfang.« Und dann kam wieder die Frage: »Warum darf ich nichts von deinen Frauen wissen?«

Das war der Moment, in dem Milan den Satz sagte: »Weil es dich nichts angeht.« Und sie rief nur noch, ach so, na, wenn das so ist, riss sich sein Hemd vom Leib und ließ eine halbe Minute später hinter sich laut die Tür zuschlagen.

Im Radio in ihrer Küche liefen Nachrichten. Schlechte Nachrichten, natürlich. Sie hörte nur mit halbem Ohr zu. Irgendwo waren Flüchtlinge ertrunken. Irgendwo war eine Börse abgestürzt. Irgendwie drohte eine Wirtschaftskrise. Irgendwann sollte es zu schweren Gewittern kommen, sagte der Wetterbericht. Normalerweise konnte sich Eva Schnee sehr schnell über Politik aufregen. Über diesen widerlichen Kapitalismus, der überall auf der Welt alles verseuchte. Doch heute prallte alles an ihr ab.

Man musste sich ja nicht alles erzählen, aber konnte die Vision einer Gemeinsamkeit darin bestehen, dass man festlegte, was man sich alles *nicht* erzählen sollte? Sie trank ihren Darjeeling mit der wunderschönen goldgelben Farbe. Gut, dass er zu heiß war, viel zu heiß, das brauchte sie jetzt. Sollte sie Milan eine SMS schicken? Eine irgendwie freundliche? Milan hatte zwei Nachrichten geschickt in der Nacht, die hatte sie unbeantwortet gelassen. Um 0 Uhr 23 hatte er geschrieben: »Eva, alles okay? Ich biete eine Friedenspfeife an.« Und um 1 Uhr 56: »Gut: zwei Friedenspfeifen. Gute Nacht.«

Sie hatte nicht nur nicht geantwortet, sondern stattdessen eine Spezial-App eingesetzt, die ihr einer der IT-Leute vor einiger Zeit aufs Handy geladen hatte. »Love-Killer«, hatte er sie genannt, und der Trick ging so: Du bekommst eine SMS, drückst nicht auf *Antworten*, sondern auf *Objekte*, und zwar schnell, dreimal hintereinander – dann verwandelt sich die SMS in eine Art Saugrüssel, der die letzten zwanzig SMS des Absenderhandys auf das eigene Telefon zieht. »Love-Killer?« Eva Schnee hatte noch gelacht. »Was glaubst du denn. Privat? Never. Ist nur für dienstliche Recherchen«, hatte sie dem Typen gesagt.

Es waren seltsame SMS, die von Milans Handy angesaugt wurden. Vor allem diese eine, an »Gabi17«. Sie lautete:»Se4xbf6. Jetzt würde ich zu gern in deine wunderschönen Augen blicken ...« Klang ziemlich eindeutig, oder irrte sie sich?

Hallo? Konnte die Vision einer Gemeinsamkeit damit beginnen, dass du das Handy deines Geliebten ausspionierst? Ging natürlich gar nicht, aber Eva Schnee hatte eine Entschuldigung. Ihr Kopf war kollabiert in dieser Nacht, eine Star-Wars-Schlacht war ein Dreck dagegen. Es war nicht nur der Zorn auf Milan, alle waren ihr erschienen, fremde Gesichter, bekannte Gesichter, ihr Vater, lebendig und tot, böse und lieb, ihre Mutter, Jakob, dazwischen Markus Kessler. Und dazu Geräusche in ihrer Wohnung, als wären ganz viele Leute darin. Leute oder Gespenster – wer wollte den Unterschied erkennen?

Der Gedanke, ob sie irgendwann wirklich verrückt werden würde, kehrte im Leben von Eva Schnee immer wieder zurück. In solchen Nächten schmolz die Frage in sich zusammen: Was hieß hier »ob«?

Sie blickte auf die erstaunlich große und viel zu laut tickende Bahnhofsuhr, die sie vor gut einem Jahr über dem Küchentisch angebracht hatte in der Hoffnung, nichts bringe mehr Struktur in ein Leben als eine tickende Uhr. Es war zehn Minuten nach acht. Ziemlich übel war, dass sie um neun Uhr einen Termin hatte bei der Psychologin, die über ihre Zukunft entscheiden sollte. Theresa Schlaf hieß sie, den Namen konnte man sich wenigstens merken. Sonderbarerweise hatte Frau Schlaf als Treffpunkt ein Café im Hofgarten genannt. »Wie erkennen wir uns?«, hatte Eva Schnee in dem kurzen Telefonat gefragt. Es gebe Leute, hatte Frau Schlaf geantwortet, die fänden, sie, Schlaf, sei in einem Café immer die schönste Frau. Das hatte sie wirklich gesagt. Wollte da jemand originell sein oder war das schon Teil der Untersuchung?

*

Frau Schlaf hatte einen Tisch auf der bereits gutgefüllten Terrasse gewählt. Man hätte in Richtung des kleinen Parks auch einen ruhigen, abgeschiedenen Platz finden können, aber es sollte wohl einer mittendrin sein. Sie will wissen, wie ich reagiere, wenn andere zuhören, dachte Eva Schnee. Der Test hatte begonnen.

Frau Schlaf war tatsächlich eine auffallend schöne Frau. Irgendwas zwischen vierzig und fünfzig, schätzte sie. Lange rote Haare, blasse Gesichtsfarbe, fast weiß. Gepudert? Lippenstift, rote Lippen. Jeans, weiße Bluse.

»Schön, dass Sie pünktlich sind, Frau Schnee«, sagte sie,

stand auf und gab ihr die Hand. Und sie sagte noch im Stehen: »Ich muss feststellen, unsere Begegnung beginnt mit einem Irrtum.«

»Was meinen Sie?«, fragte Eva Schnee.

»Sie sind hübscher als ich. Also sind Sie die schönste Frau hier im Café.«

»Meine Mutter hat immer gesagt: Der Vergleich ist die Wurzel allen Übels.«

»Sie müssen eine interessante Mutter haben, Frau Schnee.«

Ein dicker Kellner mit gelber Fliege nahm die Bestellung auf: für Frau Schlaf einen grünen Tee und ein Müsli mit frischen Früchten, für Frau Schnee einen Latte Macchiato.

»Ich bin eine Anhängerin der maximalen Klarheit«, sagte Frau Schlaf, »deshalb will ich nicht lange herumreden. Ich habe den Auftrag, Sie zu begutachten, ob Sie noch in der Lage sind, Ihren Beruf an dieser Stelle weiter auszuüben. Man könnte auch sagen: Ich werde ein bisschen in Ihren hübschen Kopf schauen, was sich da drin so alles abspielt.«

Eva Schnee fing an sich zu ärgern und sagte nichts.

Frau Schlaf zog eine Mappe aus ihrer Tasche und legte sie vor sich auf den Tisch. »Da drin ist der Bericht, den Ihre Kollegen über Sie angefertigt haben. 172 Seiten ist er dick. Ganze Menge Lesestoff. Was sagen Sie dazu?«

»Ich kenne den Bericht nicht.«

»Natürlich kennen Sie den Bericht nicht. Ich meine, was denken Sie darüber, dass es einen solchen Bericht über Sie gibt?«

Eva Schnee dachte an Roloff, der ihr noch gesagt hatte, als sie gestern kurz gesprochen hatten: »Lass dich von der Frau nicht provozieren, bleib cool, du wirst das alles überstehen.« Also antwortete sie: »Ich mache meine Arbeit; ich glaube, ich mache sie ziemlich gut. Ich versuche es zumindest. Was andere urteilen, kann ich nicht beeinflussen.«

»Es gibt anscheinend Leute, die bezweifeln, dass Sie noch in der Lage sind, Ihren Job vernünftig auszuüben«, sagte Frau Schlaf.

»Ich kenne niemanden, der so denkt«, antwortete Eva Schnee.

»Ach nein, ist ja rührend«, sagte Frau Schlaf.

Eva Schnee nahm einen Schluck Latte Macchiato.

»Frau Schnee, wir werden uns dreimal treffen. Ich stelle Fragen, Sie antworten. Das kleine Tonband hier läuft mit. Wundern Sie sich bitte nicht über meine erste Frage, sie mag etwas seltsam klingen. Die Frage lautet: Was denken Sie gerade? Was geht in Ihrem Kopf vor?«

Eva Schnee konnte nicht anders, als sie etwas spöttisch anzublicken: »Wie bitte?«

»Mir ist diese Frage wichtig, also beantworten Sie sie bitte. Mir geht es darum, was in Ihrem Kopf parallel geschieht. Sie denken vielleicht, was für eine blöde Ziege. Das müssen Sie mir nicht unbedingt erzählen. Aber was denken Sie sonst noch? Und bitte, lügen Sie nicht, ich würde das merken.«

Direkt am Nachbartisch setzte sich ein älteres Pärchen. »Guten Tag«, sagte die alte Dame zu ihnen, »ich hoffe, wir stören nicht.«

»Nein, nein«, sagte Eva Schnee. Und an Frau Schlaf gerichtet, ohne leiser zu werden: »Also, gut. Es ist tatsächlich in meinem Kopf einiges los. Ich habe mich gestern Abend mit meinem Freund gestritten, das hängt mir nach. Ich arbeite gerade an einem sehr schwierigen Fall, der schwieriger ist als andere schwierige Fälle. Ich brauche für meine Mutter ein Geburtstagsgeschenk ...« Sie überlegte einen

Moment. »Ja, das sind so die wesentlichen Dinge. Reicht Ihnen das?«

»Frau Schnee, es geht nicht darum, ob mir etwas reicht oder nicht, ja?« Sie machte eine Pause. »Wenn Ihnen so viele Dinge durch den Kopf gehen, glauben Sie, Sie können da unterscheiden, was wichtig ist und was nicht?«

»Ja, das glaube ich«, sagte Eva Schnee und versuchte, ihren Zorn im Griff zu halten.

»Schön«, sagte Frau Schlaf.

Das Gespräch wurde deutlich kurzatmiger. Eva Schnee hörte sich in den nächsten Minuten oft in erster Linie die Worte Ja und Nein aussprechen. Nur bei zwei Fragen ging das nicht.

»Was halten Sie für das Besondere an dem aktuellen Fall?«, fragte die Psychologin.

»Was ich für das Besondere an dem Fall halte?« Eva Schnee wiederholte die Frage. »Es sind im Grunde zwei Fälle. Ein alter Fall, der sich vor zwanzig Jahren abgespielt hat. Eine Gruppe Menschen stirbt im Wald, der Fall wurde nie aufgeklärt. Und jetzt ist eine Frau getötet worden, die damals enge Beziehungen zu jener Gruppe hatte. Das ist der neue Fall.«

»Klingt gruselig. Träumen Sie von Ihren Fällen?«

»Nein«, sagte Eva Schnee.

Die zweite Frage, auf die sie mit ein bisschen mehr als einem Wort antworten musste, stellte Frau Schlaf, als dem älteren Paar am Nebentisch die Rühreier serviert wurden. »Warum, Frau Schnee, hat man Ihnen Ihren Sohn weggenommen?« Sie blätterte kurz in ihren Aufzeichnungen und sagte dann noch: »Jakob heißt er, ja, richtig, Jakob.«

Die Frau wollte sie provozieren, die Frau wollte gehasst werden, dachte Eva Schnee. Wollte sie ihren Zorn sehen oder ihre Tränen? Sie bekam ihre Kälte. Auch das konnte sie. Eva Schnee sagte: »Nein, Frau Schlaf, man hat mir meinen Sohn nicht weggenommen. Ich bin mit meinem Partner nur übereingekommen, dass es für meinen Sohn besser ist, seinen Lebensmittelpunkt bei seinem Vater zu haben. Ich sehe ihn regelmäßig und liebe meinen Sohn. Wir kriegen das ganz gut hin.« Was bildete sich diese Frau ein?

Am Ende gab es einen Handschlag, ganz kurz. Eva Schnee war stolz, dass sie dazu fähig war. Sie stand im Hofgarten und wollte dringend an etwas anderes denken. Sie nahm ihr Handy und schickte eine SMS an Milan: »Lieber Häuptling, Friedenspfeifen werden akzeptiert.«

Tag 8 der Ermittlungen
Donnerstag, 17. September

Manche Leben sind wie Sternschnuppen, ein heller Streif am Himmel der Welt, dachte Eva Schnee, während sie den Wagen an der Autobahnauffahrt beschleunigte. Andere Leben verlaufen wie die Tunnel von Maulwürfen, unbemerkt, unsichtbar, niemand weiß von ihnen. Nur manchmal stört ein kleiner Erdhaufen auf dem Rasen.

Es war schwierig und zeitraubend gewesen, das Leben Gertrud Schenkels wenigstens ansatzweise auszugraben. Das Hausen in einer illegalen Baracke, der Kampf mit der Armut, ein Mann, der wegen schwerer Körperverletzung im Gefängnis saß. Die Entwicklung einer Geisteskrankheit sorgte früh dafür, dass das Leben dieser Frau von der Bildfläche verschwand. In Einrichtungen, die mit den Jahrzehnten ihre Namen änderten, aus »Anstalten« wurden »Krankenhäuser«, »Kliniken«, »Heime«. In Gebäuden, die umfunktioniert, umgebaut, abgerissen wurden, aber immer eines gemeinsam hatten: die Gitter vor den Fenstern.

In keinem Vermerk der Ermittlungsakten zu den Morden in der Siedlung »Unter den Kiefern« hatte dieses Frauenleben eine Spur hinterlassen. Ein Tunnel tief unter der Erde.

Eva Schnee fuhr wieder auf der Autobahn, die direkt auf die Kette der Alpen zielte, und sie fuhr schnell. Jakob auf der Rückbank war sehr still. Je schneller sie fuhr, desto stiller wurde ihr Sohn, das war ihr schon öfter aufgefallen. Es war keine ängstliche Stille, das spürte sie. Hier war jemand fasziniert, beinahe hypnotisiert von der vorbeifliegenden Welt.

Raphael hatte den Jungen vorhin direkt nach der Schule im Polizeipräsidium vorbeigebracht: »Sorry. Dringende Reise.«

»Sorry. Mordfall«, hatte sie gezischt.

»Ist mir scheißegal«, hatte er gesagt, und sein Hinterkopf war aus der Tür ihres Büros verschwunden.

Am Ende ihres Lebens hatte Gertrud Schenkel Glück gehabt, so konnte man vielleicht sagen. Das Heim, in dem sie seit zehn Jahren untergebracht war und bewacht wurde, lag am Fuß der Berge außerhalb der Stadt Bad Tölz. Früher ein Teil der Kaserne für Gebirgsjäger, dann ein Gefängnis, danach eine »Irrenanstalt« – war es heute ein gepflegtes Sanatorium für Alzheimerkranke und Patienten mit Psychosen, denen der Blick auf einen großen Garten mit Rhododendronbüschen und einem fünfundzwanzig Meter langen Pool helfen sollte, Frieden zu finden.

Als Eva Schnee auf den Hof fuhr, dachte sie an die Klinik, in die sie nach ihrem Suizidversuch eingeliefert worden war. An die Stundenpläne: Einzeltherapie, Gruppentherapie, Malen, Sport, Singen, wieder Einzeltherapie, Naturerfahrung in der Gruppe … An die Tage, die Wochen, die Monate, die auf diese Weise vergangen waren und sich Platz in ihrer Biografie genommen hatten.

Hatte ihr das geholfen damals?

Ja, ja, ja.

Nein, nein, nein.

»Sind wir da?«, fragte Jakob

»Ja, ja, ja«, sagte sie. Er lachte.

»Und wo sind wir?«

»Wir besuchen eine Frau, die ich sprechen muss«, sagte Eva Schnee.

»Wohnt sie hier?«

»Ja, sie wohnt hier.«

»Mäht sie auch Rasen?«

Sie sahen einen kleinen Traktor und eine Frau, die darauf saß und den Rasen mähte.

»Vielleicht«, sagte Kriminalkommissarin Eva Schnee, stellte den Motor ab und löste den Sicherheitsgurt. Ihr Handy vibrierte, aber sie zwang sich, nicht nachzusehen, von wem die Nachricht kam.

Gestern war sie mit Milan in einem Restaurant gewesen, in dem es sowohl eine »Vorspeisenkarawane« als auch eine »Nachspeisenkarawane« gab. Sie hatten beides bestellt – und dazwischen Wiener Saftgulasch. Auf ihre nächtliche Flucht von seinem Balkon waren sie wie in stillem Einvernehmen nicht mehr eingegangen. Sie fühlte sich wohl mit Milan, sie hatte das Gefühl, sie konnte alles sagen, was ihr durch den Kopf ging. Er nahm es auf, wie ein Jongleur einen Ball aufnimmt, bewegte sich mit ihm, spielte ihn zurück. Sein Blick in ihre Augen, seine Hände auf den ihren über die Teller mit Vorspeisen hinweg ... Er nahm sie ernst, nicht nur dann, wenn sie ernst genommen werden wollte. Aber vielleicht war all das nur eine Masche? Vielleicht hatte er einfach begriffen, dass er auf diese Weise zu gutem Sex kam? Sexkarawane ... Warum wollte er sie nicht öfter sehen? Warum antwortete er so spät auf ihre SMS, manchmal gar nicht? Wie viele Frauen wie sie gab es noch in seinem Leben?

»Sie sind bestimmt Frau Schnee«, sagte die Dame am Empfang des Heims Brauneck. Sie war sehr dünn und sehr hoch. »Wir haben telefoniert. Ich bringe Sie zu Frau Schenkel.« Fragend blickte sie auf Jakob, der vor einem Schaukasten mit Skulpturen stand, die von Heimbewohnern angefertigt worden waren.

Nicht nur Malen, dachte Eva Schnee, hier steht sogar Bildhauerei auf den Stundenplänen. Zu der Frau, die wie ein Fernsehturm aussah, sagte sie: »Mein Sohn kommt mit.«

Sie gingen einen langen Gang hinunter, der zweimal abbog und offensichtlich in einen separaten Trakt des Hauses führte. Die Wände waren cremeweiß gestrichen mit einem lindgrünen Streifen, der in Augenhöhe dem Weg folgte.

»Bekommt Frau Schenkel ab und zu Besuch?«, fragte Eva Schnee.

»Nein«, antwortete die Empfangsdame, »niemals. Jedenfalls in den zehn Jahren, die sie hier bei uns ist, kam das nie vor.«

Eva Schnee sah den Anflug eines Lächelns auf dem Gesicht der Frau. »Warum lächeln Sie?«

»Weil es darauf ja eigentlich gar nicht ankommt.«

»Ob man Besuch bekommt?«

»Ja.« Der Fernsehturm blieb stehen. »Einige Menschen hier bekommen oft Besuch, manche drei-, viermal die Woche, aber sie erkennen ihre eigenen Angehörigen nicht und können sich danach auch nicht daran erinnern.« Sie sah Eva Schnee ernst an. Und dann lächelte sie wieder, es war ein kleines, heiteres Lächeln. »Bei Gertrud Schenkel ist es genau umgekehrt. Tatsächlich kommt niemand zu ihr. Aber sie *glaubt*, dass sie Besuch bekommt, und zwar jeden Abend. In ihrem Kopf ist ihr Sohn jeden Abend bei ihr. Und jeden Morgen erzählt sie uns davon. Dass es schön war mit dem Ernsti, dass sie lange geredet haben, und sie ihm alles erklärt hat. Jeden Morgen ist sie aufs Neue glücklich.«

Die Tür zu Gertrud Schenkels Zimmer befand sich ganz am Ende des Ganges auf der linken Seite. »Sie müssen noch wissen, dass sie fast blind ist, Netzhautablösung. Aber sie hört sehr gut«, sagte die Frau vom Heim Brauneck, klopfte kurz und öffnete im selben Moment die Tür in einen hellen, relativ großen Raum.

Ein Krankenhausbett auf der linken Seite, geradeaus eine Fensterfront in den Garten mit kleiner Terrasse. Vor dem Fenster stand ein graues Sofa mit Beistelltisch. Ein hoher Ohrensessel zeigte den Besuchern nur den Rücken. Man konnte die Person nicht sehen, die darin saß. Und musste sich von der Seite nähern.

Gertrud Schenkel sah aus wie eine Oma aus einem Kinderbuch. Sie war klein und zierlich, hatte schneeweiße Haare, die sie zu einem Dutt geschlungen hatte. Sie trug ein dunkelgrünes Kleid mit weißen Punkten und einem weißen Kragen, ihre Füße steckten in braunen Halbschuhen. Sie hatte dunkelbraune Augen, die weit offen zu sein schienen, aber nichts fokussieren konnten. Und sie hatte ein überraschend glattes Gesicht, ihre Fältchen waren nicht tief.

»Ich bringe Ihnen Besuch«, sagte die Empfangsdame. »Hier ist Frau Schnee, die sich mit Ihnen unterhalten möchte.«

Sie bedeutete der Kommissarin und ihrem Sohn, sich auf das Sofa zu setzen, dann zog sie sich zurück, die Zimmertür fiel hinter ihr ins Schloss.

Eva Schnee sah die alte Frau an und dachte: Das sieht hier alles nicht nach Armut aus, das Heim, die Kleidung, die gepflegte Erscheinung. Sie beschloss herauszufinden: Wenn schon niemand zu Besuch kam, woher kam das Geld?

»Schnee?«, sagte Gertrud Schenkel und lächelte freundlich. »Frau Schnee? Das ist ja wunderbar. Ich habe schon so lange auf Sie gewartet.«

Jakob sah seine Mutter fragend und etwas beklommen an. Sie legte den Finger vor die Lippen. Aber er sagte trotzdem etwas: »Darf ich in den Garten?«

Als Frau Schenkel die Stimme des Jungen hörte, drehte sich ihr Kopf wie von außen gesteuert in seine Richtung, und ihr Gesicht bekam einen staunenden Ausdruck. »Bist du auch mit dem großen Auto gefahren?«, fragte sie.

»Unser Auto ist nicht so groß«, sagte Eva Schnee und drückte Jakob an sich.

»Ja«, sagte die alte Frau und nickte. »Sehr groß. Man braucht eine Leiter.«

Es wurde schnell klar, dass man mit Ernst Schenkels Mutter kein normales Gespräch mehr führen konnte. Sie reagierte nicht auf Namen, nicht auf Fragen. Einmal, als Eva Schnee »Unter den Kiefern« sagte, war es ihr, als hätte sich ein trauriger Blick gezeigt und die großen Augen hätten sich ein wenig mit Tränen gefüllt. Aber das konnte auch eine Täuschung gewesen sein.

Der Rasenmäher mit der Frau am Steuer, den sie vorhin am Parkplatz bemerkt hatten, verrichtete jetzt direkt vorm Fenster seine Arbeit. Wie das Pendel einer Uhr zog er in den folgenden Minuten seine Bahnen, von rechts nach links, von links nach rechts, von rechts nach links … Der Geruch des frisch gemähten Grases drang durch die angelehnte Terrassentür ins Zimmer.

Als sie sich verabschiedeten, hielt Frau Schenkel Jakobs Hand fest und sagte: »Mein Junge, sag den anderen, dass es gar nicht schlimm ist. Macht gar nichts, musst du ihnen sagen, ist nicht schlimm.«

Jakob nickte und sagte leise: »Ja.«

Später im Auto, als sie am Ende der Autobahn vor München im Stau standen, sagte Jakob von der Rückbank: »Die Frau meint bestimmt einen Lastwagen.«

»Was? Wer?«

»Ein großes Auto, das hat sie gesagt. Und dass man eine Leiter braucht. Sie meint ein Lastauto.«

*

Es war früher Abend. Als es draußen an der Tür läutete, vermutete Eva Schnee ihre Nachbarin, die das Päckchen abholen wollte, das der Postbote gestern bei ihr abgegeben hatte, da bei den Nachbarn keiner zu Hause gewesen war. Doch es war nicht die Nachbarin. Professor Kornberg stand vor ihrer Tür. Ihr Psychotherapeut.

»Herr Professor ...«, stammelte sie, »na, das ist ja eine Überraschung. Kommen Sie doch rein.«

»Danke«, sagte Kornberg.

»Kann ich Ihnen irgendwas anbieten?«, fragte Schnee.

»Nein, vielen Dank. Ich will Sie auch nicht lange stören. Ich bin gleich wieder weg. Lassen Sie uns ruhig hier stehen bleiben. Ich bin hier, weil ich mir Sorgen mache.«

»Das hört sich schrecklich an«, sagte Eva Schnee, »haben Sie mir nicht mal erklärt, dass Sorgen machen etwas völlig Überflüssiges ist?«

Wäre nett gewesen, er hätte gelacht, wenigstens geschmunzelt, aber er war nicht gekommen, um nett zu sein. Kornberg sagte: »Frau Schnee, Sie sind die letzten beiden Stunden nicht erschienen.«

»Ich habe abgesagt. Ich hatte einfach zu viel zu tun.«

»Dafür war diese Frau Schlaf bei mir. Sie kennen sie ja, die Frau, die Sie untersuchen soll.«

»Ja, eine schreckliche Person«, sagte Eva Schnee. »Darf sie das, Sie einfach ausfragen über mich?«

»Natürlich darf sie das. Fragen darf sie.«

»Und was haben Sie ihr gesagt?«, fragte sie.

»Ich habe gelogen«, sagte Kornberg, »ich habe ihr gesagt, Sie sind eine völlig normale, belastbare Frau, nur manchmal etwas überdreht.« Auch jetzt lachte er nicht. In seinen Mundwinkeln war nicht der Hauch eines Schmunzelns zu erkennen.

»Überdreht? Ich?«, fragte Eva Schnee ein bisschen zu laut.

»Frau Schnee, nehmen Sie Ihre Tropfen? Ihre Tabletten?«, fragte er.

»Wollen wir uns nicht doch setzen?«, fragte sie.

Kornberg schüttelte den Kopf. »Sie müssen selbst wissen, was Sie mit Ihrem Leben anstellen. Aber ich sage Ihnen, Sie machen einen Fehler, wenn Sie Ihre Mittel nicht nehmen, gerade jetzt.« Er machte eine Pause. »Ich korrigiere mich. Wir hatten ja vereinbart, wir nennen sie nicht Tabletten oder Tropfen. Wir nennen sie Ihre kleinen Helfer.«

»Mother's little helper«, sagte sie.

»Frau Schnee ...«, wollte Kornberg ansetzen, doch Eva Schnee unterbrach ihn.

»Ich habe ein wenig zu viel Psychologie in meinem Leben«, sagte sie. »Und alle wollen wissen, ob ich verrückt bin. Aber wissen Sie was, Herr Professor, diese Frage interessiert mich im Augenblick nicht. Ich bin Kriminalkommissarin von Beruf und habe einen hochkomplizierten Fall zu lösen. Ich habe einen kleinen Sohn, den ich sehr liebe. Und es gibt in meinem Leben einen neuen Mann, und das fühlt sich gut an. Ich brauche keine Helfer, ich habe ein Leben, verstehen Sie? Was nützt mir da die Frage, ob ich verrückt bin?«

»Ich habe Ihnen diese Frage nie gestellt«, sagte Kornberg. »Diese Frage ist Millionen Kilometer entfernt von meinem Weltbild.«

Sie schwieg.

»Frau Schnee, Sie haben es in der Hand, das war immer unser Deal. Ein Wort, und ich verschwinde aus Ihrem Leben.«

Sie nahm kurz seine Hand. »Nein, nein, so meinte ich es nicht.«

»Mein Job ist es, Leuten klarzumachen, wie sie ihre Stärken nutzen können, um mit ihren Gefährdungen besser umzugehen.«

»Und was ist meine Gefährdung?«, fragte Eva Schnee.

»Das wissen Sie. Manchmal kann Ihnen die Wirklichkeit gefährlich werden«, sagte Kornberg, »oder sagen wir besser: das, was man im Allgemeinen die Wirklichkeit nennt. Ich lese Zeitung, Frau Schnee. Ich weiß, an welchem Fall Sie dran sind. Ich habe von Frau Schlaf gehört, dass eine Untersuchung gegen Sie läuft. Gleichzeitig kommen Sie nicht zu unseren Sitzungen. Und ich fürchte, Sie nehmen Ihre Medikamente nicht. Deshalb mache ich mir Sorgen.«

»Ich komme klar«, sagte sie.

»Seien Sie kein kleines Kind. Wenn jemand Rückenschmerzen hat, trainiert er seine Rückenmuskeln, damit die Schmerzen weggehen. Sie sind jemand, der gelegentlich

Seelenschmerzen hat, also müssen Sie Ihre Seelenmuskeln trainieren. Dafür bin ich da, dafür gibt es die Medikamente. Sie wissen das alles. Sie brauchen stärkere Filter als andere. Wenn die Wirklichkeit heftig wird, dürfen Sie sich ihr nicht ungeschützt aussetzen. Sonst geht das nicht gut. Nennen Sie es Rückengymnastik, nennen Sie es, wie Sie wollen.«

»Ich werde bei unserem nächsten Termin da sein«, sagte Eva Schnee, »versprochen.«

»Gut.«

Kornberg war schon in der Tür, als er mit dem Rücken zu ihr noch eine letzte Frage stellte: »Sie waren wieder bei ihm, ja?«

»Nein«, sagte sie.

»Nein? Wir hatten vereinbart: keine Lügen.«

»Keine Lügen«, sagte sie.

»Okay«, sagte er und verabschiedete sich.

Sie hatte nicht gelogen. Sie war nicht bei Klaus Voss gewesen, dem Mörder. Aber sie war für einen Besuch angemeldet. Völlig egal, wie gefährlich er für sie war. Diesmal musste sie ihn wirklich treffen.

17. September

Ich hörte eine Kinderstimme: »Lasst mich doch ... bitte, bitte ... lasst mich doch ... bitte ...«

Das Kind weinte, es wimmerte. Die Stimme kam von Kornbergs Aufnahmegerät. Das Kind war ich.

Ich hörte Kornberg sagen: »Das ist ein Durchbruch.«

Dann muss ich kurz ohnmächtig geworden sein. Denn das Nächste, was Kornberg zu mir sagte, war: »Geht es wieder?« Und da lag ich auf dem Sofa am anderen Ende des Raumes.

Ich habe mal gelesen, dass im Cockpit von Verkehrsflugzeugen eine Warnlampe existiert, die dem Piloten beim Start der Maschine anzeigt, dass er jetzt den Start nicht mehr abbrechen kann, weil die Geschwindigkeit schon zu hoch ist – und der Bremsweg zu lange wäre. Point of no return: Der Pilot MUSS abheben, muss in die Luft. Eine solche Lampe hat heute in Kornbergs Praxis aufgeleuchtet oder besser gesagt: in meinem Gehirn. Point of no return.

Es ist einfach zu beschreiben, wie ich mich fühlte: Ich hatte Todesangst. Die Angst des Kindes, das ich in der Hypnose wieder gewesen war, übertrug sich sofort auf mich. Ich hatte Angst vor dem, was dem Kind geschah. Aber ich hatte auch Angst vor dem, was jetzt mit mir geschehen würde. Die Wahrheit hatte plötzlich Lust auf mich.

Kornberg war gut heute, das muss ich ihm lassen. Er war ruhig, sachlich, gab mir das Gefühl, dass es sich lohnte, diesen Weg zu gehen. Er sagte seine nächsten Termine ab, brachte eine Kanne Tee und machte sich an die Arbeit. Wie ein Buchhalter ging er vor, systematisch und genau. Wir saßen uns wieder gegenüber. Er trug einen hellgrauen Kaschmirpullover und hatte seine Lesebrille auf.

Aufnahmegerät anschalten, kurz zuhören. Aufnahmegerät abschalten. Warten, ob ich etwas dazu sage, knapp nachfragen, Notizen machen. Aufnahmegerät wieder anschalten.

Während der heutigen Hypnose hat Kornberg zum ersten Mal, seit wir das machen, die Rolle des sanften Zuhörers und Lenkers verlassen. Als ich so verzweifelt wimmerte, »lasst mich doch, lasst mich bitte ...«, mischte sich plötzlich seine Stimme ein.

»Wo bist du?«

»Auf der Straße«, schrie das Kind. »Auf der Straße, auf der Straße!!!!!«

Als ich diese Stelle der Aufnahme hörte, schossen mir wieder die Bilder durch den Kopf, die ich nie festhalten konnte. Da war noch etwas ... Da war eine Schnur ...

»Warum läufst du nicht weg?«, fragte Kornberg auf der Aufnahme.

Aber es war ich, der jetzt antwortete – ich, dort in Kornbergs Zimmer, nicht die Kinderstimme auf dem Gerät.

»Ich hänge an einem Seil.«

Dieser Satz brach plötzlich aus mir heraus. Ein ungeheurer Druck beförderte ihn aus meinem Inneren durch meinen Mund nach draußen, und er kam wieder und wieder, ich glaube, ich habe laut geschrien. Es war, als hätte ich ihn erbrochen, diesen Satz.

»Ich hänge an einem Seil.«

Danach entstand eine lange Stille zwischen uns. Das Gerät war wieder abgeschaltet. Ich hörte meinen Atem. Kornberg schrieb konzentriert auf seinem Block. Schließlich stand er auf und öffnete eines der hohen alten Fenster. Die warme Herbstluft kam herein und ein paar Geräusche. Ein Auto wurde angelassen, eine Kirchturmuhr schlug, jemand lachte.

»Sie haben das überstanden, Herr Lazarde«, sagte er, als er wieder Platz genommen hatte. »Sie haben das überlebt, Sie haben das hinter sich. Wir sind in der Gegenwart, Sie sind nicht mehr dieses Kind, Sie müssen keine Angst haben.« Er beugte sich vor und schenkte uns beiden Tee nach. »Gibt es noch andere Details, an die Sie sich jetzt erinnern?«

Ich konnte ihm nicht mehr antworten. Er merkte es, räumte das Aufnahmegerät vom Tisch ab und legte es mit seinem zugeklappten Block auf den Holzboden neben seinem Sessel.

»Wir machen das nächste Mal weiter«, sagte er. »Kann ich Sie noch zu einem Spaziergang einladen? Der Englische Garten ist ganz nah, und dieser September ist der schönste in der Geschichte.«

Ich bin tatsächlich mit ihm in den Park gegangen. Aber ich kann nicht sagen, wie lange wir gelaufen sind oder worüber wir geredet haben.

Jetzt sitze ich in meinem Zimmer im Hotel Klostermeier und schaue durch die offene Balkontür zum Mond. 385 000 Kilometer. Nein, ein so langes Seil gibt es auf der ganzen Welt nicht.

Warum habe ich niemanden, mit dem ich reden kann? Warum bin ich so allein?

Tag 9 der Ermittlungen
Freitag, 18. September

Es war nicht der perfekte Ort zum Telefonieren. Sie saßen auf dem kleinen Balkon in seiner Wohnung und frühstückten. Milan hatte Croissants vom französischen Bäcker unten an der Straße geholt, sie tranken Latte Macchiato, es war ziemlich idyllisch, die Sonne brachte ihre Gesichter und die Croissants gleichermaßen zum Leuchten. Milan hatte die Angewohnheit, scheinbar gedankenverloren, mit zwei Fingern über ihren Handrücken zu streichen, sie mochte das sehr.

Es war nur zu spät. Fast schon neun Uhr. Eva Schnee hätte schon längst im Präsidium sein müssen. Sie hatte eine Mail geschrieben, dass sie erst gegen halb zehn ins Büro käme: »Habe vorher noch einen Termin.« Dafür liebte sie ihren Job. Man konnte sagen: Ich habe einen Termin – und war frei wie ein Vogel.

Doch wenn das Handy klingelte, musste das Vögelchen rangehen, da half nichts. Erwin war dran, der IT-Spezialist. Erwin war ein Mann, für den es eigentlich nur eine Bezeichnung gab: Er war anders. Erwin war ganz, ganz dünn und ziemlich jung, vielleicht Mitte zwanzig, er trug immer eine schwarze Jeans und ein schwarzes T-Shirt, im Winter manchmal zwei übereinander. Er hatte bräunliche Zähne und sehr dünne, lange Haare, die erstaunlicherweise immer wie frisch gewaschen aussahen. Es war unmöglich, mit Erwin über Alltägliches zu sprechen. Eva Schnee hatte ihn mal gefragt, was er denn am Wochenende immer so mache. Da hatte Erwin sie ganz kurz angeguckt, was er nur sehr selten tat, und dann den Kopf geschüttelt und geschwiegen. Eva Schnee vermutete, dass Erwin kein Mensch war, sondern ein Computerprogramm, in dem viele Worte fehlten, Wochenende zum Beispiel. Auch diese Theorie hatte sie ihm mal vorgetragen. Für einen Moment hatte sie gedacht, er dächte nach. Er legte kurz den Kopf zur Seite. Für einen Moment hätte sie eine Antwort für möglich gehalten wie: ›Computerprogramm? Wäre vielleicht besser so.‹ Doch die Antwort kam nicht. Es kam gar nichts.

»Deine SMS«, sagte Erwin, »das ist ein Schachspiel.«

»Was?«, sagte Eva Schnee. »Verstehe ich nicht.«

»Na. Se4xbf6.« Erwin sprach es der Reihe nach aus und langsam. *S e 4 x b f 6*. »Das ist aus einem Schachspiel. Es ist ein Zug. e4 oder f6 sind bestimmte Felder auf dem Schachbrett. S heißt Springer, das ist eine Schachfigur, b heißt Bauer, auch eine Figur. Springer auf dem Feld e4 schlägt Bauer auf dem Feld f6. So nennt sich das. Es ist ein Zug in einem Schachspiel.«

Jetzt hatte sie verstanden. Es ging um die SMS, die sie dem Mann geklaut hatte, mit dem sie gerade frühstückte. »Okay, Erwin, danke. Es gibt keine andere Interpretation?«

»Nein«, sagte Erwin, »ich habe die SMS durch den großen Z7-Simulator durchlaufen lassen. Das ist die einzige Definition, die er ausgespuckt hat. Und natürlich den Empfänger der SMS, ganz normales Handy, die Nummer schicke ich dir per Mail.«

»Gut, danke«, sagte Eva Schnee und lächelte ihren Milan an.

Erwin antwortete nicht, er hatte schon aufgelegt.

Kurz überlegte sie, ob sie Milan fragen sollte, ob er eigentlich Schach spielte. Aber dann ließ sie es sein. Sie fragte auch nicht, welchem Zuckermäuschen die wunderschönen Augen gehörten, die Milan in seiner SMS gepriesen hatte. Nein, das alles ging jetzt wirklich nicht. Eva Schnee biss in ihr Croissant. Wenigstens fragte Milan nicht, was das für ein Anruf gewesen sei. Milan war sehr schweigsam am Morgen, noch eine gute Eigenschaft.

Wieder läutete ihr Handy. »Sorry«, sagte sie, und ging dran. Es war Biggi, ihre Sekretärin. Biggi hatte Probleme mit Männern, Probleme mit ihrer Mutter, Probleme mit ihrer Figur, wurde bald dreißig, und auch das machte ihr zu schaffen. Vielleicht war Biggi deshalb so beliebt im Kommissariat, weil sie so viele Probleme hatte – weil alle dachten, vielleicht ist die Biggi so eine Art Staubsauger für die Probleme dieser Welt, sie saugt sie auf, sie hat sie – und die anderen, die hatten die Probleme los.

»Was gibt es, Biggi?«, fragte Eva Schnee.

»Du hast doch heute Mittag den Termin mit dem Herrn Börne.«

»Ja«, sagte Eva Schnee, »und?«

Sie hatte Herrn Börne ins Präsidium bestellt. Sie wollte mit ihm vor allem über das Erbe seiner Mutter reden, über das Haus und ob er wusste, dass die Mutter es schon verkauft hatte an Markus Kessler.

»Das wird nichts mit dem Termin. Der kommt nicht«, sagte Biggi.

»Was? Warum nicht? Der hat zu kommen ...«

»Der ist tot, der Herr Börne. Gerade kam der Anruf. Gestern Abend, Autounfall.« Und Biggi wiederholte es noch einmal. »Herr Börne ist tot.«

»Autounfall?«, fragte Eva Schnee. »Weiß man schon, wie das passiert ist?«

»Herr Börne war alleine im Auto. Ein Traktor ist aus einem Feldweg gebogen, Börne war laut Polizeibericht vermutlich zu schnell, wollte ausweichen, geriet ins Schleudern, krachte an einen Baum. Er war wohl sofort tot.«

»Okay, Biggi, bis später.«

Eva Schnee legte ihr Handy auf den Tisch und dachte: Das gibt es doch nicht. Unfall? Kurz vor dem Verhör? Als sie mit Börne den Termin besprochen hatte, als sie telefonierten, hatte er gefragt, worum es gehe. Sie hatte gesagt: Um das Haus, um die Mutter. Beim Wort Mutter hatte sie geglaubt, ein Seufzen von ihm zu hören. Gesagt hatte er gar nichts, nur irgendwann: Okay, dann komme er eben. Und dann hatte sie ihn noch gefragt, ob ihm der Name Markus Kessler etwas sage. Nach einer kurzen Pause hatte er gesagt: »Darüber können wir ja morgen reden.«

»Ist irgendwas?«, fragte Milan.

»Ein Zeuge ist gestern tödlich verunglückt. Komische Sache«, antwortete sie.

»Du glaubst nicht, dass es ein Unfall war?«

»Nein«, sagte Eva Schnee.

»Was für ein Beruf«, sagte Milan und trank einen letzten Schluck Latte Macchiato. »Wie viele Tote gab es jetzt schon, seit wir uns kennen?«

*

Als Eva Schnee ein paar Minuten später unten in ihr Auto stieg, läutete ihr Handy wieder. Diesmal war Kaspar von der

Spurensicherung dran. »Wir haben tatsächlich was gefunden. Es ist kein Foto, na ja, oder doch …«

»Was ist es denn?«, fragte sie.

»Ein Zeitungsausschnitt, ziemlich vergilbt, Jahrzehnte alt, würde ich sagen, Datum ist nicht sichtbar, aber man kann schon noch das meiste erkennen. Es ist ein Foto plus Bildunterschrift. Man sieht ein paar Kinder. Im Text steht, sie kämen vom Schularzt. Von der Schluckimpfung gegen Kinderlähmung. War doch früher so, das bekam man in der Schule, erinnere ich mich auch noch.«

»Kann man die Kinder erkennen?«

»Mittelprächtig, würde ich sagen, zwei ganz gut, die anderen weniger. Aber vielleicht kann man da noch bisschen was machen.«

»Wo habt ihr den Zeitungsausschnitt gefunden?«, fragte Eva Schnee.

»Das war gar nicht einfach«, sagte Kaspar.

Auf diesen Satz hatte sie gewartet, denn den sagte Kaspar immer. Und jetzt wartete sie auf den anderen Halbsatz, der nun immer, immer folgte. Wenn nicht, müsste man sich wirklich Sorgen machen. Doch so weit war es nicht, denn Kaspar sagte ihn: »Du könntest stolz auf uns sein.«

»Ich bin immer stolz auf euch«, sagte sie, auch nicht zum ersten Mal.

»Sie hatte ihn in einem alten Einweckglas zusammengerollt. Vor dem Glas standen zwanzig andere, in denen war wirklich Marmelade drin. Aber im letzten Glas war der Zeitungsausschnitt. Sie hat das Glas sogar richtig trübe gemacht, aber wir haben es trotzdem gesehen. Der Verschluss war übrigens ganz leicht zu öffnen, das spricht dafür, dass sie sich den Zeitungsausschnitt immer mal wieder angeschaut hat.«

»Tolle Arbeit, Kaspar«, sagte sie.

Sie bat ihn, das Zeitungsfoto in Einzelbilder der Kinder aufzulösen. Zu vergrößern, aufzuklaren. »Du weißt schon, was ich meine«, sagte sie, »du bist doch ein Künstler.«

Als das Handy dann eine Zeit still war, Eva Schnee mit ihrem Wagen im Stau stand, dachte sie: Eigentlich merkwürdig, Fotos will man immer vergrößern, da will man immer irgendwas herausarbeiten. Im wirklichen Leben hätte sie lieber eine andere Fähigkeit gehabt. Sie hätte die Dinge gern verkleinern können. Damit einem nichts mehr über den Kopf wachsen konnte.

*

Seine Augen. Grün. Wässrig. Und doch strahlend, unheimlich strahlend. Wie die Augen eines Tieres. Welches Tier hat grüne Augen? Jeder, der ihn traf, redete danach von seinen Augen. Auch damals die beiden Mädchen. Betty und Evelin. Wow, was für Augen, was für ein Typ. Betty, Evelin, Eva, sie waren alle sechzehn, siebzehn. Klaus Voss war damals Mitte vierzig.

Als er zu Betty und Evelin sagte, wollt ihr mal was erleben, hatten sie ja gesagt. Na, dann kommt doch mit. Sie waren alle drei Freundinnen gewesen. Bevor Betty und Evelin anfingen, schlecht über Eva zu reden. Eva, die Schlampe. Eva war wütend und hatte es Voss erzählt. Ein harmloser Streit junger Mädchen. Sie konnte doch nicht ahnen, wie ernst er die Sache nehmen würde. Und dass er Rache nehmen würde. Und auf welche Weise. In ihrem Namen.

Nein, das konnte keiner ahnen.

Seine Augen. Unverändert. Er hatte sich überhaupt gut

gehalten. Achtzehn Jahre Gefängnis waren abgeprallt an ihm. Jeans, blauer Kapuzenpulli. Das war all die Jahre so gewesen: Er wirkte immer so, als käme er gerade aus einem Sportstudio.

»Hallo, Kleine«, sagte Voss, als ihn der Vollzugsbeamte in das Besuchszimmer führte. »Gut siehst du aus.«

»Hallo, Klaus«, sagte Eva Schnee.

»Lange nicht gesehen«, sagte er und grinste. »Zwei Jahre, elf Monate und 17 Tage, um genau zu sein. Ich habe jeden einzelnen Tag gezählt. Man hat hier im Knast nicht so viele Höhepunkte, man kann sich auf das Wesentliche konzentrieren.«

»Mir ging's nicht gut«, sagte sie. Lange Pause. »Und der Letzte, den ich gebraucht hätte, wärst du gewesen.« Sie merkte es an ihrem eigenen, viel zu harten Tonfall. Sie hatte keine Distanz. Voss fasste sie immer noch an.

»Was dein Vater jetzt wohl sagen würde, wenn er uns beide so sähe?«, fragte Voss.

Das war die eine Schlinge, mit der er sie immer zu sich gezogen hatte. Dein Vater. Klaus Voss und Evas Vater waren Partner gewesen. Gleichberechtigte Geschäftsführer in einer Finanzdienstleistungsfirma. Und sie waren Freunde gewesen. Sie waren viel zusammen unterwegs gewesen. Bergsteigen. Surfen. Und auch Drachenfliegen. An dem Tag, an dem ihr Vater tödlich verunglückte, sollte eigentlich Voss dabei sein, doch er hatte sich eine Grippe eingefangen und lag zu Hause mit Fieber im Bett. Eva Schnee konnte das Bild immer abrufen: Voss bei der Beerdigung ihres Vaters. Geschüttelt von Weinkrämpfen, als er an seinem Grab stand. Niemand sonst weinte. Auch ihre Mutter nicht. Auch sie selbst nicht. Nur Voss.

Voss hatte sich sehr um die kleine Eva gekümmert, nach

dem Tod des Vaters. Seine Anteilnahme war echt gewesen, keine Frage. Er legte ein Bankkonto für sie an und zahlte monatliche Beträge ein. Jedes zweite Wochenende stand er vor der Tür, um mit ihr etwas zu unternehmen. Sie gingen schwimmen, Skifahren, ins Kino, in den Zoo. Sie liebte diese Ausflüge; konnte man sagen, dass sie Voss liebte? Sie freute sich so sehr über seine Besuche, dass ihre Mutter sie erduldete. Sie ließ sie geschehen. Als Eva ein bisschen größer wurde, sagte ihre Mutter, du darfst diesem Mann nicht alles glauben, was er sagt. Ihre Mutter sagte, Voss tue seiner Umgebung nicht gut, er tue niemandem gut, das sei immer so gewesen. »Er hat deinem Vater nicht gutgetan, und er wird dir auch nicht guttun.«

Rede nur, Mutter, dachte Eva immer. Rede nur. Voss war der Einzige außer ihrer Mutter, der ihr von ihrem Vater erzählen konnte. Ihr Vater hatte kaum Freunde gehabt. Eva gierte nach Informationen und Geschichten über ihn.

»Lass jetzt mal meinen Vater aus dem Spiel«, sagte Eva Schnee. »Du hast gesagt, ich soll kommen, weil du mir was Wichtiges über die Familie Kessler zu sagen hast. Also sag!«

Sie hatte oft überlegt, was wohl mit Voss passiert war. Sie hatte oft mit ihm darüber geredet. Das konnte man ganz wunderbar mit ihm, reden, vor allem über die Abgründe, über seine Abgründe. Voss hatte eine Frau gehabt, die er sehr liebte, so sagte er es jedenfalls. Zusammen hatten sie eine kleine Tochter, drei Jahre jünger als Eva. Eines Tages verließ die Ehefrau Voss und nahm die Tochter mit. Sie verschwand einfach, Flugticket nach Hongkong, dann irgendwohin weiter. Voss hat die beiden nie wieder gesehen. »Weißt du, Kleine«, hatte er ihr mal erklärt, »ich bestehe aus einem guten Teil und aus einem bösen Teil. Ich glaube, dass alle Menschen diese beiden Teile in sich haben, einen guten und einen schlechten. Dein Vater hatte diese beiden Teile, und du hast sie auch. Meine Frau leugnete das, sie wollte nur das Gute sehen. Sie fürchtete sich vor dem Bösen. Deshalb ist sie gegangen.«

Der gute Teil, der böse Teil. Das war die andere Schlinge, mit der Voss nach ihr griff. »Wie, mein Vater hatte auch böse Teile? Erzähl mal.« Und Voss erzählte. »Und wie, ich bin auch böse?«, fragte die kleine Eva. »Was ist böse an mir, sag doch!« »Das weißt du selbst am besten«, hatte Voss geantwortet, »du musst nur in deinen Kopf reinhören, dann weißt du es.« Diese zweite Schlinge war die gefährliche, weil Voss so eine geheime Verbindung mit Eva knüpfte: Das hier wissen nur wir beide. Nur wir zwei erzählen uns von unseren Abgründen.

Professor Kornberg nannte es Manipulation. Psychisch gestörte Menschen versuchten das gern, sagte er. Das Gefährliche, sagte Kornberg, sei die Trennung in einen hellen und einen finsteren Teil. »Damit er Sie in die Finsternis ziehen kann.« Wer andere manipulieren wolle, versuche immer, den Menschen aufzuteilen in verschiedene Ebenen. Denn aufgeteilt bedeute schwach, und Schwäche suchten diese Typen. Eva Schnee hatte Kornbergs Worte nicht vergessen, sie hörte sie, auch jetzt, im Besuchszimmer des Gefängnisses. »Ich glaube, Voss war hauptverantwortlich für Ihre schwere Krise, die letztlich zu dem Selbstmordversuch führte.«

Hörst du, Voss, du warst schuld.

»Wie geht es dir?«, fragte er.

»Hör auf. Ich will mich mit dir nicht unterhalten, das können wir ein andermal machen. Vielleicht«, sagte sie, »aber wenn du es wissen willst, mir geht es gut. Ich bin glücklich. Erzähl jetzt, was du über die Kesslers weißt, sonst gehe ich.«

Nachdem ihn Frau und Kind für immer verlassen hatten, konnte man zusehen, wie Voss abrutschte. Die Firma geriet in Schwierigkeiten, er verstrickte sich in zweifelhafte Transaktionen, die Staatsanwaltschaft ermittelte. Er begann noch mehr zu trinken, schluckte irgendwelche Pillen, zog sich Koks in immer größeren Mengen rein. Voss war fertig. Eva hatte er nie etwas gegeben, nein, das musste man ihm lassen. Sie hätte es sicher genommen von ihm, sie hätte so ziemlich alles von ihm genommen. So wie die beiden Mädchen, Betty und Evelin, die er eines Abends mit zu sich nach Hause nahm. In ihren Leichen fand man so ziemlich jede Droge, Koks zum Aufputschen, zum Sex, dann die Beruhigungshämmer, bis der Kreislauf kippte. Wie viel Betty und Evelin am Ende noch mitbekommen hatten, konnten die Gutachter nicht abschließend beantworten. Es war eine Blutorgie. Voss hatte den beiden mit einem japanischen Fischmesser die Brustwarzen abgeschnitten. Und ihnen dann den laufenden Gemüsehäcksler zwischen die Beine gesteckt. Erst bei der einen, dann bei der anderen.

Wie konnte es sein, dass Klaus Voss, der bis dahin noch nie in irgendeiner Form als gewalttätig aufgefallen war, plötzlich zu einer derartig brutalen Tat fähig war? Das war die zentrale Frage im Prozess. Voss schwieg während des Verfahrens, sagte kein einziges Wort. Seine Anwälte argumentierten, die Drogen seien verantwortlich gewesen, und plädierten für verminderte Schuldfähigkeit. Es nützte nichts, Klaus Voss wurde zu lebenslanger Haft verurteilt.

Nur einmal hatte Voss mit ihr darüber gesprochen. Es war kein Gespräch, es war ein Satz, den er ihr einpflanzen wollte. Der Satz fiel Jahre nach der Tat bei einem ihrer Besuche im Gefängnis. Er lautete: »Du weißt doch, Eva, ich habe das für dich getan, nur für dich.«

Voss schaute sie jetzt an, natürlich wusste er um die Wirkung seiner Augen. Sie versuchte, an ihm vorbeizublicken, zu dem Vollzugsbeamten hinter ihm, der gerade einen sehr müden Eindruck machte. Er drückte seinen Kopf an die Wand, für einen Augenblick sah es so aus, als würde er schlafen.

»Peter Kessler ist hier im Gefängnis. Noch nicht so lange wie ich, aber auch schon viele Jahre. Ein interessanter Mann. Vielleicht lernst du ihn ja mal kennen. Wir reden viel. Deshalb habe ich dich angerufen.«

»Und weiter?«, fragte Eva Schnee.

»Ich habe in der Zeitung gelesen, dass du in dem Mordfall in Forstham ermittelst. Ich habe mit Kessler darüber geredet, auch über den alten Fall, mit den Leichen im Wald.« Voss schüttelte den Kopf. »Er hat keine Ahnung, was damals passiert ist, er hat keine Erklärung. Und genau das macht ihn verrückt bis heute. Peter Kessler steckt tief in der organisierten Kriminalität, solche Leute wissen gerne Bescheid. Aber er hat keine Erklärung, bis heute nicht.«

»So«, sagte Eva Schnee, »er hat also keine Ahnung. Das wolltest du mir sagen? Deshalb sollte ich kommen?«

»Er hat erzählt, du hättest Markus Kessler getroffen. Stimmt das?«

»Woher weiß er das?«, fragte sie, »angeblich haben die Brüder doch keinerlei Kontakt?«

»Egal, er weiß es. Peter Kessler sagt, sein Bruder sei ein sehr gefährlicher Mann, gefährlicher, als sich jeder vorstellen kann. Wenn er jemanden persönlich trifft, sei das kein gutes Zeichen, sagt er. Sein Bruder verstehe nur eine einzige Kommunikationsform: Er spielt mit den Menschen. Wie die Katze mit der Maus. Das sind nicht meine Worte, das sind die Worte von Peter Kessler.«

»Das ist alles, Klaus?«, fragte Eva Schnee.

»Ja, das ist alles«, sagte Voss, »er will dich warnen. Und bitte, nimm das ernst.«

Am Ende war es wie immer bei den Besuchen im Gefängnis. Der Vollzugsbeamte, inzwischen wieder wach, erinnerte an das Ende der Gesprächszeit. Sie verabschiedeten sich ohne Körperkontakt. Der war verboten. Sogar der Handschlag. Klaus Voss stand schon in der Tür, als er sich noch einmal umdrehte.

»Eva, sag bitte, wenn ich dich beschützen soll. Ich kann das auch von hier aus machen, das verspreche ich dir.« Und nach einer Pause fügte er hinzu: »Das bin ich deinem Vater schuldig.«

19. September

Ich bin den ganzen Tag gelaufen, immer an der Isar entlang. Von der Floßlände in Rupertshausen, wo die großen Baumstämme liegen für die Flöße, bin ich immer flussaufwärts gegangen in Richtung der Berge. Im Gasthof hatte ich mir ein Vesperpaket machen lassen. Leberwurstsemmeln mit sauren Gurken, ein paar Tomaten, zwei hartgekochte Eier. Ich habe versucht, nichts zu denken. Einen Fuß vor den anderen setzen, die Luft einatmen, die Luft ausatmen. Sauerstoffmoleküle behalten, Stickstoffmoleküle ausstoßen. Die Bäume anschauen, die das umgekehrt machen. Das Wasser anschauen, das immer fließen muss, das keine Wahl hat.

Als ich auf der Höhe von Forstham ankam, habe ich mich gezwungen, nicht abzubiegen zur Siedlung oder zum Friedhof. Ich musste meine Gedankenspiralen verlassen. Die letzten beiden Hypnosesitzungen waren wie ein Großangriff auf mein Gehirn, sie haben Erinnerungen zerschossen und Gefühle gesprengt. Kann sich ein Gehirn wehren? Kann ein Gehirn Fieber bekommen?

Sich auf einen Stein setzen, eine Semmel essen. Schuhe aus, Strümpfe aus, Füße ins Wasser hängen.

Die Isar ist seicht zurzeit, nur knietief an manchen Stellen. Kein Wunder: Wann hat es das letzte Mal geregnet? Ich bin sogar auf die andere Uferseite gewatet und wieder zurück. Die glitschigen Steine unter den nackten Sohlen fühlten sich an wie vor fünfzig Jahren. Haben Fußsohlen ein Gedächtnis?

Das Seil war um mein Fußgelenk geschlungen, daran habe ich mich in der Hypnose erinnert, und inzwischen träume ich sogar davon, dass etwas an mir zerrt, dass JEMAND an mir zerrt, an dem Seil, das um mein Fußgelenk geknotet ist. Mein Gehirn ist heiß, es braucht Kühlung, die Gedanken müssen abfließen, wie die Isar immer fließen muss. Es waren falsche Gedanken, fünfzig Jahre lang haben falsche Gedanken mein Gehirn verklebt.

Ich habe heute sogar zwei Kreuzottern gesehen, lagen einfach so da auf einem warmen Uferstein direkt neben dem Weg. Früher haben wir immer versucht, welche zu fangen, wir haben es nie geschafft. Die Grabowskis und die Kessler-Brüder haben behauptet, dass es ganz leicht sei, die Schlangen zu fangen. Und vom Schenkel Ernsti hieß es, er habe eine ganze Sammlung von Kreuzottern. Aber niemand wusste, ob das stimmte.

Ich habe mich auch unter eine Kiefer auf den Boden gelegt, mitten im Wald. Kiefern sind wunderbare Bäume, sie riechen so gut, und die Nadeln sind lang.

Keine Gedanken zulassen, sich ganz leer machen.

Meine Agentur hat früher für alles Mögliche Werbung gemacht, für eine Umweltschutzorganisation, aber auch für einen Geländewagen. Wir haben Kampagnen entwickelt für eine Bäckereikette und ein Energieunternehmen, für Schokoriegel und Haftpulver für die dritten Zähne. Und jedes Mal musste man mit freiem Kopf ohne Gedankenballast ans Werk gehen. Nur so entstehen neue Ideen. Dafür hatten wir in der Agentur das weiße Zimmer. Das war ein großer Raum, hundert Quadratmeter. Weißer Boden, weiße Wände, weiße Tische und Stühle, keine Fenster, nur Oberlichter. Weiße Schreibblöcke, weiße Flipcharts. Telefonverbot, keine Computer. Dort haben wir uns in unterschiedlichen Teams getroffen, wenn wir eine neue Aufgabe hatten. Sich ganz leer machen.

Unter einer Kiefer liegen ist ein bisschen, wie im weißen Zimmer zu sein.

Die Polizei in Rupertshausen hatte keine Unterlagen mehr über den Verkehrsunfall vor fünfzig Jahren in der Eichbergkurve. Haben sie mir jedenfalls vor ein paar Tagen gesagt. Ich könnte aber einen Suchantrag stellen für ein Zentralregister, sie wollten mir gleich die Formulare geben, aber ich bin dann gegangen. Zu viele Fragen. Das Zentralregister bin ich selbst. Mein Hirn, meine Seele, meine Füße, wenn's sein muss.

Das dachte ich, als ich unter der Kiefer lag. Und dann spürte ich plötzlich, dass ich nicht alleine war. Es war eine ganz deutliche Wahrnehmung, so deutlich, dass ich nicht mal das Bedürfnis hatte, mich aufzurichten und umzusehen. Ich registrierte es ganz ruhig, ohne Aufregung. Und es war keine Überraschung, als eine Stimme anfing zu sprechen, hinter mir, ganz nah an meinem Ohr. Ich kannte diese Stimme. Ich kannte sie von den ersten Aufnahmen bei Dr. Kornberg, ich selbst hatte diese Stimme imitiert. Dieselben undeutlichen Zischlaute und Konsonanten. Aber diesmal konnte ich verstehen, was die Stimme sagte:

»Ich bleibe bei dir, bis es vorbei ist, bis es wirklich zu Ende ist.«

Es schien mir, als bliebe jeder einzelne Buchstabe dieses Satzes eine Weile in der Luft stehen, ehe er sich nach oben verflüchtigte, zur Krone des Baumes. Ich muss dann einen Moment geschlafen haben. Danach war ich wieder allein.

Es war schon fast dunkel, als ich wieder zu dem Parkplatz zurückkam, wo mein Auto stand. Morgen muss ich wieder zu Kornberg. Ich habe Angst. Und ich weiß, dass sie berechtigt ist. Aber ich weiß nicht, wovor ich Angst habe.

Tag 11 der Ermittlungen
Sonntag, 20. September

Milan war schon da. Eva Schnee mochte das, wenn Menschen auf sie warteten, keine Ahnung, warum. Und sie hasste es, selbst zu warten. War das auch schon wieder ein Widerspruch? Er saß rechts hinten, sie sah sein leuchtend blaues Hemd, seine verstrubbelten, dichten tiefschwarzen Haare, die immer ein bisschen piekstellen an der Innenseite ihrer Schenkel, wenn sein Kopf zwischen ihren Beinen war.

Ein echter Gentleman, er saß auf dem Stuhl, ließ ihr den Platz auf der Bank, mit dem Blick ins Restaurant. Sie trat an ihn heran und griff fest in seine Haare.

»Hallo, schöner Mann«, sagte sie, »ist da noch frei?«

Milan stand auf. Sie küssten sich.

»Hallo, schöne Frau«, antwortete er, »ich warte auf eine sehr, sehr schöne Frau, aber für einen Moment können Sie sicher Platz nehmen.«

Eva Schnee trug ein dünnes schwarzes Kleidchen ohne Ärmel, vorn hochgeschlossen, hinten freier Rücken. Sie trug keinen BH. Es war ihr derzeitiges Lieblingskleid. Sie fühlte sich in dem Kleid sexy, und genau das wollte sie heute Abend fühlen.

Milan schaute sie an. Und sagte: »Wow!«

»Das habe ich für dich gekauft«, log sie. Hätte sie jemand gefragt, warum sie jetzt log, hätte sie geantwortet: Weil es eine schöne Lüge war, und schöne Lügen waren in Ordnung.

Milan hatte ein neues Münchener Restaurant ausgesucht. Das »Les Halles« hatte erst vor ein paar Monaten eröffnet und schon einige jubelnde Kritiken bekommen. Es bestand aus einem riesigen Raum mit sehr hohen Decken, von denen weiße Kronleuchter baumelten. Schwarze Holztische; Stühle und Bänke waren mit dunkelrotem Cordsamt bezogen. Vom Eingang gesehen links befand sich eine opulente Bartheke.

Hätte sie ihn sehen müssen? Er saß an der Bar, als sie das Restaurant betrat, er trug einen schwarzen Anzug, ein schwarzes Hemd, schwarze Krawatte. Er schaute ihr nach, als sie zum Tisch ging. Eva Schnee war schließlich Kriminalkommissarin, gehörte es nicht zu diesem Beruf, immer wachsam und aufmerksam zu sein?

Die Kellnerin hatte schon eine Flasche Mineralwasser gebracht und die Speisekarten.

Eva Schnee fing an zu blättern und fragte: »Also, was gibt es zu feiern? Bin schon ganz gespannt.«

Milan hatte den Abend so angekündigt: Es gibt was zu feiern, aber ich sage dir nicht, was es ist. Sie hatte kurz überlegt, was es sein könnte, und schnell wieder damit aufgehört. Sie wusste einfach wirklich wenig über ihn. Er hatte nie was über seine Eltern erzählt, hatte er überhaupt Geschwister? Seine Frauen waren tabu, seine gesamte Vergangenheit. Hätte sie das stutzig machen müssen? Neulich hatte er mal etwas erzählt von seinem Beruf. Kunstsachverständiger in der Pinakothek. Was sich im ersten Augenblick langweilig anhörte, war es wohl gar nicht. Er hatte gesagt, möglicherweise sei ein berühmtes Bild, das in der Pinakothek hing, eine Fälschung. Sie hatten einen Hinweis bekommen, der diesen Verdacht nahelegte.

»Hast du herausgefunden, ob das Bild falsch ist?«, sagte sie.

»Nee«, antwortete er, »das dauert noch. Und wenn es so wäre, wäre es kein Grund zum Feiern.« Er goss sich Mineralwasser nach. »Nein, ich habe Geburtstag. Ganz langweilig.«

»Was?«, rief sie, beugte sich über den Tisch und küsste ihn. »Herzlichen Glückwunsch.« Kleine Pause. »Und ich habe kein Geschenk. Das ist gemein.«

»Du bist mein Geschenk. Mein erster Geburtstag mit dir …« Er suchte nach Worten.

Da trat die Kellnerin an den Tisch, servierte zwei Gläser Champagner und fügte hinzu: »Von unserem Jahrgang 2003, Ruinart, wirklich etwas sehr Besonderes.«

»Hey«, sagte Eva Schnee.

Aber Milan schüttelte den Kopf. »Entschuldigung, das muss ein Missverständnis sein. Ich hatte noch nichts bestellt.«

»Der Champagner kommt von dem Herrn an der Bar, dem Herrn mit dem schwarzen Anzug. Er lässt Sie herzlich grüßen«, sagte die Kellnerin und zog sich zurück.

Jetzt sah Eva ihn sofort. Markus Kessler saß an der Bar und winkte ihr zu. Er trank sein Glas leer und machte sich auf den Weg zu ihnen.

»Das ist Markus Kessler«, sagte sie zu Milan.

Er verzog das Gesicht: »Wer ist das?«

Da stand Kessler schon an der Seite ihres Tisches und

sagte guten Abend. »Ich hoffe, er schmeckt Ihnen, das ist mein Lieblingschampagner.«

»Entschuldigen Sie ...«, begann Eva Schnee.

»Nein«, sagte Kessler, »ich muss mich bei Ihnen entschuldigen und bei Ihrem freundlichen Begleiter, für die Störung. Ich bin auch sofort wieder weg. Ich wollte Ihnen nur etwas geben.«

»Sie wollten mir etwas geben?«, fragte sie.

Kessler griff in sein Jackett, zog ein in der Mitte gefaltetes DIN-A4-Kuvert hervor und legte es zwischen die Champagnergläser auf den Tisch. »Ich habe einen Brief bekommen. Ich würde sagen, einen Brief aus der Vergangenheit. Für mich bedeutungslos, aber ich könnte mir vorstellen, dass er für Sie interessant ist.« Kessler lachte. Ein merkwürdiges Lachen. Und er strich Eva Schnee ganz kurz mit den Fingerspitzen über ihre Stirn. Noch merkwürdiger. »Auf Wiedersehen«, sagte er.

»Moment«, sagte Eva Schnee, »was soll das? Was steht in diesem Brief?«

»Das müssen Sie selbst lesen. Auf Wiedersehen, Frau Kommissarin«, sagte er.

»Woher wussten Sie, dass ich heute hier bin? Das war doch kein Zufall«, sagte sie.

»Ach, ich finde immer die Leute, die ich finden will.« Kessler drehte sich um und verließ mit eiligen Schritten das Restaurant, erstaunlich leichtfüßig für die Schwere seines Körpers.

Eva Schnee schaute ihm nach und dachte an die Sätze, die ihr Klaus Voss von Kesslers Bruder ausgerichtet hatte: Markus Kessler spiele mit den Menschen wie die Katze mit der Maus. Und was für ein gefährlicher Mann er sei. Sie packte das Kuvert in ihre Handtasche und nahm die Speisekarte. Und sagte zu Milan: »Lass uns den Typen sofort vergessen.«

Sie bestellten Austern, Entrecôte, Wein. Sie redeten ein paar Minuten belangloses Zeug, sie fragte ihn, wie alt er eigentlich werde, und er antwortete: neununddreißig. Sie merkte, dass sie sich nicht konzentrieren konnte, und Milan merkte es auch. Schließlich zog sie das Kuvert aus der Tasche, holte den Brief raus und sagte zu Milan: »Bitte lies ihn mir vor. Ich muss jetzt wissen, was das für ein Brief ist, sonst werde ich verrückt, auf der Stelle.« Sie hatte sich fest vorgenommen, Milan auf keinen Fall in diesen Fall, in den ganzen Mist, der sie zurzeit bedrückte, hineinzuziehen. Aber hatte sie sich schon einmal in ihrem Leben an einen Vorsatz gehalten?

»Okay«, sagte Milan, nahm den Brief und begann zu lesen:

Markus Kessler,

Du weißt genau, was Dein Name bedeutet hat, damals im Wald, am Fluss, in unserer Siedlung. Angst hat er bedeutet, echte, ins Herz schneidende Angst. Der Stahlhelm-Kessler. Wenn der in der Nähe war, wurde es wirklich gefährlich.

Einmal, im Winter, am frühen Abend, als es schon dunkel war, bin ich vom Schlittenfahren nach Hause gegangen und habe Deine Gestalt gesehen. Am hinteren Eingang der Siedlung zum Wald, da bist Du gestanden, unter einer Kiefer. Ein Schatten im Gegenlicht der Lampen, die in der Siedlung brannten. Ein schwarzer Schatten, ein riesiger Schatten, eine schreckliche Schranke zwischen mir und dem Abendbrottisch zu

Hause. Es war klar, dass Du mich schon gesehen hattest. Umkehren, zurück in den Wald laufen und in einem Bogen zum anderen Eingang der Siedlung – das war keine Möglichkeit mehr. Ich musste an Dir vorbeigehen, ganz nah an Dir vorbeigehen, durch das Tor im Zaun. Deine blitzenden Augen unter dem Rand des Helmes, die weiße Wolke Deines Atems – ich war sicher, dass Du mich verprügeln würdest, einfach so, weil Du so viel größer und stärker und älter warst und weil Du so gern Leute verprügelt hast, wenn Dir gerade danach war. Jeder wusste, dass Du es warst, der die Lehrerin Klinger halbtot geschlagen hatte, auch sie war auf dem Heimweg, im Dunkeln. Ein halbes Jahr hat sie in der Schule gefehlt, und dann musste sie am Stock gehen.

Ich spüre die Schnur des Schlittens noch heute in der Hand, als ich an Dir vorbeiwollte, und ich spüre die plötzliche Wärme in meinem Unterleib, als Du gesagt hast: »Schöner Schlitten, kleiner Scheißer. Leihst du mir den mal?«

Du hast mich nicht verprügelt. Aber ich habe vor Angst in die Hose gemacht. Gefällt Dir sicher. Oder ist es Dir heute egal?

Auf Angst machen hast Du Dich verstanden, auch später in Russland. Ich hab das verfolgt, ich weiß viel über Dich, Du wirst staunen. Jetzt bin ich dabei, ein paar Dinge von damals zu ordnen, ans Licht zu zerren. Wird Zeit. Du solltest mit mir sprechen, schon in Deinem eigenen Interesse. Deine Sekretärinnen wissen, wo ich zu finden bin.

Du weißt nicht, wie ich heiße, hast meinen Namen wahrscheinlich damals schon nicht gekannt. Wir wa-

ren auch nicht so viele wie Ihr Kesslers, mein kleiner Bruder und ich. Und vor uns hatte niemand Angst. Ursprünglich ein französischer Name, Lazarde. Aber die Forsthamer haben ihn natürlich bayerisch ausgesprochen, mit deutlichem Z und hartem T. Lazart.

Hatten wir in der Siedlung bei Euch wenigstens eine allgemeine Bezeichnung? Ihr wart die Krattler. Und wir? Die Siedler?

Du hast die Siedlung gekauft, ich weiß das. Unbekannter Investor, Pläne für ein Kinderdorf – dieses Stück kannst Du vor anderen aufführen. Vor mir nicht.

Wahrscheinlich machen heute noch Leute aus Angst vor Dir in die Hose.

Ich nicht mehr, Du Scheißer.

R. Lazarde

Milan las gut, er hatte eine sehr angenehme Stimme, fand Eva Schnee. Er pointierte alles richtig, er las wie ein professioneller Nachrichtensprecher.

»Wieso kannst du so gut vorlesen?«, fragte sie.

»Keine Ahnung«, sagte er und gab ihr den Brief zurück. Sie packte ihn wieder ein.

Die Austern kamen, der Wein. Sie erklärte ihm in ein paar Sätzen die Eckpfeiler dieses Falles. Ein wenig wusste er auch schon davon, er hatte in den Zeitungen darüber gelesen, sagte er. Er fragte, ob ihr dieser Brief jetzt etwas brächte in ihren Ermittlungen. Sie antwortete, das komme darauf an, wer dieser Lazarde sei, das würde sich herausstellen. Milan sagte noch, ihre Arbeit komme ihm vergleichbar mit einem Schachspiel vor; jeder Zug könnte alles verändern.

»Du spielst Schach?«, fragte sie.

»Ja«, sagte er, »sogar ganz gut.«

Stimmt wahrscheinlich, dachte sie, und wiederholte im Geiste zum hundertsten Mal die SMS, die sie ihm von seinem Handy geklaut hatte. *Jetzt würde ich gerne in deine wunderschönen Augen blicken.*

»Mit wem spielst du denn Schach?«, fragte sie.

»Ach, mit Freunden«, antwortete Milan.

Tag 12 der Ermittlungen
Montag, 21. September

»Das wundert mich jetzt«, sagte Maler und schüttelte leicht den Kopf. Er lag auf dem Krankenhausbett und las den Brief an Markus Kessler noch einmal, dann gab er ihn Eva Schnee zurück. »Das wundert mich wirklich«, wiederholte er.

»Was wundert Sie?«, fragte Eva Schnee.

»Dass der Lazarde so ein Zeug schreibt.« August Maler hatte eine Jeans an, ein beiges T-Shirt, aus seinem rechten Unterarm liefen zwei kugelschreiberdicke Schläuche zu einer grauen Maschine, die neben dem Bett stand und ein leises, gleichmäßiges Geräusch von sich gab. »Wissen Sie, der Lazarde war eine gewisse Ausnahme, dachte ich damals jedenfalls. Ich habe mit so vielen Leuten gesprochen, die aus Forstham kamen und irgendwie mit der Siedlung in Verbindung standen. Und alle waren in keinem guten Zustand, wirklich, im Grunde war es eine Ansammlung mehr oder weniger kaputter Menschen, die waren alle gezeichnet von dieser Herkunft. Und Lazarde eben nicht. Er machte einen ziemlich normalen Eindruck. Ich habe paarmal mit ihm gesprochen. Einmal war ich bei ihm in Hamburg, einmal telefonierte ich mit ihm, da war er im Ausland, ich glaube, in New York. Der war ja ein erfolgreicher Mann, hatte eine große Werbeagentur. Der hatte Familie. Der wirkte auf mich sehr vernünftig und reflektiert, zumindest im Vergleich zu den anderen. Und jetzt, Jahre später, schreibt er einen solchen Brief.« Maler blickte auf seinen Unterarm, aus dem sein Blut herauslief und hinein in die Maschine und wieder heraus und zurück in den Unterarm. »Lazarde hatte mit seinen Eltern ja sehr früh die Siedlung verlassen. Ich dachte, das war seine Rettung.«

Eva Schnee saß auf dem kleinen Hocker neben seinem Bett. »Haben Sie noch Aufzeichnungen über die Gespräche, die Sie mit ihm geführt haben? In den Berichten habe ich kaum was gefunden.«

»Ja«, sagte Maler, »da müsste was da sein. Das suche ich Ihnen raus. Ich habe es nicht in die Berichte geschrieben, weil es mir nicht wesentlich erschien.« Wieder sein Blick auf seinen Arm. »Was sagt er denn selbst zu dem Brief? Hatten Sie schon Kontakt mit Lazarde? Und haben Sie mit Ernst Schenkel über ihn geredet?«

»Nein«, sagte Eva Schnee, »ich wollte als Erstes mit Ihnen sprechen.«

»Sehen Sie«, sagte Maler, »ich kann Ihnen schon wieder nicht helfen.«

Die Dialyseabteilung des Krankenhauses im Münchener Stadtteil Solln lag etwas abseits vom wuchtigen Hauptgebäude. Von außen hätte man den Bau mit einer größeren Garage verwechseln können. Die Abteilung bestand aus zwei Räumen mit jeweils vier Betten, alle voneinander getrennt durch lange weiße Vorhänge, die man nach Belieben zuziehen konnte. Die Dialyse konnte ambulant vollzogen werden, je nach Schweregrad der Schädigung der Nieren mussten die Patienten ein-, zwei- oder dreimal die Woche zur Blutwäsche kommen. August Maler musste an drei Tagen die Woche ran, seine Nieren hatten ihre Arbeit inzwischen völlig eingestellt. Die graue Maschine, die Ersatzniere, die auch Malers Blut entgiftete, brauchte dafür jedes Mal sechs Stunden.

»Unsinn«, sagte Eva Schnee. »Sie helfen mir sehr. Warum meinen Sie, ich sollte mit Schenkel über Lazarde sprechen?«

An der Stirnseite der grauen Maschine war eine kleine Glasscheibe angebracht. Dahinter drehten sich verschiedene sonderbar geformte Metallteile langsam um sich selbst.

»Weiß ich auch nicht«, sagte Maler. »Nur so ein Gefühl: Würde mich interessieren, wie Schenkel den Brief findet.«

Eva Schnee wartete einen Moment, dann zog sie ein anderes Kuvert aus ihrer Tasche. »Ich habe Ihnen noch etwas mitgebracht. Das könnte das Foto sein, das Ihnen Frau Börne zeigen wollte.« Sie legte den vergilbten Zeitungsausschnitt auf das Bett und dazu die vergrößerten Fotos der Jungen, die auf dem Bild abgebildet waren, »soweit das möglich war«, wie sie hinzufügte. Sie schilderte, wo ihre Leute den Zeitungsausschnitt gefunden hatten, wie sehr Frau Börne bemüht gewesen war, ihn zu verstecken, vor wem auch immer.

Maler schaute sich die Zeitungsseite an – und dann die Bilder, der Reihe nach. »Die Buben sind höchstens sechs Jahre alt. Die Börne sagte am Telefon, da sei er noch ein Kind gewesen, damals, bei der Geschichte mit den Toten im Wald. Ich kann es Ihnen zeigen, hat sie gesagt, da gibt es ein Foto ...« Maler schüttelte den Kopf. »Das sind noch richtige Kinder. Was sollen die Kinder für eine Rolle gespielt haben bei dem späteren Verbrechen? Verstehen Sie das, Frau Schnee?«

»Nein«, sagte sie. »Wir versuchen gerade, die Kinder zu identifizieren, was sich als äußerst schwierig darstellt. Die Zeitung hat ihr Bildarchiv vor Jahren abgeschafft, und der Fotograf hat Demenz. Aber wir bleiben dran. Erkennen Sie zufällig eins der Kinder?«

Maler schüttelte wieder den Kopf. »Fünf- oder sechsjährige Kinder hatte ich damals überhaupt nicht im Blick. Und diese Aufnahme ist ja noch viel älter. Nein, die sagen mir nichts.«

Eine Krankenschwester streckte ihr Gesicht durch den weißen Vorhang. »Alles in Ordnung, Herr Maler?«

»Ja«, sagte August Maler, »alles in Ordnung.«

Eva Schnee packte die Bilder wieder ein.

Maler sagte, er habe gehört, dass Franz Börne tödlich verunglückt sei: »War das wirklich ein Unfall?«

»Tja«, sagte Eva Schnee, »kaum zu glauben. Aber die Sachverständigen sagen, es ist keinerlei Fremdverschulden zu erkennen. Alle gehen von einem Unfall aus und wollen die Akte schließen.«

»Und Sie?«, fragte Maler.

Sie zuckte mit den Schultern. »Das ist noch nicht alles, Herr Maler. Er hat eine Art Testament hinterlassen. Seine Freundin bekommt das Geld von dem Hausverkauf in der Siedlung. Angeblich hatte das Franz Börne noch mit seiner Mutter geregelt. Besser könnte es für Markus Kessler nicht laufen.« Sie blickte Maler an. Sie merkte ihm an, wie sehr ihn das Gespräch anstrengte. »Herr Maler, ich lasse Sie gleich in Ruhe. Nur eine Frage noch: Können Sie sich vorstellen, dass Markus Kessler aus der Siedlung eine Art Kinderparadies macht?«

»Man kommt hier bei der Dialyse manchmal mit Leuten ins Gespräch, wenn die Vorhänge auf sind. Vor ein paar Tagen habe ich mich mit einem Mann aus Afghanistan unterhalten. Der hat alles verloren, Familie, Geld, Freunde, alles. Und jetzt ist er krank und versucht in Deutschland trotzdem einen Neuanfang. Und ...« Maler überlegte und fuhr fort: »Die Deutschen machen es ihm nicht leicht. So war es in Forstham, so ist das heute wieder. Alles Unglück in Forstham begann damit, dass verschiedene Klassen entstanden. Wenn Flüchtlinge kommen, fühlen sich anscheinend viele berufen, sich ihnen gegenüber zu erheben, auch wenn sie selbst geflohen waren. Plötzlich gibt es jemanden, auf den sie herabsehen können, der weiter unten ist als sie. Da die Menschen so sind, antworte ich auf Ihre Frage: Nein, ich glaube nicht an Kesslers Kinderparadies. Außer Markus Kessler wäre so etwas wie Nelson Mandela. Aber nach allem, was ich höre, ist er das nicht.« Maler schloss für einen Moment die Augen. »Entschuldigen Sie bitte, Frau Schnee, aber dieses Ding.« Er deutete auf die graue Maschine. »Dieses Ding macht mich wahnsinnig müde.«

Als Eva Schnee ein paar Minuten später in ihren Wagen stieg und ihr Handy anschaltete, hatte sie nur eine neue Nachricht. Sie lautete: »Lösen Sie das Rätsel des Kindes.« Absender: *EEE*. Eva Schnee dachte kurz, dass sie die SMS sofort an ihre IT-Experten schicken musste. Doch sie hatten schon bei der letzten SMS, Absender EEE, passen müssen. Auch die Saugrüssel-App hatte nichts gebracht. Das konnte sie sich also sparen.

Tag 13 der Ermittlungen
Dienstag, 22. September

Eva Schnee stürmte in das Zimmer ihres Chefs, legte ein Aufnahmegerät auf seinen Schreibtisch und sagte: »Das müssen Sie sich anhören.«

Roloff blickte von einer Unterlage auf, lehnte sich zurück und sagte: »Guten Morgen, Frau Schnee. Schön, Sie zu sehen.«

Ja, ja, sie wusste, dass sie oft normale Höflichkeitsrituale übersprang. Ihre Gedanken waren eben schon hinter der nächsten Biegung. Aber Roloff kannte sie, sie musste das nicht kommentieren, nicht mal mit einem Lächeln. »Dieses Telefongespräch ist vielleicht eine echte neue Spur«, sagte sie. »Es war gerade eben.« Sie drückte auf die Play-Taste. Man hörte ihre eigene Stimme.

»Frau Lazarde, kann ich bitte Ihren Mann sprechen?«

Meistens versuchte Eva Schnee, bei den ersten Sätzen am Telefon die Worte »Polizei« oder »Mordkommission« zu vermeiden.

»Nein, das geht nicht«, antwortete eine belegte Stimme. »Mein Mann ist nicht da.«

»Darf ich fragen, wann er wieder da ist und ich ihn sprechen kann?«

»Darf ich fragen, wer Sie sind und worum es geht?«

»Mein Name ist Eva Schnee. Ich bin Kommissarin bei der Münchener Mordkommission.«

»O Gott.«

»Ich würde Ihrem Mann gern ein paar Fragen stellen. Es geht um die Siedlung ›Unter den Kiefern‹ in Forstham, dort ist ein Verbrechen geschehen.«

Ein paar Sekunden war es still im Telefon. Dann die leisen Worte: »Die verdammte Siedlung.«

»Warum sagen Sie das, Frau Lazarde?«

»Warum ich das sage? Ich bitte Sie. *Sie* sind doch von der Mordkommission.«

»Ihr Mann hat sich hier in der Gegend schon länger in einem Gasthof einquartiert. Aber dort ist er nicht anzutreffen. Können Sie mir helfen?«

»Wie viel wissen Sie über meinen Mann?«

»Nicht viel.«

Eva Schnee beugte sich vor und drückte die Fastforward-Taste, die nächsten Momente konnte sie überspringen. Menschen brauchen eine Weile, ehe sie unangenehme Dinge aussprechen, besonders gegenüber der Polizei.

»… keine einfache Erklärung …«, meldete sich die Stimme von Frau Lazarde zurück. »Und es ist eine lange Geschichte …« Wieder Stille in der Telefonverbindung.

»Frau Lazarde? Sind Sie noch da?«

»Mein Mann ist krank. Psychisch krank, verstehen Sie? Er ist … Also, er leidet unter Schizophrenie.«

»Was bedeutet das?«, fragte Eva Schnee auf der Aufnahme. Im Büro sah Roloff sie mit ruhigem und konzentriertem Blick an.

»Das bedeutet, dass er in all den Jahren mehrmals in Kliniken war, dass er schwere Medikamente nimmt. Dass er phasenweise ein normales Leben führt, dass es aber trotzdem immer wieder zu Krisen kommt.«

»Das tut mir sehr leid.«

Ein kurzes Atemgeräusch war zu hören. »Mir auch, das können Sie glauben.«

»Was sind das für Krisen?«

»Mein Mann glaubt dann, dass er sein Bruder ist. Er ist dann wie verwandelt. Er *ist* sein Bruder, es ist furchtbar. Und er glaubt, er muss etwas herausfinden, was vor fünfzig Jahren geschehen ist. Er ist besessen von diesem Gedanken.«

»Wissen Sie, worum es dabei geht?«

»Nein, er sagt es nicht.«

»Und wie steht sein Bruder dazu? Weiß der, um was es geht? Sprechen die beiden darüber?«

»Wie meinen Sie das?«

»Wenn er glaubt, er sei sein Bruder – wie reagiert denn sein Bruder darauf? So meine ich das.«

»Frau ... Schnee war Ihr Name, nicht wahr? Frau Schnee, das müssten Sie doch wissen: Der Bruder meines Mannes ist tot. Er wurde von einem Auto überfahren, als er sieben Jahre alt war. Eine Tragödie, die Eltern sind daran zerbrochen. Rainer, mein Mann, ist der Jüngere, er war damals erst drei.«

Roloff wechselte einen Blick mit Eva Schnee, kniff dann seine Augen zusammen und beugte sich näher über den kleinen Lautsprecher des Aufnahmegerätes, als dürfte ihm jetzt kein Geräusch entgehen.

»Von einem Auto überfahren?« Das war Eva Schnees Stimme. »Wo? In Forstham?«

»Ja«, antwortete die Frauenstimme. »Auf der Bundesstraße bei Forstham, in einer Kurve. Fahrerflucht. Man hat das Kind am Straßenrand ins Gebüsch gelegt und sterben lassen wie ein Tier. Erst nach einem Tag hat man den Jungen gefunden.«

Wieder drückte Eva Schnee die Fastforward-Taste bis zu ihrer Frage: »Haben Sie mit Ihrem Mann in letzter Zeit gesprochen? Telefoniert?«

»Die Ärzte haben uns – mir und unseren Töchtern – geraten, nicht mit ihm zu sprechen, wenn er eine solche Krise hat. Wir sollen nicht reagieren, wenn er sich für Rolf, den Bruder hält. Das fällt uns schwer, fiel uns immer schwer, aber wir halten uns daran. Er hat in den letzten Tagen ein paarmal angerufen und auf die Mailbox gesprochen. Ich habe es nicht abgehört, ich habe es gleich gelöscht. Hat Rainer etwas Schlimmes getan?«

»Das können wir noch nicht sagen«, sagte Eva Schnee. Und fügte hinzu: »Sollte er sich noch mal melden, bitte sprechen Sie mit ihm und sagen Sie ihm, dass wir nach ihm suchen. Das ist kein ärztlicher Rat, sondern ein polizeilicher. Sie sollten uns helfen. Es ist sicher auch für Ihren Mann besser.«

Wieder entstand eine lange Stille in der Verbindung.

»Frau Lazarde?«

»Ich habe immer gedacht, das wird nicht gut ausgehen, immer, immer habe ich das gedacht«, sagte die Stimme in einem Haus in Hamburg. Und dann sagte sie noch, jetzt den Tränen nahe, man konnte es hören: »Rainer ... mein Mann ... Er muss eine furchtbar schwere Last tragen ... Und es ist mir nie gelungen herauszufinden, was es ist ...«

Eva Schnee stellte das Gerät ab und blickte ihren Chef an. »Er ist seit zwei Tagen nicht in seinem Hotel gewesen. Wir brauchen einen Durchsuchungsbefehl für sein Zimmer und seine Sachen. Und wir müssen nach ihm fahnden. Großfahndung.«

Roloff nickte. »Ich kümmere mich darum«, sagte er.

Sie sahen sich an. Beide kannten diesen Moment, wenn eine Ermittlung plötzlich eine entscheidende Wendung nimmt. Eva Schnee nahm das Gerät vom Schreibtisch und ging zur Tür.

»Eva«, hörte sie ihren Chef sagen und drehte sich noch einmal um. Er hatte ein blitzweißes Hemd an heute, die Ärmel lässig umgeschlagen, eine große stählerne Uhr am Handgelenk blitzte auch. »Sie haben Frau Lazarde sicher darauf hingewiesen, dass Sie das Gespräch aufnehmen, nicht wahr?«

»Natürlich«, antwortete sie, »gleich zu Beginn.«

»Muss mir entgangen sein beim Zuhören«, sagte Roloff und zielte mit seinem Blick direkt in ihre Augen. »Sie sollten sich in diesen Zeiten besonders korrekt verhalten, Frau Schnee, vielleicht noch korrekter als korrekt. In Ihrem eigenen Interesse.«

Er machte eine Pause, ehe er schließlich sagte: »Aber das wissen Sie ja.«

»Ja«, sagte Eva Schnee. »Das weiß ich.«

Teil 3

DIE SIEDLUNG

Heute

Tag 13 der Ermittlungen
Dienstag, 22. September

Hier draußen, so weit von der Großstadt, gab es noch normale Öffnungszeiten. Dafür war Margit Teichert sehr dankbar. Sie schloss die Tür zur Apotheke ab, vergewisserte sich, dass der Notdienstplan, der von innen an der Glasscheibe hing, auf dem neuesten Stand war – und machte sich auf den Heimweg. Es war Punkt halb sieben Uhr abends. Um 19 Uhr 30 begann der Qigong-Abend bei Kelly Wanderer. Einmal in der Woche stieg Margit Teichert die schmale Treppe in den ausgebauten Speicher des Reihenhauses der Wanderers nach oben. Mit vier anderen Frauen machte sie dann Übungen, die versprachen, ihr die Beweglichkeit zu erhalten und ihre Mitte zu finden. Kelly war die einzige Tochter der alten Wanderers, inzwischen auch schon über vierzig. Nach einer gescheiterten Ehe war sie wieder zu Hause eingezogen und baute sich ein neues Leben auf.

»Frau Teichert?«

Die Stimme gehörte einer jungen Frau, die auf der anderen Straßenseite aus einem dunklen BMW stieg. Sie trug helle Cargohosen, ein dunkelgrünes T-Shirt und weiße Turnschuhe. Sie hatte schwarze Haare und große, freundliche braune Augen.

»Ich bin Eva Schnee«, sagte die Frau. »Ich bin Polizistin.« Sie zeigte einen Ausweis. »Darf ich Sie ein Stück begleiten?«

Margit Teichert blickte kurz an sich selbst hinunter und kontrollierte, ob alles in Ordnung war mit ihrer Kleidung. War der Blazer richtig zugeknöpft? Hatten die Hosen den richtigen Fall über die Schuhe?

»Ja, natürlich«, sagte sie. Gespräche strengten sie an, je älter sie wurde, desto mehr. Was die Leute immer so alles redeten. Was sie nur davon hatten ... Immer und immer wieder das Wetter, die Kinder, die Männer, die Politiker, die Preise ... In Margit Teicherts Leben hatten Gespräche nie eine große Rolle gespielt, und inzwischen hatten sie sich fast ganz verabschiedet. Ein paar Höflichkeitsfloskeln in der Apotheke, ein freundliches Kopfnicken, wenn man jemandem auf der Straße begegnete, das war's. Sie empfand es als Erleichterung, sich nicht mehr unterhalten zu müssen. Selbstverständlich wusste sie, wer Eva Schnee war. Der Mord an Angela Börne war das Thema in Forstham, auch in der Apotheke.

Erst gestern hatte ein Mann gesagt: »Jetzt fällt der Wert unserer Häuser schon wieder. Wer will in so einem Mördernest ein Haus kaufen? Jetzt müssen wir alle für immer hierbleiben ...«

»Erinnern Sie sich an Kommissar Maler?«, fragte Frau Schnee.

»Ja«, antwortete Margit Teichert. »Wie geht es ihm?«

»Offen gesagt: nicht gut«, sagte die Kommissarin. »Er ist sehr krank. Aber er war es, der mir empfohlen hat, mit Ihnen zu sprechen.«

»Aha«, sagte Margit Teichert.

Eine Weile gingen sie schweigend nebeneinander her.

Die Turnschuhe neben den Wildlederhalbschuhen. Auf dem Gehweg, der – endlich! – neu gemacht worden war. Schwarzer Teer, weiße Begrenzungslinien.

»Frau Teichert«, begann die Kommissarin schließlich, »ich bin Mutter eines siebenjährigen Jungen, der bei seinem Vater lebt, weil ich mir selbst manchmal nicht trauen kann. Ich habe einen Selbstmordversuch hinter mir – und ein Verfahren in der Behörde vor mir, bei dem geklärt werden soll, ob ich ganz richtig im Kopf bin. Und ich habe mich in einen Mann verliebt, bei dem ich annehmen muss, dass es außer mir noch andere Frauen mit schönen Augen gibt.«

Im ersten Moment dachte Margit Teichert, sie hätte sich verhört. Normalerweise kam aus den Mündern der Menschen immer nur das, was sie erwartete. Jedenfalls hier in Forstham. Sie blieb stehen und sah sich Frau Schnee noch einmal an. Jetzt sah sie dunkle Ringe unter den Augen und einen Zug um den Mund, der ihr mehr sagte als Kelly Wanderers Qigong-Weisheiten.

»Ich möchte mich mit Ihnen unterhalten«, sagte diese Frau. »Ich bitte Sie, helfen Sie mir.«

Sie standen sich in der Remingerstraße, Ecke Faulhaberstraße gegenüber. Und Margit Teichert hatte kurz das Gefühl, gleich ohnmächtig zu werden. Da war eine Einbrecherin in ihre Seele eingedrungen, hatte alle Alarmanlagen ausgeschaltet und alle Schlösser geknackt.

»Mein Vater war ursprünglich aus Stuttgart«, hörte sie sich nach einer Weile sagen. »Sein Leibgericht waren Maultaschen. Ich esse sie immer noch einmal die Woche. Heute. Ich habe genug davon, Sie können auch welche haben. Mögen Sie Maultaschen?«

An diesem Abend machte Margit Teichert nicht mit beim Qigong. An diesem Abend, in ihrem eigenen Wohnzimmer, vor einer wildfremden Person, brachen Dämme, die fünfzig Jahre gehalten hatten. Und sie machte keinen Versuch, es zu verhindern. Am Ende, um Mitternacht, als sie mit offenen Augen im Bett lag, dachte sie: Jetzt kann ich sterben. Jetzt ist alles gut.

Früher hätte sie sich gefragt, was um Himmels willen die Kommissarin nach alldem von ihr halten würde. Aber jetzt, da fast alles gesagt war, jetzt, da alles gut war, jetzt – war ihr das vollkommen gleichgültig.

*

Eva Schnee fuhr nicht mehr gern nachts Auto, seit sie die Augen ihres Vaters im Rückspiegel gesehen hatte. *Du musst vorsichtig sein, mein Hündchen ...*

Doch heute ließ es sich nicht vermeiden. Wieder raste sie dieselbe Strecke Richtung München durch den schwarzen Wald. Aber das Radio war aus. Keine Musik. Eva Schnee dachte daran, was Margit Teichert ihr erzählt hatte.

Das Siedlungsfest auf der Wiese beim Fluss, genau dort, wo dreißig Jahre später die Toten gefunden wurden. Die Vergewaltigung der beiden Frauen. Die Skandalschwangerschaft. »Ich hatte keine großen Pläne mit meinem Leben, nur kleine. Die Lehre machen, von zu Hause ausziehen, ein eigenes Leben anfangen, vielleicht eine Familie«, so hatte es Margit Teichert formuliert, während auf ihrem Teller Maultaschen und geschmolzene Zwiebeln eingetrocknet waren. »Alles wurde durch diesen Abend am Feuer zerstört. Ich blieb bei meinen Eltern wohnen, hier in diesem Haus, all die Jahre, bis sie starben. Nicht mal die Schlauchbootfahrt, die ich mit einem Jungen aus dem Ort machen wollte, hat noch stattgefunden. Können Sie sich das vorstellen? Jetzt lebe ich so lange hier und bin nicht ein einziges Mal mit dem Boot die Isar runtergefahren, obwohl ich mir das immer gewünscht habe.«

Eva Schnee hatte vor kurzem in einem Verschrottungsbetrieb ermittelt und zugesehen, wie riesige Fahrzeuge zu kleinen Klumpen zusammengepresst wurden. Wie groß war das Quadrat, auf das man Margit Teicherts Leben zusammengepresst hatte? Zwei mal zwei Kilometer? Alles noch da, was man zum Leben brauchte, aber alles verbogen, zerquetscht, unbeweglich.

»Die Jantschek Iris, die hat ja Glück gehabt. Die ist nicht schwanger geworden, bei der hat man nichts gesehen, niemand hat was gewusst, und die war auch schon älter, die hat das besser weggesteckt. Sie hat einen Mann gefunden, geheiratet. Aber wissen Sie, was der Mann mal gemacht hat? Lange her, war bei einem Maitanz in der Aula der alten Schule, da ist der mir an die Wäsche gegangen. Und die Iris war keine zwanzig Meter entfernt. Können Sie sich das vorstellen?«

Eva Schnee hatte nicht gewusst, was sie sagen sollte, und Margit Teichert hatte ein, zwei Minuten wie abwesend vor sich hingestarrt.

»Es war das erste Mal, dass mich ein Mann angefasst hat seit dem Fest, seit dem Börne. Und es war das einzige Mal bis heute.« Da fing sie plötzlich an zu lachen, ein helles, fast mädchenhaftes Lachen brach aus ihr heraus. »Ausgerechnet der Mann von der Iris.« Mit dem Lachen kamen Tränen. »Ist das nicht der beste Witz aller Zeiten?«

Vielleicht, dachte Eva Schnee jetzt, als ihr Wagen die Straße fraß und die Welt nur ein bläulicher Halogenlichtkegel war, vielleicht bin ich verrückt. Aber, verehrte Frau Gutachterin, ich bin eine gute Polizistin. Alles hat Margit Teichert erzählt. *Mir* erzählt. Nur mir.

Niemandem, auch nicht ihren Eltern, hatte Margit Teichert gestanden, was in jener Nacht auf der Ebnerwiese geschehen war. Niemand hatte je erfahren, wer der Vater ihres Sohnes war – außer ihrem Sohn selbst. Als er fünfzehn war, hatte sie es ihm gesagt, da war der Börne schon tot gewesen. Ihr Sohn hatte dann mal nachts den Stein auf Börnes Grab mit roter Farbe besprüht. Das Wort »Dreckschwein« zog sich quer über die Inschrift vom »geliebten Mann«. Ein kleiner Skandal war das. »Tagelang hat die Börne geschrubbt, mit Terpentin und Stahlwolle. Es war Autolack.« Niemand fand heraus, dass es der junge Teichert gewesen war. Nicht mal in Verdacht war er geraten. Später habe er Drogenprobleme bekommen, hatte Margit Teichert gesagt. Schwere Drogenprobleme. Heroin. »Karl war nur noch in München in der Stadt, zu mir ist er nur gekommen, um Tabletten aus der Apotheke abzustauben – und Geld. Ich hab ihm alles gegeben, die Kodein-Tropfen, die Schlaftabletten, die Appetitzügler und natürlich Geld, immer wieder Geld. Manchmal hat er es auch einfach genommen aus meiner Handtasche, wenn ich nicht aufgepasst habe.«

Die Siedlung der Toten, dachte Eva Schnee, als sie den Wagen in die Stadt steuerte. Was kam da noch alles zum Vorschein? Und warum erst jetzt? War hier zum ersten Mal ein Motiv für die Morde, auch die Hinrichtung von Angela Börne aufgetaucht?

»Einmal hat ihn Kommissar Maler damals verhört«, hatte Margit Teichert gesagt. »Bei mir im Wohnzimmer, dort auf dem Stuhl, auf dem Sie jetzt sitzen, hat er auch gesessen. Mein Junge hier neben mir. Sauberes Hemd, hatte ich noch gebügelt, rasiert, freundlich, nett. Wahrscheinlich hatte er sich noch im Bad irgendwas gespritzt. Der Kommissar hat nichts gemerkt.«

»Wo ist Karl jetzt?«, hatte Eva Schnee gefragt.

»Mein Sohn lebt in Südamerika, Bolivien, das ist alles, was ich weiß. Er ist mit einer Fotografin dorthingegangen. Vor drei Jahren habe ich zum letzten Mal eine E-Mail von ihm bekommen. Ich habe ihn schon lange verloren.«

Aber wir, wir werden ihn finden, dachte Eva Schnee.

»Ich glaube, die Angela Börne hat damals ihren Mann vergiftet«, hatte Margit Teichert dann noch gesagt. »Ich hätte ihn vergiftet, wenn ich seine Frau gewesen wäre.«

Wir werden das Grab öffnen, dachte Eva Schnee. Wir werden das Dreckschwein ausgraben. Alles werden wir ausgraben, verehrte Frau Gutachterin. Alles werde *ich* ausgraben.

Und die Familie Lazarde?

»Das waren nette Leute«, hatte Margit Teichert geantwortet. »Ich habe ein paarmal auf die Buben aufgepasst. Der Vater war Bühnenbildner am Theater und hat immer viel mit den Kindern gemalt und gebastelt. Die Frau war Journalistin und hat für Frauenzeitschriften geschrieben. ›Machen Sie das Beste aus Ihrem Typ‹, solche Sachen. Aber dann ist das Kind überfahren worden. Furchtbar war das. Die sind gleich weggezogen. Sie hat angefangen zu trinken, das hab ich gehört, und er ist dann mit einer Schauspielerin auf und davon. Irgendjemand sagte neulich, die alten Lazardes leben beide nicht mehr.«

»Die Polizei fahndet nach dem Sohn.«

»Ich weiß. Hab's gehört. Jeder weiß das. Der war vor paar Tagen bei mir.«

»Wie bitte? Hier bei Ihnen?«

»Ja, ich habe ihn aber nicht reingebeten. Er hat mir erzählt, dass seine Mutter mal gesagt hätte, ich täte ihr leid. Ja, das hat er gesagt. Und dann hat er gefragt, warum ich seiner Mutter so leidgetan hätte und warum ich plötzlich nicht mehr gekommen sei, um auf ihn und seinen Bruder aufzupassen. Jetzt, nach fünfzig Jahren kommt der an und fragt mich das ...« Sie schüttelte den Kopf. »Das muss man sich vorstellen ... Nach fünfzig Jahren ... Ich hab ihn weggeschickt, hab gesagt, dass ich keine Ahnung habe, warum seine Mutter das gedacht hat, und dass ich jetzt was zu erledigen hätte.«

»Interessiert es Sie gar nicht, warum wir nach ihm fahnden?«

Bei dieser Frage hatte Margit Teichert wieder dieses helle Lachen gezeigt, aber nur ganz kurz. Dann waren ihre Augen schwarz geworden wie die Steine in altmodischen Siegelringen. »Nein, das interessiert mich nicht«, hatte sie gesagt. »Gestern hat mein Arzt mir erklärt, dass ich einen Knoten in der Schilddrüse habe, den man untersuchen muss.«

Sie war schweigend aufgestanden, hatte die Teller in die Küche getragen, hatte den Tisch abgewischt. Erst in der offenen Haustür stehend, hatte sie wieder gesprochen.

»Wissen Sie was, Frau Kommissarin? Es wäre für mich völlig in Ordnung, wenn sich herausstellt, dass der Knoten bösartig ist.«

Eva Schnee kreiselte in ihrem Stadtteil Lehel nun schon zum vierten Mal um den Block, um einen Parkplatz zu finden. Scheißautos.

Sie dachte daran, wie sie als Mädchen in Forstham von Tür zu Tür gegangen war, um Spenden zu sammeln für krebskranke Kinder. Hatte sie damals auch bei Margit Teichert geklingelt? An Angela Börne konnte sie sich erinnern, an diese schöne, schreckliche Frau, die gesagt hatte: »Was gehen mich diese Kinder an? Für mich sammelt auch niemand.« Aber beim Blick in Margit Teicherts Gesicht war kein Bild in ihrer Erinnerung aufgetaucht.

23. September

Ich werde erst mal nicht mehr schreiben, wo genau ich bin. Wer weiß, wem es in die Hände fällt.

Als ich heute von meiner Sitzung mit Kornberg zurückkam, sah ich gleich den dunklen BMW vorm Eingang des Gasthofs stehen. Und wenig später kam diese Kommissarin Schnee aus dem Haus. War klar, was das bedeutete: Ich kann nicht mehr zurück in mein Zimmer. Meine Sachen und meine Aufzeichnungen bin ich los. Aber das spielt keine Rolle. Die Wahrheit sucht sich ihren Weg. Die Pistole, die Abschiedsbriefe an meine Familie und das Geld habe ich bei mir. Zum Glück habe ich schon vor meiner Reise so viel Bargeld abgehoben. Intuition? Wahrscheinlich.

Das Auto muss ich loswerden, verstecken. Wenn es weiter nichts ist ... Ich kenne mich aus in dieser Gegend. Ein paar Plätze sind immer noch dieselben, werden immer dieselben sein. Viel Spaß bei der Suche, Frau Kommissarin. Zu Kornberg kann ich auch nicht zurück. Die Schnee ist ja seine Patientin. Wenn die mich suchen, wird er reden, Schweigepflicht hin oder her. Das Risiko kann ich nicht eingehen. Aber nach meinen Träumen der letzten Nächte und der heutigen Hypnosesitzung ist das nicht mehr nötig.

I don't need no doctor 'cause I know what's ailing me.

Ich weiß jetzt, was in der Eichbergkurve geschehen ist. Und die Erinnerung entwickelt sich, wie sich früher eine Fotografie entwickelt hat; ganz von selbst entsteht mit der Zeit ein immer schärferes Bild.

Ich weiß jetzt, warum ich das Grab meines Freundes Martin nicht gefunden habe auf dem Friedhof in Forstham. Martin ist nicht gestorben damals. Es war nicht sein Blut, das ich zum Himmel aufsteigen sah, in all den Jahren und Jahrzehnten, all den Träumen und Albträumen. Es war mein Blut. Aber ich werde der Dunkelkammer meines Gehirnes noch etwas Zeit geben, bis das Bild ganz entwickelt ist. Dann wird es auch nicht den geringsten Zweifel daran geben, was ich tun muss.

Wäre mein Leben anders verlaufen, wenn ich das früher verstanden hätte? Ganz sicher. Wäre es ein besseres Leben gewesen, ein glücklicheres? Haben mich meine Seele und mein Gehirn vielleicht vor Unglück beschützen wollen, indem sie die Wahrheit vor mir verbargen? Hätte ich denn überhaupt noch ein Leben?

Ich sitze in meinem kleinen Leihwagen. Er steht auf einem Forstweg im Wald. Draußen wird es dunkel, das ist gut. Ab jetzt werde ich mich nachts bewegen und tagsüber schlafen. Der Wetterbericht hat Gewitter angekündigt. Regen ist auch gut. Regen macht auch unsichtbar. Ich hab mich mal eine Zeitlang für Feuersalamander interessiert. Faszinierende Tiere. Sie verlassen ihr Versteck nur nachts und am liebsten, wenn es regnet. Sie sind rabenschwarz, die feuergelben Punkte sollen Feinde abschrecken. Sie sind langsam, sie jagen nicht, sondern sie warten darauf, dass die Beute vorbeikommt. Am Kopf haben sie Drüsen, aus denen sie Gift spritzen können, meterweit. Gezielt feuern sie das Gift ab, wie Schüsse.

Ich bin ein Feuersalamander. Ich werde warten. Ich weiß ganz genau, wo. Und auf wen – das weiß ich auch.

Tag 14 der Ermittlungen
Mittwoch, 23. September

Ihr alter Teekessel brauchte noch etwas länger als sonst, bis er an diesem frühen Morgen anfing zu dampfen. Gut so, denn Eva Schnee war geradezu angewiesen auf die paar Minuten, in denen sie nichts tat, als ihren alten Teekessel anzustarren. Die Gedanken der Nacht verzogen sich nach und nach. Sie hatte von Roloff geträumt, sie waren beide auf Pferden unterwegs gewesen, und er war dauernd runtergefallen. Den Rest hatte sie glücklicherweise schon vergessen.

Erst als das Wasser blubberte, als sie es auf die Teeblätter in ihrer kleinen Kanne goss, fiel ihr auf, dass es draußen regnete. Hatte der Wetterbericht nicht angekündigt, dass es heute wieder schön und warm werden sollte? Den Namen des kurzen Tiefs, das eigentlich gleich wieder vertrieben werden sollte, konnte sie sich leicht merken. Es hieß *Milan*. Sie musste kurz schmunzeln. Hätte man sich denken können, bei diesem Namen, klar – Milan konnte doch gar nicht anders, als hartnäckig zu sein.

Eva Schnee nahm den Tee und setzte sich an ihren Schreibtisch. Kurz öffnete sie den Laptop und überflog ihre neuen Mails. Nichts Wichtiges dabei. Sie schaltete den Laptop wieder aus, zog ein Blatt Papier aus der Schublade und legte es vor sich hin. So sollte der Tag beginnen. Eine neue Zeichnung zum aktuellen Stand der Ermittlungen. Die Zeichnungen waren fester Bestandteil ihrer Arbeit, eine Art Lageplan der eigenen Gedanken. Sie wählte ein Datum als Überschrift: *23. September.* Darunter die kurze Unterzeile: *Unter den Mördern.*

Als Erstes malte sie auf die linke Seite des Blattes die achtzehn Toten auf. Achtzehn Kreuze, drum herum Wald. Dann auf die rechte Seite des Blattes noch eine Tote, ein altes Gesicht zwischen alten Häusern. So ähnlich sahen ihre bisherigen Zeichnungen zur Siedlung auch aus, doch jetzt zeichnete sie untendrunter, in der Mitte der Seite, einen Mann. Erst jetzt fiel ihr auf, dass sie kein Bild vor sich hatte, sie wusste nicht, wie dieser Lazarde aussah. Unwillkürlich malte sie einen großen, schlanken Mann. Sie überlegte: Eigentlich war es immer so – wenn sie das Wort »Mann« hörte, dachte sie automatisch: groß, schlank. War das jetzt gut oder schlecht? Ihr Vater war ein großer, schlanker Mann gewesen. Wahrscheinlich hatte es mit ihm zu tun.

Pass auf dich auf, Hündchen. Nach all den Jahren hatte sie immer noch den Klang seiner Stimme im Ohr, als hätte sie sie gestern zum letzten Mal gehört.

Nur den Kopf zeichnete sie etwas größer. Und teilte ihn mit einem Strich in zwei Hälften. In die eine Hälfte malte sie eine freundliche Sonne, in die andere dunkle Blitze. Auf die Schnelle fiel ihr nichts anderes ein, um die mögliche Geisteskrankheit von Herrn Lazarde zu kennzeichnen. Und eigentlich, dachte sie, fand sie die Idee mit den Blitzen sogar gut. Dann malte sie von Lazarde ausgehend zwei Pfeile, einen zu den Toten im Wald und einen zu der toten Frau Börne.

Lazarde als der neue, große Mittelpunkt. Stimmte das? Was nun klar war: Lazarde war psychisch krank und etwa zu dem Zeitpunkt in die Gegend von Forstham gereist, als Frau Börne ermordet wurde. Fest stand, dass er Markus Kessler, den alten Barackenmann und neuen Siedlungskäufer, in einem Brief massiv bedroht hatte. Und Lazarde war verschwunden, er reagierte auf keine Anrufe, auf keinerlei Nachrichten. Die Großfahndung war ausgeschrieben.

Die Pfeile von Herrn Lazarde zur toten Frau Börne hatten also ihre Berechtigung. Es sprach einiges dafür, dass er etwas mit dem Mord an Angela Börne zu tun hatte. Aber wie war es mit den Pfeilen zu den achtzehn Toten im Wald? Lazarde stammte aus der Siedlung, das schon, aber er war als kleines Kind weggezogen, konnte eigentlich kaum eigene Erinnerungen haben. Anderserseits: Warum kam er jetzt zurück und begann eine Art Rachetrip? Nicht nur Kommissar Maler hatte versichert, dass Lazarde einen vernünftigen Eindruck gemacht hatte, damals, als er kurz nach der Ermordung der achtzehn Menschen mit ihm gesprochen hatte. Und vor allem: Lazarde hatte ein Leben, er hatte über viele Jahre eine erfolgreiche Werbeagentur geführt. Konnte ein Wahnsinniger ein solches Leben haben? Konnte eine Krankheit ausbrechen und nach einer Tat für Jahrzehnte wieder verschwinden? Konnten Geisteskrankheiten so verlaufen?

Eva Schnee dachte: Wir müssen diesen Lazarde finden. Und zwar schnell.

Die Zeichnung war noch nicht fertig. Die Ermittlungen auch nicht, längst noch nicht, das spürte sie. Und auf ihr Gespür hatte sie sich immer ziemlich gut verlassen können. Sie zeichnete unten links zwei Frauengesichter, sie standen für Margit Teichert und für Iris Jantschek. Sie waren die Opfer gewesen dieser widerlichen Siedlung. Wahrscheinlich gab es noch mehr solcher Opfer, solcher Frauen. Schnee zeichnete weitere Frauengesichter, kleiner, schemenhafter. Und sie zeichnete von all den Frauen dicke Pfeile in Richtung der achtzehn Toten im Wald. Ein Motiv hätten sie gehabt, eindeutig. Hatten sie es getan? Schnee malte Fragezeichen zwischen die Pfeile. Und sie überlegte, ob sie einen Pfeil von den Frauen in Richtung der ermordeten Angela Börne platzieren sollte. Sie entschied sich dagegen. Was wäre da das Motiv gewesen? Dass sie weggeschaut hatte? Dass sie alles geduldet hatte? Hass, der nach zwei Jahrzehnten aufplatzte? Nein. Eva Schnee glaubte es nicht.

Jetzt wieder ein Männergesicht. Rechts unten. Das Gesicht von Markus Kessler, das sollte es wenigstens sein. Der gefährliche Markus Kessler. Nimm dich in Acht, hatte ihr Voss im Gefängnis zugerufen. Sie hatte so viele Fragen zu diesem Kessler. Was sollte der seltsame Auftritt in dem Restaurant? Warum hatte er ihr den Brief von Lazarde gegeben? Weil er ihr bei den Ermittlungen helfen wollte? Weil er sich vor Lazarde fürchtete? Was hatte er wirklich vor mit der Siedlung? Eva Schnee musste sich eingestehen, dass sie nach den Gesprächen mit Kessler noch immer kein genaues Bild von ihm hatte. Sie hatte nicht einmal ein Gefühl ihm gegenüber. Nur Ratlosigkeit. Wollte er vielleicht genau das bewirken? Wollte er von etwas ganz anderem ablenken? Eva Schnee versuchte, in alle Richtungen zu denken. Und kam nicht weiter. Sie malte einen Pfeil von seinem Kopf zu der ermordeten Angela Börne und schrieb den Namen des toten Sohnes darauf. Da konnte was sein. Aber Beweise? Null. Zwischen Kessler und den achtzehn Toten im Wald malte sie keinen Pfeil. Sie glaubte nicht, dass er damit etwas zu tun hatte, ja, das glaubte sie ihm. Doch sie malte einen dicken Pfeil, ausgehend von Lazarde, auf Kessler zielend.

Dann noch ein Männergesicht. Einfach zu zeichnen. Ein Gesicht mit einer gespaltenen Lippe. Die Hasenscharte als entscheidendes Merkmal. Sie schrieb seinen Namen drunter: Ernst Schenkel. Warum setzte sie ihn unten in die Mitte? Was hatte er überhaupt da zu suchen? War er ein Verdächtiger? Ja, für sie war er das. Dieser Hass, den sie bei ihm gespürt hatte, auf alles, was mit der Siedlung zu tun hatte. Dieser Hass war der Grund, warum er in dieser neuen Zeichnung immer noch seinen Platz hatte. Sie setzte ihre Pfeile von Schenkel in Richtung Angela Börne und in Richtung der achtzehn Toten. Sie setzte einen Pfeil in Richtung Kessler, obwohl sie nicht genau wusste, warum sie es tat. Gab es eine Verbindung von Lazarde zu Schenkel? Eva Schnee wusste es nicht. Sie musste noch mal mit Schenkel sprechen, auch deshalb, sie musste wissen, was er über Lazarde dachte und sagte.

Ihr Handy brummte. Eine SMS vom Chef, von Roloff: »Du gehst da hin! PS: Guten Morgen.«

Sie antwortete sofort: »Guten Morgen! PS: Ja!«

Sie schaute auf ihre Uhr. Noch dreißig Minuten, dann hatte sie den Termin bei der Psychologin, bei Frau Schlaf. Daran hatte Roloff erinnert und vor allem: dass es keinen Ausweg gab, dass sie hin *musste*. Es war der dritte Termin, der letzte. Der zweite Termin hatte im Büro von Frau Schlaf stattgefunden. Aber die Psychologin war gar nicht da gewesen, nur eine freundliche Mitarbeiterin, die eine Stunde lang eine Mischung aus Intelligenz- und Reaktionstest mit ihr durchgeführt hatte. Dreiecke anordnen, logische

Schlüsse ziehen, solches Zeug. Sie war richtig froh gewesen, dass ihr Frau Schlaf erspart geblieben war.

*

Doch dieses Mal war sie da. Als Treffpunkt hatte Frau Schlaf den Eingang zur Münchener Frauenkirche gewählt. Die Psychologin hatte am Telefon gesagt, ihr Bruder arbeite in der Kirche und durch ihn habe sie Zugang zu einer Terrasse im Innenhof, auf der man sich sehr gut unterhalten könne. Frau Schlaf wartete schon, als Eva Schnee pünktlich um 9 Uhr 30 die schwere Kirchentür aufdrücke. Frau Schlaf trug eine weiße, leichte Regenjacke. Sie gaben sich die Hand.
»Guten Morgen, Frau Schnee«, sagte Frau Schlaf.
Mit Professor Kornberg hatte Eva Schnee verschiedene Tricks eingeübt, um solche Situationen zu überstehen. Einer davon war, sich einerseits auf einen gedachten Punkt ganz außerhalb der aktuellen Situation zu konzentrieren und andererseits auf die eigenen Füße. Der Punkt außerhalb bedeutete: Ich verlasse die Situation, sie kann mir nichts anhaben. Eva Schnee wählte einen nicht näher definierten Standpunkt, einen Ausblick auf das Meer. Die Konzentration auf die Füße, die den Boden berührten, bedeutete: Ich bin trotzdem da – von außen kann niemand erkennen, dass ich nicht ganz hier bin. Kornberg nannte das Gefühl, dass sich dabei einstelle, eine leichte Form von Trance, man sei voll handlungsfähig. Er hatte erzählt, er habe mal einen Patienten gehabt, einen Chirurgen, der in diesem Zustand kleinere Operationen durchführen könne.
Eva Schnee stellte sich nicht die Frage, ob es wirklich so klug war, möglicherweise nicht komplett zurechnungsfähig

zu sein, wenn es darum ging zu beweisen, dass man voll zurechnungsfähig war. Sie wusste nur, dass sie das Fragespiel »Gute Mutter, schlechte Mutter, gute Polizistin, schlechte Polizistin« anders auf keinen Fall überleben würde.

Ziemlich genau eine Stunde später reichte sie der schönen Frau Schlaf wieder die Hand, zum Abschied, und Frau Schlaf sagte: »Auf Wiedersehen, Frau Schnee.«

In groben Zügen wusste Eva Schnee, was in der vergangenen Stunde passiert war. Wie wenn man sich ziemlich gut an einen Traum erinnert. Sie waren in einem wirklich sehr schönen, teilweise überdachten Innenhof der Kirche gesessen, und Frau Schlaf hatte sehr allgemeine Dinge gefragt, über das Wesen des Todes, über Fiktion und Wirklichkeit. Sie hatte zum Beispiel gefragt, glaubte Eva sich jedenfalls zu erinnern, was für sie realer sei, der Inhalt einer Nachrichtensendung im Fernsehen oder der Inhalt eines Märchens, das sie ihrem Sohn vorgelesen hatte. Eine andere Frage hatte gelautet, ob sie sich im Geiste manchmal mit Toten unterhalte.

Auf Wiedersehen, Frau Schlaf. Abgehakt. Wenn sie zu dem Schluss kommen würde, sie sei eine Gefahr für ihre Umwelt, dann war es eben so. Dann lebte sie eben als Verrückte weiter.

Es hatte aufgehört zu regnen. Sie nahm ihr Handy aus der Tasche und wählte die Nummer ihrer Mutter. Jakob hatte ein paar Tage schulfrei wegen eines Wasserrohrbruchs, und sie hatte ihn vorgestern zu ihrer Mutter nach Rupertshausen gebracht. Niemand nahm in der Wohnung den Hörer ab. Also Handy.

»Hallo, Eva«, sagte die Mutter.

»Hallo«, sagte Eva.

Sie redeten ein paar Sätze übers Wetter, dann fragte sie, ob sie kurz Jakob sprechen könnte.

»Nein«, sagte die Mutter, »das geht nicht. Der spielt gerade mit seinem neuen Freund.«

»Mit dem Hasen?«, fragte sie.

»Nein, nein. Der Freund ist schon ein Mensch.« Ihre Mutter lachte.

»Wo bist du?«

»Hier draußen an der Isar, die Sonne ist wieder rausgekommen. Hier gehe ich doch immer mit Jakob spazieren.«

»An der Isar, bei Forstham, da hat er einen neuen Freund?«, fragte Eva Schnee.

»Ja, schon seit letzter Woche. Die sind unzertrennlich. Ich darf nur aus der Ferne zuschauen, muss auf der Bank sitzen und warten.«

»Komisch«, sagte Eva Schnee, »davon hat er gar nichts erzählt.«

Ihr Handy vibrierte, sie las die Nachricht und beendete das Gespräch mit ihrer Mutter.

»Sie irren sich«, stand da. »Sie sind auf dem falschen Weg. Lösen Sie das Rätsel des Kindes.«

Absender wieder: EEE.

Die Eichbergkurve

Die Eichbergkurve ist gefährlich. Weil die Bundesstraße vor und nach der Kurve kerzengerade ist, und weil man sie frisch geteert hat. Die Autos fahren hier zu schnell. Und am Rand der Kurve stehen Bäume. Drei Autos haben sich seit dem Neubau der Straße um dieselbe Buche am Ausgang der Kurve gewickelt. Ein Ford Capri, ein BMW 1600, ein Opel Rekord Coupé. Alle Fahrer fanden den Tod. Das weiß man in Forstham, das weiß jedes Kind: gefährlich, die Eichbergkurve.

Ich muss sie überqueren, immer wieder. Wieder und wieder und wieder muss ich die Straße in der Kurve überqueren. Von einem Straßenrand zum anderen muss ich rennen – und wieder zurück. Der Stahlhelm-Kessler steht am inneren Rand der Kurve, sein Bruder am äußeren. Um jedes Fußgelenk wurde mir ein Seil gebunden, eines hat der Stahlhelm-Kessler in der Hand, das andere sein Bruder. Einer zieht, der andere lässt Leine. Sie warten, bis ein Auto kommt. Und wenn eines kommt, warten sie lange, ehe ich rennen muss, sie halten mich fest. »Das schaffst du noch, du kleiner Scheißer!« Dann zerrt der eine plötzlich wie verrückt, und ich stolpere über die Straße und verliere fast das Gleichgewicht beim Rennen. Manche Autos bremsen hart und hupen. Sie kommen so nahe, dass ich den Gummi riechen kann und die heißen Motorhauben.

Bei einem Lastwagen, einem Betonmischer, warten die Kessler-Brüder besonders lang. »Hast du Angst vor dem? Hätt ich auch!« Dann reißt der Stahlhelm-Kessler so fest am Seil, dass ich hinfalle, und er schleift mich über den Asphalt, und dieses Monster kommt immer näher, und meine Beine schürfen auf, und meine neue Lederhose ist voll Blut.

»Sag danke«, sagt er, als ich heulend vor ihm auf dem Boden liege und der Betonmischer vorbeigedonnert ist. »Sag: Danke, dass du mich gerettet hast.«

»Danke, dass du mich gerettet hast.«

»Nächstes Mal rennst du selber, hab keine Lust, dich zu ziehen.«

Der andere Kessler am äußeren Kurvenrand ist der, der sehen kann, wenn ein Auto kommt. »Kommt was?«, ruft sein Bruder immer wieder, bis er sagt: »Jetzt! Jetzt kommt wieder einer!« Dann höre ich das Brummen in der Ferne, und ich höre, dass es lauter wird, immer noch lauter.

Der grüne Porsche ist viel zu schnell. Für mich und für die Kessler-Brüder. Ich habe die erschrockenen Augen des Fahrers gesehen, das Weiße seiner Augen.

Es hat nicht weh getan. Ich hatte sogar ein Gefühl der Erleichterung, als mich die chromblitzende Stoßstange traf und durch die Luft schleuderte. Jetzt ist es passiert. Jetzt muss ich nicht mehr rennen. Jetzt muss ich keine Angst mehr haben. Ich sehe mein Blut spritzen, es ist warm, die Straße unter mir ist auch warm.

Ich höre Stimmen. »Fahr weiter, du Arschloch, sonst machen wir dich platt.« »Steig in deine Karre und hau ab.«

Und ich werde wieder über den Teer geschleift, aber dann darf ich auf der weichen Erde liegen unter den Büschen. Die Nadeln und Blätter kriechen unter meine Hosenbeine. Es rauscht in meinem Kopf. Und es wird still.

Ich kann nichts dafür, Mutti. Wirklich, ich kann nichts dafür.

Tag 15 der Ermittlungen
Donnerstag, 24. September

Iris Jantschek war erstaunt, wie viel die Kommissarin wusste. Teilweise hatte sie selbst nur noch schwache Erinnerungen daran. Sie hätte das alles nicht mehr so genau erzählen können, wie die Teichert Margit das offenbar getan hatte. Welche Farbe ihr Kleid gehabt hatte und was die Männer damals so alles gesagt hatten. Orangenlikör? Stimmt, jetzt, wo sie das hörte, konnte sie sich erinnern.

Die Zeit eben, ach ja, die Zeit. Fünfzig Jahre, das ist lang. Gott sei Dank. Die Mama längst tot, ihre Bulldogge längst tot, ihr Mann auch im Grab – und die Leute aus der Siedlung sowieso alle tot. Asche zu Asche. Mit den Menschen starben auch die Gedanken. Ist doch wahr, oder, Frau Kommissarin?

Gut so, fand Iris Jantschek. Heute waren ihr ganz andere Menschen wichtig. Sie hatten Namen wie Don und Francis oder Claire und Nicholas. Man konnte nach Belieben Zeit mit ihnen verbringen, sie taten einem nichts und murrten nicht, wenn man sie abschaltete. Iris Jantschek lebte schon seit Jahren in Fernsehserien, gerne in amerikanischen, aber auch in allen anderen. Manchmal machte sie schon morgens den Fernseher an, sie hatte zwei Geräte, eines, das neue mit dem scharfen Bild, stand im Schlafzimmer. Dann blieb sie noch liegen, ihr Dackel Rudi neben ihr, warm und faul und lieb.

»Lazarde? Doch ja, freilich, an die kann ich mich gut erinnern. Der Mann, die Frau, die zwei Buben. Der war sogar hier, vor … ja vielleicht zwei Wochen? Der ist ja jetzt auch schon ganz grau …«

»Hier bei Ihnen war er?«, fragte die Kommissarin. »Was wollte er?«

»Nix wollte der. Der hat gesagt, dass er in der Gegend ist, alte Zeiten … So was hat er g'sagt. Das war schlimm damals, als der Bruder überfahren worden ist. Mein Gott, die arme Frau. Die anderen Leute in der Siedlung haben erzählt, sie haben sie schreien gehört, stundenlang …«

Sie saßen im Wohnzimmer, vor sich zwei Porzellantassen, die schönen von der Mama noch, mit den blauen Blumen. Iris Jantschek hörte, dass die Kaffeemaschine in der Küche durchgelaufen war, stand auf und holte die Kanne.

»Rudi, jetzt lass die Frau Kommissarin in Ruhe«, sagte sie, als sie sich wieder setzte, »komm her zu mir.«

»Schon gut«, sagte Eva Schnee und kraulte mit einer Hand den struppigen Kopf, der sich an ihr Bein schmiegte. »Die Familie Lazarde ist dann bald weggezogen?«

»Ja, schon ein Jahr später war der Bungalow verkauft, und den toten Buben haben sie auch mitgenommen, den Rainer, oder war es der Rolf, ich hab die Namen immer durcheinandergebracht.«

»Mitgenommen? Wie meinen Sie das?«

»Die haben das Grab aufgelöst und ein neues gemacht, da, wo sie hingezogen sind.«

»Der andere Junge war ja noch sehr klein, als sein Bruder überfahren wurde«, sagte Eva Schnee.

»Ja«, antwortete Iris Jantschek, »Klein war er schon, aber der Bruder musste ihn immer mitnehmen, wenn die Kinder zum Spielen sind, in den Wald und zur Isar. Nimm den Rainer mit, hat die Mutter immer gesagt, nimm ihn mit und pass auf ihn auf. Die Brüder hat man immer zusammen gesehen, der Große hatte den Kleinen an der Hand.«

»Wir suchen jetzt nach ihm«, sagte die Kommissarin und beugte sich über den Tisch. »Wir glauben, Rainer Lazarde hat etwas mit dem Mord an Angela Börne zu tun. Können Sie mir dazu irgendetwas sagen?«

Iris Jantschek schüttelte den Kopf. Nein, dazu fiel ihr gar nichts ein. Lazarde und Börne? Hatten die Familien damals miteinander zu tun gehabt? Sie wusste es einfach nicht mehr. »Das ist ja so lange her, wissen Sie ...«

»Ich weiß. Aber trotzdem, versuchen Sie bitte, sich zu erinnern. Sie haben doch Jahre später auch die Toten gefunden, Frau Jantschek, auf der Ebnerwiese, rund um ein Feuer, genauso ein Feuer, an genau derselben Stelle ...«

»Ja, ja, das weiß ich schon«, sagte Iris Jantschek. »Wollen Sie einen Keks, Frau Kommissarin? Die haben so einen feinen Kokosgeschmack, ich kauf die zur Zeit immer, der Aldi hat die.« Aber die Kommissarin wollte keinen Keks. Die war hartnäckig, die ließ nicht locker, war ja auch noch jung. Wahrscheinlich musste man so sein heutzutage, wenn man bei der Polizei weiterkommen wollte, so voller Energie. In den Serien waren die jungen Leute auch immer so, die nahmen alles wichtig, die wollten immer was. Der andere Kommissar damals, wie hieß er noch, Maler, Kommissar Maler – der war noch viel ruhiger gewesen. Wie Beamte halt gewesen waren damals: ruhig. Die Kommissarin Schnee wirkte gar nicht wie eine Beamtin. Jetzt fragte sie nach der Kessler-Familie.

»Die Krattler-Kessler? O mei, was soll ich da sagen. Unmöglich waren die irgendwie, aber arm waren sie auch, diese vielen Kinder, du lieber Gott, nie Geld, nicht mal für was Gescheites zum Anziehen. Manchmal haben die mir leidgetan. Der eine ist immer mit einem Helm auf dem Kopf rumgelaufen ...«

»Der hat jetzt die Siedlung gekauft«, sagte Eva Schnee. »Markus Kessler.«

»Wirklich?«, sagte Iris Jantschek. »Was will denn der mit der alten Siedlung? Ist das der, der es zu was gebracht hat? Einer von denen soll es ja zu was gebracht haben.«

Aber was wusste sie noch von den Kesslers? Nichts. Die gehörten ja gar nicht richtig zum Ort. Und die Baracken waren ja auch bald abgerissen worden. Zwei Planierraupen hatten die einfach weggeschoben, das hatte ihr damals jemand erzählt. Wie das Holz krachte und zurückgelassene Sachen zersplitterten, Flaschen, alte Kinderwagen, verfaulte Möbel ... Mehr konnte sie der Kommissarin nicht sagen, sosehr die es sich wünschte.

»Wissen Sie, Frau Jantschek«, sagte sie jetzt, »ich bin fest überzeugt davon, dass die Morde vor zwanzig Jahren und der Mord an Angela Börne etwas mit Rache zu tun haben. Jemand hatte eine Rechnung offen und hat sich gerächt. Scheint ja auch genügend vorgefallen zu sein in dieser Siedlung und drum herum, was Rachegefühle auslösen konnte. Bei ganz unterschiedlichen Personen.«

Die Kommissarin hatte sich wieder vorgebeugt und musterte sie. Jeden Zentimeter ihres Gesichtes schienen ihre dunklen Augen abzutasten. Rudi lag inzwischen zusammengerollt in seinem Korb. Der Kaffee in der Kanne war längst kalt. Durch das gekippte Fenster hörte man draußen ein

Kind rufen: »Das ist nicht mein Rad. Mein Rad hat einen anderen Lenker.«

Rache. Dieses Wort hatte sie weggesperrt. Das Wort und die dazugehörige Szene. Weggesperrt in einem Winkel ihres Inneren, der so versteckt war, dass sie selbst Mühe hatte, ihn zu finden. Jetzt aber hatte Iris Jantschek plötzlich das Gefühl, das Wort sei aus seinem Verließ ausgebrochen, stünde in ihrem Gesicht, und die Kommissarin könnte es dort lesen. Dann hörte sie sich sprechen, hörte, wie die Wörter und Sätze ihren Mund verließen, leicht und selbstverständlich wie ihr Atem. Sie erzählte der Kommissarin von dem blauen Opel, der damals vor ihrem Haus gestanden hatte an dem Tag, als sie die Toten gefunden hatte. Sie erzählte, wie dieser Wagen Wochen später, als sich die erste Aufregung über das Geschehen gelegt hatte, wieder vor ihrem Haus gestanden hatte. Sie hatte ihn sofort gesehen, als sie mit Lenny an der Leine in ihre Straße eingebogen war.

Aus dem Wagen war ein Mann gestiegen, er war dünn und hatte lange Haare. Er ging auf sie zu, blieb vor ihr stehen und lächelte. Er roch gut, das fiel ihr auf, er roch nach frisch geschnittenem Holz.

»Kannst du jetzt wieder schlafen, Iris?«, fragte er. Sie sah ihn an und sagte nichts. Woher wusste dieser Mann von ihren chronischen Schlafstörungen?

»Jetzt sind sie alle weg, und sie kommen nie wieder«, sagte der Mann. »Das war die Rache für das, was sie euch angetan haben, dir und Margit.«

Sie sah, dass sein Lächeln eingefroren war, und plötzlich wusste sie, wer dieser Mann war.

»Ernst Schenkel?«, fragte die Kommissarin.

»Ja, Ernst Schenkel. Ich war sicher, dass er es war. Ich hatte den nie gesehen, nicht mal damals den jungen Schenkel Ernsti, der so legendär war. Aber ich hatte viel von ihm gehört.«

»Und was hat er noch gesagt?«, fragte die Kommissarin.

»Er hat gesagt, ich soll es für mich behalten. Nur Margit Teichert und ich bräuchten davon zu wissen. Dann ist er zum Auto zurückgegangen, ist eingestiegen und davongefahren.«

»Haben Sie mit Margit Teichert darüber gesprochen?«

Iris Jantschek schaute auf ihre Hände, die gefaltet auf der Tischdecke lagen. Sie sah plötzlich, wie alt diese Hände waren. Die Falten, die Flecken, die Farbe. Die Zeit. Mein Gott. Bald war alles vorbei.

»Danach konnte ich tatsächlich wieder schlafen«, sagte sie schließlich. »Nach so vielen Jahren mit Schlaftabletten. Bis heute kann ich gut schlafen. Nein, ich habe nie mit Margit darüber geredet. Auch nicht mit meinem Mann. Ich habe mit keinem einzigen Menschen darüber geredet.«

»Warum nicht?«, fragte die Kommissarin. Oder vielleicht hatte sie es gar nicht gefragt. Vielleicht lag die Frage nur in ihrem Blick.

»Ich habe ja auch nie darüber gesprochen, was in der Nacht vom Indianerfest passiert ist. So hat eben beides mir gehört, nur mir allein. Das Schlimme und das Schöne.«

»Das Schöne?«

»Die Rache.«

24. September

Das Stauwehr in Mintrich ist nicht mehr in Betrieb, seit der Isarkanal gebaut wurde, seit die große Masse des Wassers einen anderen Weg nimmt. Die fünf Stauklappen verharren seit Jahrzehnten in derselben Stellung. Aber das Gebäude flößt immer noch Respekt ein. Im Grunde ist es nur eine überdachte Brücke, aber die steht wie eine hölzerne Festung über dem Fluss, als müsste sie nicht nur das Wasser zurückhalten, sondern Horden anstürmender Indianer. Das Holz ist dunkel gebeizt, die Wände haben schmale Öffnungen, die wie Schießscharten aussehen. Innen geht man in einem schmalen Gang auf Beton an den schweren Elektromotoren vorbei, die imstande wären, die Stauklappen zu heben oder zu senken, aber schon lange stillstehen.

Ich kenne dieses Wehr von einem Ausflug mit meinem Vater, als wir an einem Sommerabend losspaziert waren, um die Gegend zu erkunden, in die wir gerade erst gezogen waren. Wir waren von der Siedlung flussabwärts gewandert, bis wir das Wehr entdeckten. Gelbe Schilder mit einem Totenkopf waren an der Treppe angebracht. Dieselben Schilder, die heute noch ihren Dienst dort tun. Damals konnte ich noch nicht richtig lesen, aber ich ahnte, was da stand: Betreten verboten! Lebensgefahr! *Meinen Vater kümmerte das nicht. Die Holztür oben an der Treppe war offen, drinnen roch es nach Teer, Brackwasser und Maschinenöl. Auch das ist heute noch genauso, wie ich festgestellt habe.*

Das Gebäude, das am Ufer neben dem Wehr steht, war damals auch schon verlassen, aber heute ist es nur noch eine Ruine und so zugewachsen mit Gestrüpp und Weiden, dass ich ein bisschen Mühe hatte, es zu finden. Wahrscheinlich wohnte hier früher ein Schleusenwärter. Das Dach ist längst eingestürzt, aber im unteren Stockwerk ist es trocken. Das muss eine Werkstatt oder ein Stall gewesen sein, es gibt eine Art Tor. Ich habe den Müll mit den Füßen rausgekehrt und den Wagen durch dieses Tor dort hineingefahren, bin damit durch die Büsche gebrochen wie Indiana Jones. Ein perfektes Versteck. Nachts habe ich Licht im Auto, und die Sitze sind ziemlich bequem. Wenn man sie zurückstellt, kann man gut schlafen. Der Fluss liefert mir Wasser, für den Hunger habe ich mich an einer Tankstelle eingedeckt, mit einer Plastiktüte voller Riegel, Bifi-Salami und Toastbrot. Aber ich habe nicht viel Hunger.

Von hier aus muss ich etwa drei Kilometer durch den Wald laufen, bis ich vor dem Haus von Markus Kessler stehe. Er hat sich die Baugenehmigung erkauft und erpresst, hat die Villa ins Naturschutzgebiet gepflanzt, am Ortsrand von Baierbrunn, wo seine Schweinefirma ihren Sitz hat. Auf einer Anhöhe steht das Ding, ist von überall zu sehen, das einzige Haus weit und breit. Isarblick und Alpenblick hat er von dort oben. Ich habe die Informationen darüber gesammelt und abgeheftet – sie sind in Hamburg, in den Ordnern im Regal unter dem Durchlauferhitzer. Aber ich brauche diese Unterlagen nicht mehr. Was ich brauche, ist hier bei mir, und es ist nicht aus Papier. Die Pistole ist geladen und liegt gut in der Hand. Heute Nacht war ich mit ihr schon dort oben bei der Villa. Es war alles dunkel, kein Licht in den Fenstern.

Auf Reisen, der Herr Investor?

Macht nichts. Ich habe Zeit, ich warte. Du wirst kommen, und ich werde da sein.

Ich?

Was bedeutet das: ich?

Ich bin in der Eichbergkurve vor fünfzig Jahren überfahren worden. Das weißt du ja, du warst ja dabei. Und ich weiß es jetzt auch. Macht mich das harmloser, dass ich nicht sicher bin, wer ich bin? Oder noch gefährlicher? Was meinst du, Stahlhelm-Kessler?

Die Frau in dem schwarzen Kostüm, die Frau mit dem schwarzen Schleier vor dem Gesicht, die Frau, die am Grab ihres Sohnes stand – das war nicht die Mutter meines Freundes Martin. Das war meine eigene Mutter. Ich kann das jetzt sehen. Die Erinnerung hat das Bild entwickelt. Aber warum kann ich mich daran erinnern? Jemand muss mir davon erzählt haben. Kleiner Bruder, warst du das? An dich kann ich mich kaum erinnern, nur an den ganz Kleinen, für mich warst du immer nur ganz klein.

Wenn ich dich erschieße, Stahlhelm-Kessler, wer ist es, der dich erschießt? Ich werde dich fragen, bevor ich abdrücke.

Wen hast du damals am Seil über die Straße geschleift und gezerrt, immer wieder, bis er von einem grünen Porsche zertrümmert wurde? Mich? Ja, mich. Aber wie kann ich hier unten im Wald in meinem Wagen sitzen und diese Zeilen schreiben, die Pistole neben mir?

Ich lag im Gebüsch in meiner neuen Lederhose, und alles war warm. Ich lag da, um zu sterben. Du hast die Schnur von meinem Bein abgemacht, und dann seid ihr abgehauen, dein Bruder und du. Dieser Kornberg hat das ans Licht gebracht, mit seiner Hypnose. Aber das wird vor Gericht nicht zählen. Das muss ich schon alles selbst erledigen.

Ich?

Ich höre das Rauschen des Wassers, das durch die alten Schleusen schießt. Und ich fühle das Metall der Pistole. Soll ich mir eine Kugel in den Kopf schießen? Frieden für immer. Aber ich habe doch schon Frieden. May you stay forever young ...

»Ich bleibe bei dir, bis es vorbei ist, bis es wirklich zu Ende ist.« Diesen Satz habe ich damals auch gehört, dort im Gebüsch, in meinem warmen Blut liegend. Eine schöne Stimme hat ihn gesagt, sie klang wie aus einer anderen Welt. Ich wusste sofort: Dieser Stimme kann ich vertrauen. Die Erinnerung entwickelt dazu kein Bild, aber ein weiteres Gefühl. Es ist ein Gefühl in meiner rechten Hand, als hätte sie damals jemand genommen und gehalten.

Ich höre Geräusche draußen am Wehr, Gelächter. Muss unterbrechen.

War nur ein Liebespaar. Sind ins Wehr und haben es getrieben. Bestimmt eine heimliche Geschichte. Es ist schließlich mittags. Arbeitskollegen in ihrer Mittagspause, so etwas ging da gerade ab, jede Wette. Komm, wir fahren schnell zum alten Wehr runter, und ich steck dir den Schwanz rein. Trotz des Wassers hat man sie gehört, ziemlich laut sogar.

Ich kann heute Nacht mein Auto natürlich nicht benutzen, das suchen sie, ich muss zu Fuß zur Kessler-Villa. In diese Richtung gibt es auch keinen Forstweg. Der Marsch ist anstrengend im Finstern. Ich hätte an der Tanke auch eine Taschenlampe kaufen sollen. Vergessen.

Mach dir keine Hoffnungen, Stahlhelm-Kessler. Wo immer du bist in dieser Welt, genieß die Stunden, es werden deine letzten sein.

Ab und zu mache ich den Motor des Autos an, damit ich sicher sein kann, dass die Batterie nicht leer wird. Vor Abgasvergiftungen brauche ich mich nicht zu fürchten. Die Fenster sind nur noch Lö-

cher. Luft ist hier genug. Außerdem: Vor was sollte ich mich überhaupt fürchten?

Ich habe auch zwei Flaschen Wodka gekauft. Okay, nicht Grey Goose, der war in meiner Agentur immer im Kühlschrank. Aber das ist egal. Er wärmt, hält mich wach, verkürzt den Weg durch den Wald.

Warum bin ich so allein? It's alright, Ma, I'm only bleeding ... *Woher weiß die Polizei, dass ich hier in der Gegend bin? Warum interessiert es sonst niemanden? Weil ich gar nicht ich bin, sondern ein anderer?*

Eigentlich ist dieser Moskovskaya Wodka ganz gut. Nur weil er billiger ist, muss er ja nicht schlechter sein.

Es blitzt jetzt. Der Regen ist da, prasselt richtig in die Blätter und Zweige hinein. Glück für das geile Pärchen, die sitzen sicher schon wieder an ihren Schreibtischen. Pech für mich, für meinen Marsch nachher zur Villa.

Was heißt das: Ich bleibe bei dir, bis es vorbei ist? Wo bist du jetzt? Wer bist du?

Tag 16 der Ermittlungen
Freitag, 25. September

Die Sonne war noch nicht aufgegangen, es war viel zu früh, um aufzubrechen. Aber sie musste etwas tun gegen dieses Klopfen in den Schläfen, bevor es sich im ganzen Körper ausbreitete. Wie gut sie das kannte, wie sehr sie es fürchtete.

Als Eva Schnee auf der dunklen Straße stand, war sie einen Moment unschlüssig, wo sie den Wagen geparkt hatte. Hier im Westend, wo Milan wohnte, sahen alle Straßen gleich aus, fand sie. Aber dann erinnerte sie sich. Sie hatten keinen Parkplatz gefunden gestern Abend, die Autos hatten sich fast übereinandergestapelt, auf Kreuzungen, Grünstreifen, Gehwegen. Schließlich hatte sie den BMW auf dem Gehweg neben einer Box für Müllcontainer abgestellt. Milan hatte gleich im Lift angefangen, sie auszuziehen, und kaum waren sie in seiner Wohnung gewesen, lag er schon auf ihr, mit seinem festen Körper, seinem weichen Mund. Beiß mich, beiß mich, bitte. Seine Zähne auf ihrem Muskel zwischen Hals und Schulter ... Sie war so schnell gekommen, und sie war gleich noch mal gekommen, und nun spürte sie die Wunde an ihrem Hals, als sie das Auto aufsperrte.

Das Angehen der Innenbeleuchtung, der Anblick von Jakobs kleinem roten Fernglas auf der Rückbank, der Geruch der Sitze, das etwas altertümliche Polizeifunkgerät in der Mittelkonsole: Vertrautheit, Normalität, Sicherheit. Alle ihre Therapeuten, auch Kornberg, hatten immer betont, dass es darum gehe, genau das herzustellen. Sie hatten Strategien mit ihr entwickelt, Übungen für sie ausgearbeitet, sogar eigene Atemtechniken erfunden. Sie hatten sie in einen Kletterkurs geschickt, um den sicheren Stand zu erleben, das Vertrauen in die eigenen Schritte zu spüren. Und sie hatten Tabletten verschrieben.

Als sie gestern in Milans Armen im Bett gelegen hatte, müde und glücklich, hatte sie nicht damit gerechnet, dass das Klopfen wieder beginnen würde. Sie war schon fast eingeschlafen, als es losging. Der sonderbare Geschmack im Mund, dann das zunächst zarte Auf- und Abschwellen der Schläfen. Bitte nicht, hatte sie gedacht, während Milans Atem den Rhythmus des Schlafes fand, bitte nicht. Eine halbe Stunde später war sie aufgestanden, hatte sich leise angezogen und war durch die Stadt gelaufen. Gehen war gut gegen das Klopfen. Gehen verhinderte, dass es sich im ganzen Körper ausbreitete und zu einem Stampfen wurde, das jeden Menschen, nicht nur sie, verrückt gemacht hätte.

Es hatte aufgehört zu regnen, die Bäume tropften ab, das Pflaster auf den Gehwegen hatte erste trockene Ränder bekommen. Sie war ohne Plan durch die Straßen gelaufen, hatte versucht, sich ganz auf den Fall zu konzentrieren. Aber es war ihr nicht gelungen. Der kleine Hammer in ihrem Kopf traf jeden Gedanken und änderte die Richtung. Nichts konnte sie festhalten, fast nichts. Dass sie unbedingt Reinigungstücher für ihren Laptop kaufen musste, dieser unnötige, blödsinnige Gedanke war in allen Leitungen ihres Gehirns gewesen und hatte sich nicht eliminieren lassen.

»Bin ich verrückt, Herr Doktor?« Zum ersten Mal hatte sie diese Frage gestellt, als sie vierzehn war. Der Arzt hatte sie ruhig und lange angesehen, ehe er antwortete. »Nein, du bist nicht verrückt, du bist nur etwas ver-rückt, verstehst du? Wie ein Möbelstück, das nicht genau an seinem Platz steht.«

Um drei Uhr morgens war sie in ein Taxi gesprungen und hatte sich zu Milans Adresse zurückfahren lassen. Sie hatte Geld aus der Wohnung holen müssen, um den Fahrer zu bezahle. Dann hatte sie eine 10-mg-Valium eingenommen und sich in den Sessel auf dem kleinen Balkon gesetzt. Auf die Frage, wer hier wohl schon so alles gesessen hatte, also welche Frauen – auf *diese* Frage hatte sie sich konzentrieren können. Und hatte dann doch zwei, drei Stunden schlafen können. Die Macht der Chemie.

»Musst du schon los?« Es war mehr ein Brummen als ein Satz gewesen. Milan hatte von allem nichts mitbekommen.

Sie drehte den Zündschlüssel, der BMW sprang an, und der Klang des Motors beruhigte sie, die automatischen Bewegungen beim Fahren auch. Eva Schnee fühlte sich jetzt nur noch verkatert, als sie den Wagen in der einsetzenden Dämmerung auf die Autobahn lenkte. Vielleicht war es nur ein kurzes Aufblitzen gewesen heute Nacht. Vielleicht stand das Möbel schon wieder an seinem Platz.

Jetzt konnte sie an den Fall denken, im Kopf ihre Zeichnung abrufen, die sie vor zwei Tagen angefertigt hatte – und die neuen Informationen: Sie hatten den Sohn von Margit Teichert in Bolivien ausfindig gemacht. Er saß dort im Gefängnis wegen Drogenschmuggels. Wahrscheinlich hatte er sich dem örtlichen Kartell nicht untergeordnet. Auch die Überreste der Leiche von Angela Börnes Mann hatte man ausgegraben. Dazu hatte man erst die frischen Särge seiner Frau und seines Sohnes wieder anheben müssen. Die hohe Arsenkonzentration in den Knochen sprach tatsächlich dafür, dass Johannes Börnes Krankheit durch eine chronische Vergiftung herbeigeführt worden war. Im Bücherregal des Bungalows hatte man daraufhin diverse Werke identifiziert, die sich mit Arsenvergiftungen beschäftigten. Eva Schnee konnte sich gut vorstellen, wie Angela Börne tadellos gekleidet ihren Mann im Krankenhaus besuchte, als er schon die Tumore in den Nieren hatte.

Rache. Offenbar auch hier. Aber diese Rache würde sie nicht mehr verfolgen müssen. Man konnte sie getrost im Familiengrab verfaulen lassen.

Als Eva Schnee bei der Ausfahrt Kressing die Autobahn verließ, war ein grauer Morgen angebrochen, diffuses Licht machte sich breit. Die verrosteten Verbotsschilder an der Einfahrt zur Kiesgrube waren kaum zu entziffern. Die Pfützen auf dem Fahrweg waren nach den letzten Regenfällen so tief, dass Eva den Wagen nur ganz langsam durchsteuern konnte.

Sie hatte ihren Besuch nicht angekündigt, hatte Ernst Schenkel keine Gelegenheit geben wollen, sich darauf einzustellen. Sie blickte auf die Uhr am Armaturenbrett: 7 Uhr 21. Bisschen früh, dachte sie. Aber alte Menschen schlafen nicht viel. Alte und Verrückte, die schlafen auch nicht.

Die Almhütte, die Ernst Schenkel in die Kiesgrube gesetzt hatte, sah heute ganz anders aus, schon aus der Ferne konnte die Kommissarin das sehen. Farblos, grau, merkwürdig konturenlos zeigte sich das Haus. Eva Schnee schrieb den Effekt zunächst dem Dämmerlicht zu. Aber als der Wagen langsam auf das Gebäude zurollte und sie mehr Details erkennen konnte, begann ihr Gehirn ein Bild zusammenzusetzen, das sie veranlasste anzuhalten.

Was da etwa fünfzig Meter vor ihr, zwischen zwei Kiesbergen stand, war kein Haus, sondern eine Ruine. Sie sah graue, zum Teil vermoderte Balken, eingeschlagene Scheiben, ein Loch statt einem Eingang. Sie sah einen verfallenen Zaun, hohe Gräser, die alles überwucherten. Sie sah, dass das Dach nur noch auf einer Seite existierte, aber sie sah die ausgesägten Herzen im Dachfirst.

War sie falsch gefahren? Gab es zwei solcher Häuser in dieser Grube? Sie versuchte, sich genau zu erinnern: War das Gebäude beim letzten Mal auch schon derart verfallen gewesen? Und sie hatte es nur nicht so wahrgenommen? Sie spürte, wie ihre Schläfen begannen, an- und abzuschwellen. Der Wagen rollte die letzten Meter, sie stieg aus und näherte sich dem Haus. Ihr Puls raste.

Durch das Loch ins Haus … langsam … die Stube war links gewesen …

»Herr Schenkel?« Ihre Stimme klang klein. »Sind Sie da?«

Die Eckbank, der Tisch, die Küchenzeile. Mit Staub überzogen. Die Holztäfelung teilweise zersplittert. Sie sah ihre Füße auf dem Boden stehen. Schwarze Sneakers. Sicherer Stand. Eigene Schritte.

»Herr Schenkel? Ist da jemand?«

Es war vollkommen still. Sie spürte, wie das Klopfen Besitz von ihr ergriff. Gehen ist gut gegen das Klopfen. Geh zum Auto, Eva. Geh zum Auto.

Jetzt hörte sie ein Geräusch, es war direkt hinter ihr. Jemand atmete laut. Sie drehte sich langsam um.

In dem Loch, in dem es keine Eingangstür mehr gab, stand ein Hund. Er war ziemlich groß, dunkelbraun, er knurrte nicht, stand einfach nur reglos da und atmete. Sah sie an und atmete. Eva Schnee tastete nach ihrer Waffe, aber da war ja nichts. Die Waffe lag zu Hause.

Ich bin eine gute Polizistin.

Plötzlich machte der Hund eine Bewegung zur Seite und verschwand aus dem Eingangsloch. Eva Schnee hörte seine schnellen Schritte, die sich entfernten.

Als sie wieder in ihrem Wagen saß, holte sie ihr Handy aus der Tasche und machte durch die Windschutzscheibe zwei Fotos von dem Haus. War alles nur eine Täuschung? Hatte sie beim letzten Mal vornehmlich auf Ernst Schenkel geachtet, weil er da gewesen war – und heute mehr auf das Haus, weil er nicht da war? Die Gedanken einfangen ... Sie startete den Motor.

Später hätte sie nicht mehr sagen können, wie lange sie durch das Kiesgrubengelände gefahren war und doch nach einem anderen Haus Ausschau gehalten hatte, dem *richtigen*, das genauso aussah, aber noch bewohnt wurde. Eine Irrfahrt durch Kiesberge und Gruben, an ausrangierten Baggern und Förderbändern vorbei, kein Mensch, kein Tier, kein Geräusch außer dem Wagen.

Wurmloch, dieser Gedanke streifte sie bei der Fahrt. Durch ein Wurmloch könne man in der Zeit springen, hatte sie mal gelesen. Aber es war nicht dieser Gedanke, der Eva Schnee rettete. Es war ein einfacherer Gedanke: Ich muss Reinigungstücher für meinen Laptop kaufen. Dringend. Ich muss unbedingt Reinigungstücher für meinen Laptop kaufen.

26. September

Block und Stift, das war kein Problem. Sie haben sie mir sofort gebracht. Ich sitze in einer Gefängniszelle. Ich, das heißt: Rainer Lazarde. Ich, das heißt nicht: Rolf Lazarde. Ich bin der kleine Bruder.

Sie haben mich nachts vor der Villa Kessler verhaftet. Was heißt verhaftet. Gepflückt wie einen überreifen Apfel haben sie mich. Ich war betrunken und stand unter einer Straßenlaterne mit der Pistole in der Hand.

Ich?

Meine Frau war gerade hier. Und ein Anwalt. Ich bin durcheinander. Block und Stift waren kein Problem. Wodka schon. Da haben sie nur gelächelt. Nein, lächeln kann man das nicht nennen. Nur ein einziger winziger Muskel im Gesicht des Beamten ist in Richtung eines Lächelns aufgebrochen. Wodka? Don't even think of parking here.

Kornberg kommt morgen, sagt meine Frau. Und ein Arzt aus Hamburg.

Welcher Arzt aus Hamburg?

DEIN Arzt aus Hamburg.

Diese verdammte Siedlung, hat meine Frau gesagt, die hat dich kaputtgemacht.

Nein, so kann man das nicht sagen. Sie hätte das Zeug zum Ort einer großartigen Kindheit gehabt, diese Siedlung, wenn nicht ...

Eva Schnee, die Kommissarin, war überrascht, als sie begriff, dass wir uns in Kornbergs Praxis mal die Tür in die Hand gegeben hatten. »Sie hätten was sagen sollen«, hat sie jetzt bei der Vernehmung zu mir gesagt. »Wir hätten uns einiges ersparen können. Sie und ich.«

Aber, Frau Kommissarin. Das ist ein dummer Satz. Man kann sich nichts ersparen. Das Leben ist keine Schnäppchenjagd. Im Leben zahlt man die Zeche. Sie zahlen sie, ich zahle sie. Keine Miles-and-More-Punkte, kein Rabatt.

München Stadelheim. Berühmtes Gefängnis. Immerhin. Hans und Sophie Scholl wurden hier von den Nazis hingerichtet.

Wirklich zu Ende. Ist das jetzt so?

Es sieht hier genauso aus, wie die Zellen in allen Filmen aussehen. Ein Bett, ein Klo, ein Waschbecken, ein Tisch, ein Stuhl. Ein Fenster, Gitter davor, klar. An der Wand neben dem Bett ist eine überspachtelte, überstrichene Stelle. Ich habe sie mit dem Ärmel meines Pullovers abgerieben, bis ich lesen konnte, was mein Vorgänger da in die Wand geritzt hatte:

Matilda   Maria   Fotze

Wahrscheinlich wurde auch hier eine Zeche bezahlt.

Der Anwalt, den meine Frau mitgebracht hat, ist ein großer Mann mit einem Glasauge, aber man bemerkt es kaum. Er hat gesagt, ich solle nichts sagen, gar nichts, kein einziges Wort. Ich solle alles ihm überlassen.

Yes, Sir.

Tag 17 der Ermittlungen
Samstag, 26. September

»Ah, guten Tag, Frau Kommissarin«, sagte Markus Kessler und erhob sich aus einem etwas zu tiefen Sessel.

»Guten Tag«, sagte Eva Schnee. Sie registrierte: Kessler trug einen teuren, silbergrau schimmernden Maßanzug.

»Haben Sie gut hergefunden?«, fragte Kessler. »Diese Lounge liegt ziemlich versteckt, weiß der Teufel, warum.«

»Herr Kessler, mir ist heute nicht nach Smalltalk zumute.« Sie machte eine Pause und versuchte, ihn mit ihrem Blick zu fixieren, so fest sie konnte. »Herr Kessler«, sie sagte wieder seinen Namen, »was für ein Spiel spielen Sie mit mir?«

Kessler fing an zu lachen. »Spiel? Wie meinen Sie das, Frau Kommissarin? Wollen Sie sich nicht erst mal setzen?«

Sie befanden sich in einer exklusiven Lounge am Münchener Flughafen. Sie wurde von keiner Fluglinie betrieben, sondern vom Flughafen selbst, für ganz besondere VIPs. Von hier aus kam man direkt auf das Rollfeld, eigene Limousinen brachten die Leute zu ihren Flugzeugen. Als Eva Schnee diesen Markov angerufen hatte, sie müsse dringend Kessler sehen, hatte der wenige Minuten später selbst zurückgerufen. Einzige Möglichkeit für ein Treffen sei der

Flughafen. In wenigen Stunden werde er nach Hongkong fliegen. Ein weißlivrierter Kellner trat mit fragendem Blick an ihre Sitzgruppe, Eva Schnee wedelte ihn mit einer knappen Geste weg. Nach ihrem Geschmack waren hier der Teppichboden zu dick, die Sessel zu tief, die Wassergläser zu schwer.

»Lazarde ist jetzt in Untersuchungshaft«, sagte sie zu Kessler. »Ich habe ihn schon vernommen.«

»Und? Was sagt er? Was wollte er mit mir anstellen? Mich töten? Mich entführen?« Kessler lachte wieder.

»Wir haben lange mit ihm geredet«, sagte Eva Schnee. »Er hat uns erzählt, was damals in dieser Kurve an der Bundesstraße passiert ist, Eichbergkurve heißt sie übrigens heute noch. Sie, Herr Kessler, haben dort ein Kind gequält und schließlich getötet. Das Kind war Rainer Lazardes großer Bruder Rolf. Wie fühlt sich diese Information an, Herr Kessler, Herr ›Ich baue ein Kinderparadies‹ Kessler?«

Kessler schwieg. Er blickte auf seine Armbanduhr. »Ich muss gleich los. Mein Flieger ...«

»Sie sind ein Mörder, Herr Kessler. Wenn ich es will, können Sie Ihren Flieger vergessen. Dann lasse ich Sie verhaften, hier und jetzt.«

»Ach, so ist das. Wirklich?« Kessler schaltete um auf kalte Ironie. »Wann soll denn das gewesen sein – von dem ich keinerlei Ahnung habe?«

»Vor fünfzig Jahren, ziemlich genau. Sie wissen das. Und Sie wissen auch: Mord verjährt nicht.«

»Mord.« Kessler wiederholte dieses Wort, beinahe genüsslich. »Ich habe keine Ahnung, von was Sie sprechen. Eichbergkurve ...« Er schüttelte den Kopf. »Keine Ahnung, wie gesagt, keine Ahnung. Aber lassen Sie uns festhalten: Vor fünfzig Jahren war ich ein Kind ...« Er zögerte. »Aber angenommen, ich hätte eine Ahnung ... dann wäre Lazarde ein interessanter Zeuge. Damals war er ein Kleinkind, und heute ist er verrückt. Ein wirklich interessanter Zeuge, den Sie da haben, Frau Kommissarin. Auf den werden sich die Richter freuen – und meine Anwälte.« Er lachte wieder, hart, kalt, unangebracht. Nichts war mehr übrig geblieben von dem fast sympathischen Mann, dem sie vor einigen Tagen zum ersten Mal begegnet war.

Sie wusste, Kessler hatte recht. Nie und nimmer würde es für einen Haftbefehl reichen. Bei jedem Richter würde sie sich blamieren.

»Herr Kessler, ich hatte Sie etwas gefragt: Was spielen Sie für ein Spiel mit mir?«

»Könnten Sie etwas präziser formulieren, was Sie meinen, Frau Kommissarin?«

»Sie haben mir den Brief von Herrn Lazarde gegeben. Sie haben uns auf diese Spur gebracht. Sie mussten wissen, dass diese Spur am Ende zu Ihnen führen könnte. Warum haben Sie das getan?«

»Sie müssten mir eigentlich dankbar sein, Frau Kommissarin.«

»Bitte beantworten Sie meine Frage.«

Jetzt setzte sich Andrej Markov auf den Sessel neben Kessler. Eva Schnee war nicht aufgefallen, dass er die ganze Zeit in der Lounge gewesen war. Keine Begrüßung, Schnee und Markov nickten sich nur kurz zu.

Kessler schenkte sich aus der Kristallkaraffe Wasser in sein Glas. »Ich wollte, dass die Polizei mich vor diesem Verrückten beschützt ...«, fing er an, doch dann brach er den Gedanken ab, als merke er selbst, wie wenig glaubhaft das wirkte. »Unsere Unterhaltung geht zu Ende, Frau Kommissarin. Vielleicht nur noch so viel: Ich habe in meinem Leben gelernt, dass es Situationen gibt, in denen es hilfreich ist, im Zentrum des Informationsflusses zu stehen. Deshalb habe ich mich in Ihrer Nähe immer wohl gefühlt.«

»Ich verstehe nicht, was Sie meinen«, sagte Eva Schnee.

Markov tippte Kessler auf die Schulter. »Wir müssen los«, sagte er.

Markus Kessler ignorierte ihn, sah Eva Schnee direkt in die Augen, als suche er dort etwas. Schließlich sagte er: »Wissen Sie, Frau Schnee, dort in der Siedlung gab es eine große Portion an Wirklichkeit, die fast nicht zu ertragen war, eine Scheißwirklichkeit, die einen nie ganz losgelassen hat. Und einen immer wieder einholt. Aber abgesehen von dieser Wirklichkeit gab es noch etwas anderes dort, und manchmal denke ich …«, er machte eine kleine Pause, eh er fortfuhr, »… manchmal denke ich, dass das noch viel gefährlicher war und ist. Es ist der Schein, etwas, was nur so tut, als wäre es wirklich.«

Markov stand auf. Man merkte ihm an, dass ihm der Gesprächsverlauf nicht gefiel. »Das Wichtigste ist doch, dass du die Vergangenheit aus deinem Leben gelöscht hast.« Kurze Pause. »Komm, wir müssen jetzt los.«

Nichts ist so, wie es scheint. Du musst vorsichtig sein, mein Hündchen … Eva Schnee spürte ihre Schläfen. Das Gesicht ihres toten Vaters im Rückspiegel. Der Anblick des verfallenen Hauses in der Kiesgrube … Normalität? Vertrautheit? Sicherheit? Sie stand auf, aber der Boden begann unter ihren Füßen zu zittern. Kessler schien das zu bemerken und machte einen Schritt auf sie zu. Plötzlich griff sie nach seiner Hand. Etwas Reales greifen, nicht fallen.

»Herr Kessler, hat der Schein, von dem Sie gerade gesprochen haben, mit Ernst Schenkel zu tun?«

Die Kommissarin war vollkommen verschwunden aus ihrer Stimme, sie klang beinahe flehentlich. Bescheuert, bescheuert, bescheuert. Sie bemerkte, dass ihn ihre Geste, der Griff nach seiner Hand, irritiert hatte. Aber seine Hand wich nicht zurück.

»Glauben Sie, Lazarde hat die alte Börne umgebracht?«, fragte er.

»Es stehen noch Ermittlungen an«, sagte Eva Schnee, »aber im Moment gehen wir davon aus.«

»Glauben Sie, dass er auch in den Tod der achtzehn im Wald verwickelt ist?«

Schnee schüttelte den Kopf.

»Ja«, sagte Kessler, »Ernst Schenkel hat sehr viel mit diesem Schein zu tun, von dem ich gesprochen habe. Alles an dieser Figur ist mysteriös. Frau Schnee, ich sage Ihnen: Ich frage mich tatsächlich oft, ob es diesen Mann überhaupt gibt. Ob er wirklich existiert.«

»Ich habe ihn gesehen, ich habe mit ihm geredet«, sagte Eva Schnee. »Ein anderer Kommissar hat auch mit ihm geredet. Damals nach den Morden. Und Sie? Er hat doch auch in den Baracken gelebt wie Sie …«

»Ja, ich habe auch einmal mit ihm geredet, damals, ein einziges Mal. Und es gibt viele Leute, die Schenkel getroffen haben und von ihm erzählen bis heute. Er war da, ja. Aber wissen Sie, Frau Schnee, der Schein ist ja auch da … Vielleicht hat da einer nur seinen Weg in die Wahrnehmung anderer Menschen gefunden, ein schrecklicher Geist seiner selbst … Ich habe immer mal wieder versucht, ihn aufzuspüren, all die Jahre, zeitweise habe ich ihn regelrecht jagen lassen. Ich zahle für die Mutter das Heim, weil ich dachte, vielleicht kommt er mal dorthin. Ich werde mit dem Alter immer ängstlicher. Ernst Schenkel machte mir Angst, und die Angst wollte ich loswerden. Schenkel wusste zu viel von früher ...«

»Auch von der Eichbergkurve?«, fragte sie.

»Er wusste zu viel. Dachte ich. Heute denke ich: Vielleicht gibt es diesen Mann gar nicht, vielleicht hat es ihn nur in unseren kranken Krattlerköpfen gegeben. Und der Mann, mit dem Sie jetzt gesprochen haben, ist ein armer Landstreicher, der sich mit dem Namen wichtigmacht ...« Er nahm ihre Hand, drehte sie um und strich ihr mit seinem Zeigefinger sanft über die Innenseite ihrer Handfläche. »Ich weiß, wie sich das anhört«, sagte er. »Verrückt. Auf Wiedersehen, Frau Kommissarin. Passen Sie gut auf sich auf.«

Eva Schnee schaute Kessler nach, wie er an der Seite von Markov die Lounge verließ. Dann ließ sie sich wieder in den Sessel fallen und winkte den Mann in der weißen Livree herbei.

»Ich hätte gern einen doppelten Wodka. Oder halt, nein, Sie haben sicher Cointreau, den Orangenlikör. Den hätte ich gern. Auf Eis, bitte.«

»Nachdem die Herrschaften jetzt die Lounge verlassen haben, muss ich Sie nach Ihrer Zugangsberechtigung fragen«, sagte der Mann mit unbewegter Miene.

Eva Schnee griff in ihre Jackentasche, hielt ihm den Dienstausweis hin und sagte laut: »Mordkommission. Das ist meine Zugangsberechtigung.«

Rache ist schön.

Sie dachte an Kessler. Und plötzlich dachte sie, dass vielleicht alles ganz anders war. Dass man die Frage andersherum stellen musste. Vielleicht war es gar nicht wichtig zu wissen, was dieser schwere Mann mit der Siedlung vorhatte. Vielleicht hatte nicht er nach der Siedlung, sondern die Siedlung nach ihm gegriffen. Vielleicht musste man sich eher fragen, was die Schatten der Vergangenheit mit ihm planten.

In diesem Moment brummte ihr Handy. Als sie die SMS las, die eingegangen war, begannen ihre Knie wieder zu zittern. Aber aus ganz anderen Gründen. Sie steckte das Telefon wieder ein und dachte, dass manche Tage einfach zu viel zu bieten hatten, als dass man es verkraften konnte. Die SMS bestand nur aus drei Worten, und sie kam von Milan. Er schrieb: »Ich liebe Dich.«

Tag 19 der Ermittlungen
Montag, 28. September

Es war der Tag, der die Wende in dem Fall brachte, eine überraschende, zu Tode erschreckende Wende. Doch zunächst saß Eva Schnee erst einmal am späten Vormittag in ihrem Büro, als der lange, dünne Sven von der ballistischen Abteilung an die Tür klopfte.

»Also, ich glaube, ich habe keine so guten Nachrichten«, sagte er. Und dann erklärte er, was er damit meinte: Die Waffe, die man Lazarde abgenommen hatte, war ganz sicher nicht die Waffe, mit der Angela Börne erschossen worden war.

»Und noch etwas«, sagte Sven und beugte sich herunter zu ihr, in der typischen Körperhaltung der ganz Großen. »Wir haben uns ein bisschen schlaugemacht. Dieser Lazarde hatte keinerlei Beziehung zu Waffen. Er hatte keinen Waffenschein, auch nicht für die Mauser, die er bei sich hatte. Soweit wir es beurteilen können, hat er auch nie damit geschossen. Und Lazarde hat einen kleinen Augenfehler, das sogenannte Linsenflattern, nichts Schlimmes, aber sehr schlimm für einen guten Schützen. Bei der Bundeswehr reichte dies früher dafür, ausgemustert zu werden.«

»Du willst damit sagen, Lazarde war nicht der Mörder von Frau Börne?«, fragte sie.

»Ja, mit ziemlicher Sicherheit. Frau Börne wurde sehr gezielt mit einer anderen Waffe getötet, ziemlich professionell. Das hätte der Lazarde nie gekonnt.«

Das war sie also nicht, die Wende. Das war das Gegenteil einer Wende.

Sven ging wieder, und Eva Schnee schaute auf die Uhr. In Kürze würde ihre Mutter Jakob vorbeibringen. Sie wollte ein paar Besorgungen in der Stadt machen, und Eva Schnee hatte sich den Nachmittag freigenommen, um mit Jakob in der Zwischenzeit in den Zoo zu gehen. Noch mal der Versuch, die Riesenschildkröten kennenzulernen. Danach wollte ihre Mutter Jakob wieder mit nach Rupertshausen nehmen.

Sie wählte die Nummer von August Maler, sie hatte sich angewöhnt, immer wieder mal bei ihm anzurufen. Er war der Einzige, mit dem sie wirklich über die Siedlung sprechen konnte. Maler hatte die Tragik der Siedlung inhaliert, viel zu lange, aber für sie war es ein Segen. Außerdem hörte sie seine Stimme gern, sie hatte etwas Beruhigendes.

»Maler«, meldete er sich.

»Ich schon wieder. Eva Schnee, die Nervensäge.«

»Nein, nein. Sie wissen, ich freue mich, wenn Sie anrufen.«

»Lazarde hat Angela Börne nicht ermordet«, sagte Eva Schnee und erzählte von den neuen Erkenntnissen der Ballistiker. »Er war es nicht. Wissen Sie, was das bedeutet? Wir sind keinen Schritt weiter. Wir stehen wieder am Anfang, wir wissen gar nichts.« Sie merkte, wie angespannt ihre Nerven waren.

»Nein, das stimmt nicht«, sagte Maler, »es ist Bewegung in den Fall gekommen, zum ersten Mal seit zwanzig Jahren. Früher war nur Totenstille. Jetzt ist es anders. Dazu gehört das Auftreten von Lazarde, dazu gehört Kessler. Dazu gehören die SMS, wie viele haben Sie in den letzten Tagen bekommen?«

»Vier oder fünf«, antwortete sie.

»Und immer der gleiche Inhalt?«

»Ja. Löse das Rätsel des Kindes. Und: Alle anderen Spuren sind irreführend. So in etwa lauten die alle.«

»Da wird jemand nervös«, sagte Maler, »vielleicht ist der Mord an Frau Börne schon aus dieser Nervosität geschehen. Frau Schnee, Sie stehen nicht vor dem Nichts, vor dem ich all die Jahre stand. Sie brauchen jetzt Geduld.«

»Geduld?« Sie stieß das Wort wie eine Fanfare aus. Und dachte: Klar, dieser Mann musste stundenlang, tagelang an Dialyseschläuchen hängen, für den war Geduld die einzige Möglichkeit.

»Sie müssen nur warten. Sie werden sehen, es werden weitere Dinge passieren«, sagte Maler.

Sie konnte den Verlauf ihres Telefonates in den nächsten Minuten folgendermaßen zusammenfassen: Maler versuchte, Eva Schnee zu beruhigen und sie davon zu überzeugen, dass alles gut würde; und Eva Schnee versuchte, seine Worte zu ihren Nerven durchzustellen, die aber vorübergehend nicht erreichbar waren. Irgendwann stellte sie Maler dann eine Frage: »Können Sie sich vorstellen, dass die Lösung dieses Falles auf einem ganz anderen Feld zu finden ist – und zwar auf dem Feld des Wahnsinns? Ich will damit sagen …«

»Ich verstehe sehr gut, was Sie meinen«, sagte Maler, »Wahnsinn wäre nicht mein Wort, aber ich verstehe, was

Sie sagen wollen. Es gibt ein Zitat, das dazu sehr schön passt, es stammt von dem Schriftsteller Jean Genet. Es lautet: ›Erst wenn alle Geständnisse abgelegt sind, fangen die Geheimnisse an.‹«

»Wunderbar«, sagte sie und lachte ein bisschen. Nach einer kurzen Pause fragte sie: »Gab es in Ihrem Leben als Kommissar einmal einen Fall, der so endete, in einem einzigen Geheimnis? Außer der Siedlung, meine ich.«

»Ich hatte mal einen Fall«, sagte Maler, »da stand ein Pfarrer im Mittelpunkt, der sagte die ganze Zeit: ›Herr Kommissar, Sie haben keine Ahnung, mit welchen unheimlichen Mächten wir uns in dieser Geschichte eingelassen haben.‹ Und irgendwie hatte er sogar recht ...«

Eva Schnee sah auf ihrem Handy, dass ihre Mutter anklopfte. »Herr Maler, ich muss aufhören, es kommt gerade ein anderes Gespräch. Ich bin Ihnen dankbar, dass Sie mir zugehört haben. Bitte entschuldigen Sie mein Durcheinander ...«

Sie holte Jakob unten am Empfang ab, verabschiedete sich von ihrer Mutter und nahm den Jungen mit nach oben. Er liebte es, wenn er sie im Büro besuchen durfte. Sie achtete darauf, dass keine schlimmen Fotos an der Wand hingen, wenn Jakob kam. Auf ihren Schreibtischstuhl setzte sie immer einen ziemlich großen Stoffpinguin; es sollte so aussehen, als warte er schon auf ihn.

Als Jakob dieses Mal ihr Büro betrat, interessierte er sich aber nicht für den Pinguin.

Er lief gleich zu der Wand, an der Bilder hingen. Es waren die vergrößerten Bilder aus dem alten Zeitungsausschnitt, den die Fahnder im Haus von Angela Börne gefunden hatten. Kindergesichter waren auf den Bildern zu sehen. Sie hatten gedacht, eines davon müsse das Kind sein, von dem Frau Börne kurz vor ihrem Tod gesprochen hatte. Doch bislang hatten die Bilder zu keiner Spur geführt.

Jakob zeigte auf eines der Fotos und sagte: »Das ist mein Freund. Wieso hängt hier ein Foto von meinem Freund?«

»Nein, Jakob«, sagte Eva Schnee, »das ist ein sehr altes Foto, den kannst du nicht kennen.«

»Das ist mein Freund«, wiederholte Jakob und zeigte auf den Mund des Kindes, auf seine Lippe. »Das ist mein Freund. Mein Freund hat da auch die Narbe. Wieso hängt hier sein Foto? Er will nicht, dass man Fotos von ihm macht. Das hat er mir immer gesagt.« Jakob fing an zu weinen.

Sie nahm ihn in den Arm. »Dieses Kind ist heute schon ein alter Mann, das kann nicht der Junge sein, mit dem du dich angefreundet hast«, sagte sie, doch plötzlich wurde ihr beim Blick auf das Foto sehr kalt.

Jakob sah sie mit großen Augen an: »Mein Freund ist ja auch kein Junge«, sagte er. »Er ist schon ziemlich alt. Aber mein Freund ist er trotzdem.« Jakob hatte aufgehört zu weinen. »Ich darf aber nicht reden über ihn. Das hat er mir gesagt.

»Du musst nicht reden über ihn«, sagte sie und fragte: »Siehst du ihn heute noch?«

»Ja, wenn wir vom Zoo zurück sind. Oma bringt mich hin. Ich treffe ihn immer an dem großen Stein an der Isar.«

Eva Schnee spürte, wie sie ganz ruhig wurde. Die Kälte breitete sich in ihrem Körper aus und fror alle Leitungen, Schalter und Rädchen ein. Maler hatte recht gehabt. Da wurde jemand nervös. Und dieser Jemand griff nach ihrem Kind.

*

Der Fluss hatte wieder höheres Wasser nach den Regenfällen. Der große Stein, von dem Jakob gesprochen hatte, stand nicht mehr auf trockenem Kiesbett, sondern wurde von allen Seiten umspült. Aber er war leer, da saß kein Mann. Auch sonst war niemand zu sehen. Das Abendlicht färbte die Szenerie rötlich, es roch nach Herbst. Nur das Geräusch des gleichmäßig fließenden Wassers lag in der Luft.

»Suchen Sie jemanden, Frau Kommissarin?«

Er stand hinter ihr, zwischen den Bäumen, beinahe unsichtbar. Genauso hager, genauso grau, wie sie ihn in Erinnerung hatte. Die langen, weißen Haare hoben sich kaum vom Weiß der Birkenstämme ab. Sein Lächeln. Oder vielmehr sein Mund, der so aussah, als lächle er.

Sie versuchte, ihre Stimme fest und sicher klingen zu lassen. »Ich bin auf der Spur einer Freundschaft, die vor kurzem hier begonnen hat. Zwischen einem Mann und einem Kind. Wissen Sie was darüber, Herr Schenkel?«

»Ich weiß alles über Kinder, Frau Schnee. Ich habe immer alle Kinder gekannt.«

Er trat ein paar Schritte vor, stand jetzt auf dem schmalen Fußweg, sah sie an. Seine hellblauen Augen. Es waren nur zwei Meter zwischen ihnen. Sie sah sein Gesicht, seine Hände, den grauen, grobgestrickten Pullover, der zu weit war. Sie wollte das alles registrieren, genau registrieren. Ich bin eine gute Polizistin. Er schien das zu bemerken, schien zu lächeln. Oder war das wieder nur eine Täuschung?

»Begleiten Sie mich, Frau Kommissarin«, sagte er. »Da vorn unter der großen Kiefer ist eine Bank. Der Junge kommt heute nicht, da bin ich sicher.«

»Ich war bei Ihrem Haus in der Kiesgrube ... Was ist da geschehen? Ich meine, es war ...«

»Mit Häusern ist es wie mit Menschen. Manchmal wirken sie verlassen, heruntergekommen, wie aus einer anderen Zeit. Nur noch Vergangenheit. Dann wieder: aufgeräumt, renoviert, voller Zukunft.«

War er plötzlich noch näher gekommen oder kam ihr das nur so vor? Diesmal hatte sie ihre Waffe dabei. Sie spürte das Gewicht unter ihrem Parka.

»Mir ist nicht nach einem Spaziergang mit Ihnen zumute«, sagte sie.

»Nach was dann? Einer Vernehmung?«

»Schon eher.«

»Jakob ist ein netter Junge«, sagte er und setzte sich langsam in Bewegung. »Schlangen interessieren ihn besonders. Er fängt sie.«

»Schlangen?« Eva Schnee folgte ihm. »Was reden Sie da?«

»Sie sind leicht zu fangen, zurzeit. Kreuzottern. Machen bald Winterschlaf, sind schon fett und träge, liegen auf den warmen Steinen. Die beiden haben schon sechs Stück gefangen. Jakob und sein neuer Freund. Ich zeige es Ihnen.«

Sie sah, wie er einen Meter ins Gebüsch trat und den verrosteten Deckel einer Blechtonne anhob. Er winkte sie zu sich. Tatsächlich lagen unter dem Blech mehrere Kadaver von Schlangen, jeweils dreißig, vierzig Zentimeter lang. Käfer krabbelten auf ihnen herum. Der Anblick war eklig.

»Sie haben keine Köpfe«, sagte Eva Schnee.

»Nein, nicht mehr.« Ernst Schenkel machte mit zwei Fingern eine Scherenbewegung. »Ich habe Jakob gezeigt, wie das geht. Kreuzottern sind giftig. Man muss sie töten.« Er ließ den Deckel zurückfallen, sah sie an. »Guter Junge, Ihr Jakob.«

»Was wollen Sie von ihm?«

Er antwortete nicht, ging schweigend bis zur Bank, setzte sich, blickte auf den Fluss. Dann sagte er: »Sie wollten mich vernehmen.«

Eva Schnee nahm am äußersten Rand der Bank Platz. Sie holte ihr Smartphone hervor und schaltete die Aufnahmefunktion ein. »Wissen Sie, was vor fünfzig Jahren in der Eichbergkurve geschah?«

»Das weiß ich genau. Die beiden Kesslers hatten nicht bemerkt, dass der kleine Lazarde auch dort war, die ganze Zeit war er im Gebüsch und hat gesehen, was die mit seinem Bruder gemacht haben. Ich hab ihn festgehalten und ihm den Mund verschlossen, damit die sein Wimmern nicht hören.«

»Sie? Sie waren auch dort? Warum haben Sie dem anderen Lazarde nicht geholfen?«

»Oh, ich habe ihm geholfen, glauben Sie mir. Ich bin bei ihm geblieben, ich habe ihm die Hand gehalten, ich habe ihm geholfen zu sterben. Und ich habe den Kleinen nach Hause gebracht. Auch ihm habe ich geholfen. Dass er alles vergisst, was er gesehen hat. Man muss auf die Kinder aufpassen, nicht wahr? Man muss sie beschützen.«

»Vor den Kesslers haben Sie sie nicht beschützt.«

»Das ist so nicht ganz richtig. Kein einziger der vielen Kesslers hat es geschafft, ein Kind in die Welt zu setzen.«

»Und daran sind Sie schuld?«

»Schuld. Was für ein Wort. Dieses Wort bringt einen nicht weiter, das werden Sie auch noch lernen, glauben Sie mir. Wer ist schuld daran, dass ich auf der Welt bin? Oder nicht auf der Welt bin? Diese Frage führt nirgendwohin. Das ist wie mit dem Urknall. Die Physiker werden nie die Ursache für die Entstehung des Weltalls herausfinden. Weil sie selbst und alle ihre Erkenntnisse eben mit diesem Urknall erst angefangen haben zu existieren. Man kommt nicht hinter den Urknall, verstehen Sie?«

Es wurde allmählich dunkel und kühl. Später sollte Eva Schnee feststellen, dass auf ihrer Aufnahme nur undeutliche Geräusche zu hören waren, wie elektronische Klanggebilde, die an- und abschwollen. Ein technisches Versagen, was sonst? Und sie sollte sich fragen, ob es im Laufe dieser Begegnung zu einer Berührung gekommen war, zu einer einzigen Berührung mit Ernst Schenkel.

»Wissen Sie, was auf der Ebnerwiese geschehen ist? Wie die achtzehn Menschen ums Leben kamen?«

»Sie sind friedlich eingeschlafen, aber alle wussten, warum sie starben.«

»Wie konnten sie das wissen?«

»Jemand hat es ihnen gesagt.«

»Wer?«

»Jemand, den es gar nicht gab. Für den der Beton dieser Siedlung der Grabstein war. Den es aber eben doch gab, der schon als Junge durch die Köpfe und Wälder geisterte.«

»Wer war dieser Junge?«

Schenkel sagte eine Weile nichts, wirkte plötzlich wie abwesend. »Ein Junge eben«, sagte er dann. »Es gibt so viele. Seine Seele ist der Seele dieser einsamen Angela Börne zugelaufen wie ein Hund. Manchmal braucht man Verbündete, verstehen Sie?«

»Wofür? Für die Rache?«

»Fürs Existieren vielleicht, Frau Kommissarin? Davon wissen Sie nichts, gar nichts. Wie schwer es sein kann, einfach nur zu existieren. Angela Börne wusste das. Existierte neben ihrem Mann und ihrem Sohn, eingezwängt in ihren Kostümen, vergiftet vom Gestank der Scheiße und Verlogenheit. Rache? Ist nur ein Gefühl. Aber immerhin. Man nimmt, was man kriegen kann, wenn man sich spüren will, glauben Sie mir.«

Eva Schnee holte das vergrößerte Foto aus der Innentasche ihres Parkas, das sie bei Angela Börne gefunden hatten.

»Dieser Junge?«

Er sah sich das Bild nicht an, zuckte nur mit den Achseln. »Es gab so viele. In der Schule wurden sie damals noch geschlagen, mit kleinen Fiberglasstöcken. Und dann zur Schluckimpfung geschickt, damit sie gesund blieben.« Er lachte. »Die Börne hat den Jungen da mal hingeschleift, zusammen mit ihrem Sohn. Der einzige Moment, in dem er sich ins wirkliche Leben geschmuggelt hat. Der Geschmack der Existenz: bittere Medizin auf einem Stück Zucker.«

Sie betrachtete den Jungen auf dem Foto und das Gesicht mit den vielen kleinen Falten neben ihr.

Er hatte aufgehört zu sprechen. Schien in sich versunken zu sein. Dann sagte er plötzlich, ohne den Blick vom Fluss abzuwenden: »Die Waffe wird Ihnen nichts nützen, Frau Kommissarin. Ich habe sie gesehen unter Ihrem Parka. Mit der Waffe bedrohen Sie mich nicht, und sie führt Sie nicht zur Wahrheit. Aber das wissen Sie, sonst wären Sie hier mit ein paar Kollegen erschienen.«

Ich habe Angst vor Ihnen, dachte sie. Aber sie sagte es nicht.

»Interessiert Sie die Wahrheit?«, sagte er. »Interessiert Sie die Wahrheit wirklich? Wir sitzen hier auf einer Bank im Wald, und wir sehen kein einziges Tier. Aber die Tiere sehen uns. Die Rehe, die Schlangen, die Füchse … Sie beobachten uns.« Er drehte sich zu ihr. Die hellen Augen im Halbdunkeln. »Die Leute aus der Siedlung haben die Krattler fast nie gesehen. Aber die Krattler waren immer da und haben sie beobachtet. Wir wussten immer die Wahrheit. Weil wir sie gesehen haben. Viele Augen im Dunklen, hinter Büschen, vor Wohnzimmerfenstern. Der Öhler hat seine Frau zweimal halbtotgeprügelt. Der Rügemer hat jede Nachbarin angegrapscht und die Schwester seiner Frau an der Isar flachgelegt. Der Richter Müller und seine Ehefrau haben nachts besoffen Hitlerreden gehört und tagsüber gegen das Judenpack gewettert. Und kleine Kinder angebrüllt. Und wir haben dieses Fest gesehen und den Börne und den Hutzak, wie sie sich über die beiden Mädchen hergemacht haben ...« Er hielt kurz inne. »Niemand hat sich dafür interessiert, Frau Kommissarin«, sagte er. »Niemand hat uns gefragt.«

»Aber bei dem Feuer dreißig Jahre später, da gab es die Baracken nicht mehr«, sagte Eva Schnee. »Als achtzehn Menschen ermordet wurden, da gab es keine Zeugen mehr ...«

»Sie haben keine gefunden«, sagte Ernst Schenkel. »Das ist ein Unterschied. Keine Zeugen, keine Beweise. Nichts zum Anfassen. Da sind sie alle wie Markus Kessler. Der ist auch so ein materieller Mensch«, sagte Ernst Schenkel. »Was er nicht anfassen, essen oder kaputtmachen kann, existiert für ihn nicht. Es erreicht seinen Kopf nicht. Er ist ja auch die ersten achtzehn Jahre seines Lebens mit einem Stahlhelm herumgelaufen.«

»Was für ein Mensch sind Sie?«, fragte Eva Schnee.

Er schwieg.

»Ein Mensch, vor dem alle Angst haben müssen, jetzt auch ich, weil Sie meinem Jungen etwas antun werden ...«

»Angst, ja, Angst sollte man vor mir haben. Ich habe sogar selbst Angst vor ihm.«

»Ihm?«

»Dem Schenkel Ernsti.«

Ein starker Geruch ging plötzlich von ihm aus, Holz, feuchtes, modriges Holz. Und seine Stimme klang jetzt merkwürdig, sie schien zu hallen. Jedenfalls in ihrem Kopf. Er drehte sich zu ihr, sah sie an. Seine Augen blitzten. Sie veränderten sich. Eva Schnee erschrak nicht. Sie wusste auf einmal ganz genau, wie diese Augen gleich aussehen würden. Diese Verwandlung hatte sie schon einmal gesehen, im Rückspiegel ihres Wagens.

»Ein Mensch? Finden Sie das heraus, Frau Kommissarin. Was für ein Mensch bin ich? War ich? Ich wollte immer, dass die Polizei das herausfindet. Lösen Sie das Rätsel des Kindes, meines Urknalls. Laster Nummer sechs. Das ist unser Deal. Dann liefere ich Ihnen die Wahrheit der Ebnerwiese. Dann lass ich Ihren Jungen in Ruhe. Dann lass ich alle in Ruhe, sogar mich.«

Das Nächste, was Eva Schnee wahrnahm, war die Tatsache, dass sie erbärmlich fror. Und dass es stockdunkel um sie herum war. Der Fluss rauschte. Sie saß noch immer auf der Bank. Aber allein. Als sie auf die Uhr blickte, war es fast Mitternacht. Sie musste Stunden geschlafen haben. Sie wollte die Taschenlampe ihres iPhones anschalten, aber das iPhone war tot. Akku leer, klar, die ganze Zeit war die Aufnahme gelaufen. Wie hatte ihr Gespräch geendet? Warum konnte sie sich nicht daran erinnern? Ihre Schläfen pochten.

Kreuzottern sind giftig. Lastwagen Nummer sechs. Nichts ist, wie es scheint. Jakob ist ein guter Junge.

Die Gedanken einfangen wie einen Schwarm Kinder.

Eva Schnee stolperte im Finstern los, Zweige schlugen ihr ins Gesicht, zweimal fiel sie hin. Ihr Kopf drohte zu platzen.

Sie spürte, dass sie zu weinen anfing. Aus Angst, aus Verzweiflung. Lass meinen Jungen in Ruhe.

Ich habe ihm geholfen zu sterben.

Wer hatte das gesagt?

Das erste Licht, das sie sah, war das einer Straßenlaterne. Sie stand am Eingang des Friedhofs. Direkt dahinter lag die Siedlung »Unter den Kiefern«, die verlassenen Bungalows, schwarze Fenster wie Augen.

Die Siedlung der Toten.

Tag 20 der Ermittlungen
Dienstag, 29. September

Sie steuerte im Foyer des Heims Brauneck direkt auf die Empfangsdame zu, zeigte ihre Dienstmarke und sagte: »Eva Schnee, Mordkommission, ich war schon mal hier.«

»Ich weiß«, sagte die Frau hinter der Theke und lächelte.

»Sie haben eine neue Frisur«, sagte Eva Schnee und lächelte zurück. Die Frau trug die Haare jetzt kurz, was nicht sehr vorteilhaft war. Da sie so dünn und groß war, ähnelte sie jetzt noch mehr einem Fernsehturm.

»Ich habe eine wichtige Frage, wichtig für unsere Ermittlungen in mehreren Mordfällen«, sagte Eva Schnee. »Ich hoffe, Sie können mir helfen.«

»Gern, natürlich. Wenn ich kann.«

Sie bat Eva Schnee zu der Sitzgruppe bei der Glasvitrine, in der die Skulpturen der Patienten standen. Die Kommissarin erklärte ihr, worum es ging, welche Informationen sie benötigte.

»Oh, da kann ich Ihnen tatsächlich helfen«, sagte die Frau mit der neuen Frisur. »Also nicht ich selbst, nein, aber ich weiß, mit wem Sie reden müssen.« Sie schrieb einen Namen und eine Adresse auf einen Zettel und reichte ihn der Kommissarin. »Das ist auch in Bad Tölz«, sagte sie, »fünf Kilometer von hier. Zehn Minuten, dann sind Sie da.«

»Vielen Dank«, sagte Eva Schnee, stand auf und reichte ihr die Hand. »Würden Sie bitte anrufen und mich ankündigen?«

»Gern. Für wann?«

»Für jetzt gleich.«

*

Als der Anruf aus dem Heim Brauneck kam, wusste Magdalena Haselstetter sofort: Jetzt ist die Zeit gekommen zu reden. Ihr ganzes langes Leben hatte hauptsächlich darin bestanden, anderen zuzuhören.

Es war später Vormittag, vor den Fenstern ihrer Wohnung hatte sich ein sonniger Tag entfaltet, man sah die Berge gestochen scharf. Sie setzte Kaffee auf, schnitt zwei Stücke selbstgemachten Apfelstrudel auf und deckte den Tisch mit Tassen und Tellern ein. Dann holte sie aus der untersten Schublade der Kommode im Schlafzimmer ein Bündel mit Schulheften und legte es auch auf den Tisch.

Dass Magdalena Haselstetter nicht gern redete, lag daran, dass sie mit einem gespaltenen Gaumen und einer gespaltenen Oberlippe zur Welt gekommen war. Wolfsrachen hatte man das früher genannt oder, in der milderen Ausprägung: Hasenscharte. Und es hatte damals keine Möglichkeiten gegeben, es zu korrigieren, jedenfalls nicht für einfache Leute wie die Haselstetters. Wenn sie sprach, waren die Wörter von so vielen Zischlauten umgeben, dass sie es nicht mochte. Außerdem musste sie ihre Sätze oft zwei- oder dreimal sagen, weil manche Menschen sie so schlecht verstanden. So hörte sie eben hauptsächlich zu, die Haselstetter Leni, wie alle sie nannten. Hörte den Eltern zu, den Lehrern, den Jungs, die sie zu allerhand überreden wollten, denn sie hatte eine hübsche Figur und lange, blonde Haare. Später als Krankenpflegerin hörte sie den Ärzten zu, die sie auch zu allerhand überreden wollten, den Patienten, die ihr die Wahrheit über ihre Angehörigen erzählten, und den Angehörigen, die ihr die Wahrheit über die Patienten erzählten. Sie hörte ihrem Mann zu, als er sie heiraten wollte, und sie hörte ihm zu, als er sich wieder scheiden lassen wollte. Sie hörte ihrer Tochter zu, als sie erklärte, dass sie mit einem Rockmusiker nach Norwegen gehen wollte. Und sie hörte ihr Jahre später am Telefon zu, wenn sie ihr Leid klagte, dass der Mann so langweilig geworden sei.

Seit vier Jahren war Leni Haselstetter pensioniert. Die letzten achteinhalb Jahre ihres Berufslebens war sie im Heim Brauneck angestellt gewesen. Dort war der Mensch untergebracht, dem sie am längsten zugehört hatte. Bestimmt tausend Stunden waren da zusammengekommen, schätzte sie. Jeden Abend wieder hatte sie zugehört, wenn Gertrud Schenkel angefangen hatte zu reden, wenn der lange Strom aus Sätzen und Wörtern und Ausrufezeichen aus der kleinen alten Frau herausgeflossen war. Es war sogar vorgekommen, dass man Schwester Leni an freien Tagen angerufen hatte, weil die verwirrte Frau Schenkel einfach nicht zur Ruhe kommen konnte, ohne dass sie vorher mit ihrem Sohn geredet hatte. Ihr Sohn, das war die Schwester Leni, die dann in ihren kleinen Peugeot gestiegen und ins Heim Brauneck gefahren war. Der lange Gang, die grüne Tür, anklopfen, eintreten, den Stuhl ans Bett ziehen und sich hinsetzen. So war das immer abgelaufen. Und in Frau Schenkels Augen hatten sich Tränen gebildet, sie hatte nach Lenis Hand gegriffen und immer dasselbe gesagt:

»Mein Junge. Gott sei Dank. Die haben dir bestimmt nicht gesagt, was passiert ist.«

Die Kriminalkommissarin mit dem seltenen Namen Schnee stellte als Erstes ein Aufnahmegerät auf den Tisch.
»Muss das sein?«, fragte Leni Haselstetter und versuchte, so deutlich wie möglich zu sprechen. Am Anfang einer Unterhaltung gelang es ihr oft nicht gut.
»Leider ja, Frau Haselstetter«, sagte die Kommissarin. Und dann begann sie auch gleich. »Was wissen Sie über Gertrud Schenkels Sohn?«, fragte sie. »Was können Sie mir über Ernst Schenkel sagen?«
»Ernst Schenkel gibt es nicht«, antwortete sie. »Er ist tot.«
»Tot? Seit wann?«
»Seit dem Tag seiner Geburt oder besser der Nacht seiner Geburt.«
Die Kommissarin war eine nervöse Frau, fand Leni Haselstetter. Ihre Augen flackerten, ihre Bewegungen waren fahrig. Sie rührte den Strudel nicht an, ließ den Kaffee kalt werden. Auch nicht ganz frei von Problemen, die Gute, dachte das geschulte und erfahrene Gehirn der Krankenschwester. Aber Frau Schnee schien Leni Haselstetter gut zu verstehen, sie musste nie etwas wiederholen, immerhin. Und die Kommissarin nahm sich Zeit, trotz ihrer Unruhe. Leni Haselstetter brauchte auch Zeit. Nicht deshalb, weil sie langsam sprechen musste, sondern weil sie viel erklären musste.
»Frau Schenkel hat mich mit ihrem Sohn verwechselt«, sagte sie. »Ihr Sohn ist wohl mit einem ähnlichen Mund geboren worden, vielleicht lag es daran, wer weiß. Jedenfalls hat sie sich jeden Abend bei mir entschuldigt, sich vor mir

gerechtfertigt, aber sie hat mich auch beschimpft, dass ich ihr Leben ruiniert hätte.«

Sie musste der Kommissarin erklären, wie sie sich diese Unterhaltungen vorzustellen hatte: Nur selten standen Sätze im Zusammenhang, fast nie nahm etwas Gesagtes Bezug auf etwas vorher Gesagtes. Und am nächsten Tag begann alles wieder von vorne, andere Reihenfolge, andere Begriffe.

»Sie müssen sich das wie einen riesigen Sack mit Puzzleteilen vorstellen, der jeden Tag ausgekippt wird«, sagte sie. »Aber nur jedes fünfzigste Teil gehört überhaupt zu dem Bild, um das es geht. Die anderen sind Irrläufer. Ich habe ungefähr zwei Jahre zugehört, bevor ich begriffen habe, dass da überhaupt ein Bild verborgen ist, das man vielleicht zusammensetzen kann.«

»Und welches Bild ist das?«, fragte die Kommissarin.

Leni Haselstetter schob das Bündel Schulhefte über den Tisch in ihre Richtung. »Die können Sie mitnehmen, Frau Schnee. Ich habe irgendwann angefangen aufzuschreiben, was ich da hörte. Was ich meinte zu hören. Ich war ein paarmal drauf und dran, mit jemandem darüber zu sprechen, dem Heimleiter zum Beispiel. Sogar an die Polizei habe ich gedacht, ja wirklich.«

»Aber Sie haben es nicht getan …«

»Nein. Als ich pensioniert wurde, bei den netten kleinen Reden und dem Sekt, da habe ich noch mal daran gedacht.«

Die Kommissarin sah sie fragend an.

»Das Ganze ist zu lange her, und wer weiß schon, ob das Geschehen nicht nur im verwirrten Kopf von Frau Schenkel stattgefunden hat? Ich habe gedacht: Diese Geschichte gehört der Vergangenheit, dort soll sie bleiben. Und wenn wirklich mal jemand wissen muss, was passiert ist, dann wird er mich finden.«

Sie erklärte der Kommissarin, dass es eine sternklare Nacht gewesen sein musste, als Gertrud Schenkel den Jungen, den sie Ernsti nannte, aus ihrem Bauch presste, zu Hause in einer Art Baracke, auf einer Matratze liegend. Davon habe sie immer wieder gesprochen, dass es eine so besonders schöne Nacht gewesen sei. Das war einer der sicheren Puzzlesteine.

»Lange Zeit habe ich gedacht, sie hat ihr Kind verloren, eine Fehlgeburt, wissen Sie, Frau Kommissarin, eine Totgeburt. Weil sie immer von dem toten Baby gesprochen hat, dem toten Baby, das gelächelt hat in ihrem Arm. Dessen Mund nicht aufgehört hat zu lächeln.«

An dieser Stelle musste Leni Haselstetter eine Pause machen. Sie spürte die Tränen hinter ihren Augen.

»Aber dann habe ich begriffen, dass sie den Buben umgebracht hat, erstickt mit einem Handtuch. Hat die Nabelschnur durchgeschnitten und dann das blutige Handtuch dem Buben aufs Gesicht gedrückt.«

Sie deutete auf die Hefte, erklärte, sie hätten eine chronologische Reihenfolge. Dass man nachvollziehen könne, wie sie das Puzzle zusammengesetzt hatte, einschließlich aller Irrwege.

»Was hat sie mit dem Kind gemacht?«, fragte die Kommissarin.

»Ein Junge nebenan hatte an dem Tag eine Kiste gezimmert aus neuen Brettern, er wollte Räder dran schrauben oder so was und war am nächsten Tag stinksauer, weil sie verschwunden war. In diese Bretterkiste hat sie das tote Baby hineingelegt und ist in die Nacht hinaus, in den Wald, keinen Mann und kein Geld, und jetzt ein Kind und dann noch ein krankes, es ist besser für dich, du hättest es nie geschafft, Ernsti. Solche Sachen hat sie zu mir gesagt. Und geflucht hat sie manchmal, und an einem anderen Abend hat sie geweint.«

Die Kommissarin war inzwischen sehr still geworden und sehr blass.

Leni Haselstetter hatte das Gefühl, dass sie unter Schock stand. »Sie sollten etwas essen, Frau Schnee, das würde Ihnen guttun«, sagte sie. »Und etwas trinken. Ich kann Ihnen auch einen Tee machen, wenn Sie keinen Kaffee mögen.«

»Wo ist sie mit dem Kind hin?«

Leni merkte, dass eine Unterbrechung nicht möglich war. »Ich weiß ja gar nicht, wo die ganze Sache stattgefunden hat«, fuhr sie fort. »Ich meine, in welcher Gegend, nicht mal, in welchem Land. Es muss eine große Baustelle in ihrer Nähe gegeben haben, dort standen mehrere Lastautos, Kies auf der Ladefläche. An jedem war ein Zettel befestigt mit einer Nummer darauf. Der Wagen mit der Nummer sechs war ihr am nächsten. Immer wieder hat sie davon geredet, wie hoch der war, dass man eine Leiter gebraucht hätte, sie aber keine hatte. Dass sie die Kiste nehmen musste, sich draufstellen, mit dem Baby hochklettern, dann die Kiste nachziehen. Zurück ist sie dann runtergesprungen und hat sich den Knöchel gebrochen. Wegen dir, Ernsti, nur wegen dir, das hat sie auch mal zu mir gesagt.«

»Sie hat das Baby auf der Ladefläche wieder in die Kiste gelegt und mit Kies zugedeckt?«

»Ja. So habe ich das herausgelesen.«

»Und Gertrud Schenkel hat nie davon geredet, an welchem Ort das stattgefunden hat?«

»Nein. Die Zeit meine ich ungefähr sagen zu können, Mitte, Ende der fünfziger Jahre. Aber den Ort weiß ich nicht.«

Fast zwei Stunden waren vergangen, als die Kommissarin

schließlich aufstand, die Schulhefte mit den Aufzeichnungen an sich nahm und ging. Viele Worte machte sie nicht.

»Auf Wiedersehen«, sagte die Kommissarin.

»Auf Wiedersehen, Frau Schnee«, sagte Leni Haselstetter. »Können Sie mir denn sagen, um was es geht?«

Aber da war die Tür schon ins Schloss gefallen.

*

Es war Sturm vorhergesagt für heute Abend. Als Eva Schnee in Kressing von der Autobahn abbog und das Radio ausschaltete, konnte sie die zunehmenden Windgeräusche hören. Sie begann zu frieren, drehte die Heizung hoch und griff nach ihrem Parka auf dem Rücksitz. An der Einfahrt zur Kiesgrube hielt sie kurz an und zog den Parka an. Ich bin nicht verrückt, dachte sie, als sie den Wagen wieder in Bewegung setzte. Und ich bin eine gute Polizistin.

Zufahrt verboten. Unbeaufsichtigtes Baugelände. Lebensgefahr. Bagger, die wie riesige Käfer aussahen. Knirschende Reifen unterm Arsch. Worte, die im Hirn klebten: *Es ist besser für dich; du hättest es nie geschafft, Ernsti. Alle wussten, warum sie starben. Suchen Sie jemanden, Frau Kommissarin?*

Sie fuhr den Wagen ganz nach vorn, bis zum Zaun, der um das Haus gezogen war. Was sie sah: die leeren Blumenkästen, den überwucherten Vorgarten, die dunkelgrüne Haustür, die offen stand. Was sie dachte: Ich weiß, was ich tue.

Sie hatten relativ schnell herausgefunden, was es mit den nummerierten Lastwagen auf sich hatte. August Maler hatte in seinen Unterlagen eine Gesprächsnotiz mit dem Bauarbeiter gefunden, der damals in der Siedlung gearbeitet hatte und zum Glück noch lebte. »Der hat sich sofort an alles erinnert«, hatte Maler gesagt, nachdem er mit ihm telefoniert hatte. Die Kläranlage hatte zwanzig Becken. Am Abend, bevor sie zugeschüttet werden sollten, hatten zwanzig vollbeladene Kieslaster auf der Baustelle gestanden. Jedem war ein Becken zugewiesen worden, damit die unappetitliche Aktion am nächsten Morgen möglichst schnell vonstatten gehen konnte. Lastwagen Nummer sechs hatte seine Ladung in Becken Nummer sechs gekippt.

Sie stieg aus dem Auto und ging auf die Haustür zu.

»Herr Schenkel? Ich bin's, Eva Schnee«, rief sie laut. Aus den Augenwinkeln bemerkte sie plötzlich den Lichtreflex von glänzendem Metall. Sie trat ein paar Schritte zur Seite und sah, dass dort neben dem Haus, unter einem kleinen Unterstand ein Motorrad abgestellt war. Es war eine schwarze, gepflegte Moto Guzzi California aus den siebziger Jahren. Eva Schnee wusste das, weil das der Typ Motorrad war, mit dem laut Zeugenaussagen der Mörder von Angela Börne gekommen war.

»Herr Schenkel?«

Sie berührte den Sitz des Motorrads. Dann ging sie wieder zur Vorderseite des Hauses und betrat die Küche. Sie wirkte wieder relativ sauber und aufgeräumt. Auf dem Tisch stand eine Kanne und eine Tasse, außerdem Zucker und ein Milchkännchen. Als sie näher trat und die Kanne berührte, merkte sie, dass sie warm war.

»Herr Schenkel? Sind Sie da?«

Der Wind stieß ein Fenster auf. Die Gardine wehte in den Raum.

Eva Schnee setzte sich an den Tisch, holte ein Stück Papier aus ihrem Parka, ein amtliches Schreiben, und legte es auf den Tisch. »Das ist die Genehmigung für eine aufwändige Polizeiaktion, die morgen früh stattfinden wird«, sagte sie laut. Ich weiß, was ich tue, dachte sie.

»Ich bin hinter den Urknall des Ernst Schenkel gekommen«, sagte Eva Schnee. »Ich weiß, wer er war und warum er sterben musste. Ich weiß, was Sie meinten, als Sie von der Siedlung als Ihrem Grabstein sprachen. Gertrud Schenkel hat ihren Sohn getötet. Sie hat ihn mit einem Handtuch erstickt.«

Es war vollkommen still in diesem Haus, fast schien es, als wären sogar die Windgeräusche irgendwie ausgesperrt. Oder hatten sie nachgelassen? Die Gardine an dem offenen Fenster schwang hin und her.

»Jakob hat geträumt, dass er an der Isar endlich wieder seinen neuen Freund getroffen hat«, sagte sie. »Der hat ihm im Traum gesagt, dass er wegziehen musste, dass er nicht mehr kommen kann. Herr Schenkel, sind Sie da?«

Sie griff nach der Kanne, die jetzt kalt war, und schenkte Kaffee in die Tasse. Aber das war kein Kaffee, das war eine eklige verschimmelte, stinkende Flüssigkeit. Und jetzt sah sie die dicke Staubschicht auf dem Tisch.

Nehmen Sie Ihre Medikamente, Frau Schnee? Ich bin nicht verrückt. Ich bin eine gute Polizistin. Ich weiß, was ich tue. Und ich werde das zu Ende bringen. Die Kriminalkommissarin Eva Schnee wird das zu Ende bringen.

In dem verlassenen Haus in der Kiesgrube begann die Kriminalkommissarin Eva Schnee zu sprechen. Sie sprach konzentriert und sachlich. Ihre Stimme klang ruhig und vertraut, sie zitterte nicht und schwankte nicht, Eva Schnee konnte sich auf sie verlassen. Das war ein gutes Gefühl.

Sie berichtete all das, was sie über jene Nacht in Erfahrung hatte bringen können. Aus den Aufzeichnungen und Aussagen der Zeugin Haselstetter und den Ermittlungen.

»Ihre Mutter hat kurz darauf psychische Probleme bekommen. Sie hat ihren Verstand verloren, wie man damals formulierte. Sie wurde zweimal im Ort aufgegriffen, weil sie schrie, ihr toter Sohn würde sie quälen und wolle sich an ihr rächen. Man sperrte sie in eine psychiatrische Anstalt, und sie kam nie wieder zurück in ein anderes Leben. Hören Sie mich, Ernst Schenkel?«

Sie war jetzt am Ende ihres Berichtes angelangt und aufgestanden. »Die Experten der Polizei haben mit Hilfe von alten Plänen die Lage des Beckens Nummer sechs eruiert. Morgen früh wird eine Planierraupe die Hälfte eines der Bungalows wegschieben, Pressluftämmer werden das Kellerfundament aufbohren. Schaufeln werden graben. Das Rätsel des Kindes. Sie sehen, ich interessiere mich für die Wahrheit. Und ich werde mit ihr leben, auch wenn es eine ist, die in keine Polizeiakte der Welt aufgenommen werden kann.«

In der Tür blieb sie stehen, wandte sich noch einmal in den leeren Raum um. Sie wusste, dass sie nie einem Menschen erzählen konnte, was sie hier sagte und tat. Vielleicht war auch das jetzt nur ein Traum? Wusste sie es? Setzte ihr Gehirn das alles nur so zusammen, um ihr zu helfen? Damit sie die Siedlung loswerden konnte? Ihren Sohn in Sicherheit zu bringen glaubte?

»Ist das Motorrad da drüben ein Geständnis für mich?«, sagte sie laut. »Soll ich begreifen, dass Sie es waren, der Angela Börne erschossen hat?«

Sie stapfte durch die hohen Gräser, die überall wucherten, zu ihrem Wagen. Stieg ein, startete den Motor, wendete und gab Gas. Sie zwang sich, nicht ein einziges Mal in den Rückspiegel zu schauen.

Es war tatsächlich stürmisch jetzt, im Radio wurden vermehrte Feuerwehreinsätze und Staus wegen umgestürzter Bäume gemeldet. Auf der Autobahn herrschte dichter Feierabendverkehr.

War sie enttäuscht, dass sie niemanden angetroffen hatte in dem Haus in der Kiesgrube? Sollte sie sich diese Frage überhaupt stellen?

Sie beorderte per Telefon eine Streife in die Kiesgrube, zur Sicherstellung von Beweismaterial. Sie sagte, sie sei sich nicht ganz sicher, aber sie habe dort das Motorrad gesehen, nach dem sie suchten. Schon eine Stunde später kam die Nachricht, da müsse sie sich getäuscht haben. Auf dem Grundstück und in dem verfallenen Gebäude sei weit und breit kein Motorrad zu finden gewesen.

Tag 21 der Ermittlungen
Mittwoch, 30. September

Sie rannte und rannte und rannte. Das alte Foto von Muhammad Ali an der Wand ihres Fitnesscenters war abgefallen, hatte auf dem Fußboden gelegen, als sie angekommen war. Jetzt klebte es wieder an seinem Platz. Sie stellte das Laufband immer schneller ein, und schließlich rannte sie auf das Grinsen des besten Boxers aller Zeiten zu, als wäre der Teufel hinter ihr her. Und mit dem Schweiß lief die unruhige Nacht aus ihrem Körper, das Gift der letzten Tage und Wochen. Sie war nicht verrückt, das hatte sie jetzt sogar schriftlich. Frau Schlaf hatte Frau Schnee freigesprochen. Roloff hatte es ihr gestern Abend noch vorgelesen. Und er hatte mit einem Lächeln erzählt, dass Frau Schlaf ihm persönlich zu der wunderbaren Kollegin gratuliert habe. Vielleicht hatte sich Frau Schlaf ein bisschen in Frau Schnee verliebt? Oder war dieser Gedanke jetzt den Endorphinen geschuldet, die durch ihr Blut schossen?

Hundertzwanzig Minuten, dann erst stellte sie das Laufband ab. Sie schwitzte in der Sauna noch mal fünfzehn Minuten, und anschließend blieb sie so lange im eiskalten Tauchbecken, bis ein Mann, der am Rand wartete, fragte: »Suchen Sie da drin die Titanic?« Zur Vergeltung starrte er besonders unverhohlen auf ihre Titten, als sie an ihm vorbeimusste.

Sie schlüpfte in ihre Jeans und den nagelneuen dunkelblauen Kaschmirpullover, den sie gestern mit Milan gekauft hatte. Er hatte einen guten Geschmack, fand sie. Wahrscheinlich hatten alle Kunstexperten einen guten Geschmack, sie würde sich jedenfalls jetzt danach richten. Gestern hatte sie die »Love Killer«-App von ihrem Telefon gelöscht. Sie hatte beschlossen, die Spionage aufzugeben. Der Mann tat ihr gut. Fertig. Normalität. Vertrautheit. Sicherheit. Die Katastrophen passierten von allein, man musste sie nicht suchen.

Es war zwölf Uhr mittags, immer noch windig wie gestern. In der ganzen Stadt tanzten bunte Blätter. Im Wagen stöpselte Eva Schnee ihr Telefon an und stellte die Musik auf zufällige Wiedergabe, was sie sonst nie tat. Sonst wählte sie eher nach dem Prinzip aus: Jede Situation hat ihre Songs. Auf dem Weg Richtung Alpen hörte sie jetzt die kuriose Mischung aus Hardrock, Elektropop, Schlagern und klassischer Musik, die sich da angesammelt hatte. War sie als Person auch so? Viel Vergnügen, Milan. Oder brauchte sie einfach als zusätzlichen Lover noch einen Musikwissenschaftler, um besseren Geschmack zu entwickeln?

Als sie in die Siedlung einbog, sah sie an den unruhigen Bewegungen der Beamten sofort, dass sie etwas gefunden hatten. Sie steckten in weißen Schutzanzügen, manche hatten einen Mundschutz vorm Gesicht. Sie transportierten etwas zu einem kleinen Plastikzelt, das sie aufgespannt hatten. Ein großer Mann in einer leuchtend roten Jacke kam Eva Schnee entgegen, stellte sich vor und führte sie zu dem Zelt. Er musste sich im Eingang stark bücken, sie auch. Auf dem Boden des Zeltes war ein weißes Tuch ausgebreitet. Auf ihm lagen mehrere kleinere Klumpen Erde, davor kniete eine Beamtin. Sie war damit beschäftigt, mit Hilfe eines Pinsels die Erdklumpen zu bearbeiten. Links von ihr konnte man schon erste Resultate erkennen. Was da auf der Decke lag, von Erde befreit, waren kleine Knochen. Und ein winziges Rückgrat. Eva Schnee spürte ein flaues Gefühl im Magen.

»Es handelt sich um das Skelett eines Tieres«, sagte der Mann in der roten Jacke. »Ein Hund, ein Fuchs vielleicht, das finden wir noch heraus.«

»Sind Sie sicher?«

»Es ist ganz sicher kein Mensch, Frau Kommissarin.«

»Und das ist alles, was Sie gefunden haben?«

»In den zwei Plastikwannen draußen liegen noch ein paar undefinierte Holzstücke, aber die waren sehr verstreut und sind zu unterschiedlich, sie waren bestimmt nicht Teil ein und derselben Kiste. Wollen Sie die sehen?«

»Nein, danke«, sagte Eva Schnee, wandte sich ab, nickte den Beamten zu und verließ das Grundstück.

Sie ging an ihrem Wagen vorbei und bog in einen der schmalen Wege der Siedlung ein. Eva Schnee fühlte sich leer und verbraucht. Das Rätsel des Kindes. Wieder eine Spur, die im Nichts endete? War sie jetzt an derselben Stelle angelangt, an der August Maler sich so lange im Kreise gedreht hatte?

»Unter den Kiefern.« Kesslers Bagger würden erst im Frühjahr anrücken. Noch lagen die Bungalows unberührt im herbstlichen Licht. Wie eh und je aufgereiht in strenger Formation, aber verlassen und heruntergekommen. Zeichen einer anderen Zeit – und Zeugen einer unheilvollen Geschichte. Würde diese Geschichte mit den Häusern verschwinden? Konnten Bagger auch Geschichten abreißen wie Mauern? Hatte die Wahrheit eine Halbwertszeit wie ein zerfallendes Molekül? War alles einfach zu lange her, um je aufgeklärt zu werden? Nur noch ein fernes Echo in den Gehirnen alter Menschen?

Plötzlich blieb Eva Schnee stehen.

Der hat sich sofort an alles erinnert.

Wer hatte diesen Satz gesagt? Maler. Nach seinem Telefonat mit dem Arbeiter. *Der hat sich sofort an alles erinnert* ... Sofort. An alles ... Mehr als fünfzig Jahre später erinnert sich ein Bauarbeiter sofort? An alles?

Ein Fensterladen wurde vom Wind erfasst und drehte sich mit einem Quietschen. Das Rätsel des Kindes ...

Eva Schnee machte kehrt und ging zu ihrem Wagen zurück. Sie beschleunigte ihren Schritt und ließ sich am Handy vom Präsidium die Adresse und Telefonnummer des Mannes geben, der den Lastwagen Nummer sechs gefahren hatte.

Vor sechzig Jahren

Walter Konitzka sperrte die Stahltür des Magirus Deutz auf und kletterte hinein. Er legte die Blechdose mit seinem Vesperbrot auf die Beifahrerbank, drehte die Thermoskanne auf und schenkte Kaffee in den Deckel. Heiß war der, süß, mit viel Milch drin. Der Duft mischte sich mit dem Geruch von Maschinenöl, altem Kunststoff und Baustellenstaub. Es war halb sechs Uhr morgens, und es wurde gerade hell. Um sechs sollte die Arbeit losgehen. Konitzka liebte diese halbe Stunde allein im Lastwagen. Er kam jeden Morgen zu früh, trank seinen Kaffee, schaute zum Fenster hinaus auf die Welt. Was man da so alles sah. Einmal hatte er eine Kuh gesehen, die sich auf die Baustelle verirrt hatte. Einmal war ein Ehepaar an ihm vorbeigegangen, das fürchterlich gestritten hatte. Und ihn ging das alles nichts an. Das Führerhaus des Magirus war wie eine Festung. Die Höhe, die lange Motorhaube, die schmalen Fensterschlitze – niemand sah ihn, niemand sprach ihn an. An diesem Morgen schaute Walter Konitzka auf den Waldrand, wo die Kiefern standen. Vielleicht würde er ein Tier sehen, ein Reh, einen Dachs? Aber das Licht war ungünstig, es kam nicht von hinten, sondern von vorn, schlecht, um die Unterschiede auszumachen zwischen dem Hals eines Rehs und den Baumstämmen.

Gestern hatte es wieder Ärger mit seiner Verlobten gegeben, weil er so ein Eigenbrötler sei, wie sie immer sagte. Am liebsten allein und viel zu schnell zufrieden mit allem. Was war so schlecht daran, zufrieden zu sein?

Die Sonne kam als orangeroter Ball über die Baumwipfel, die Vögel zwitscherten, der Kaffee schmeckte köstlich. Draußen waren die ersten Türen der anderen Fahrer zu hören, die in die Lastautos kletterten. Walter Konitzka schaltete die Zündung ein. Man musste fast eine Minute vorglühen, um den riesigen Dieselmotor anzulassen. Er legte den Daumen auf das kleine Metallgitter neben dem Lenkrad. Dahinter war der Glühdraht. Konitzka wusste genau, wie heiß sein Daumen werden musste, um zu starten. Mit einem nagelnden Geräusch sprang der Motor an. Konitzka kontrollierte die Anzeige für den Druck der Luftdruckbremsen, wartete auf das erste Zischen, mit dem die Luft aus dem Überdruckventil entwich.

Alle Fahrer wussten genau, was zu tun war. Sie hatten sich die Becken der Klärgrube gestern Abend angesehen, als sie ihre mit Bauschutt und Kies beladenen Lastautos geparkt hatten. Heute war der Wind gutmütig und trug den Gestank der Scheiße Richtung Fluss. Aber gestern, du lieber Himmel. Konitzka hatte sich den Ärmel seines Pullovers vor die Nase gedrückt. Rückwärts ran ans Becken und dann kippen. Becken sechs war seins. Das ganze Gelände drum herum war abgeholzt und frei, man musste nicht kompliziert rangieren. Eine Bungalowsiedlung sollte hier später gebaut werden. Konitzka hatte fragen müssen, was das war, ein Bungalow.

Als er das Geräusch hörte, dachte er zuerst, es sei sein

Magen. Der machte manchmal so hohe winselnde Geräusche, wenn der heiße Kaffee eintraf. Aber das Geräusch kam nicht aus seinem Bauch, und es war fast ein Wunder, dass er es hörte. Die Motoren der LKWs liefen jetzt alle, und die Vögel waren laut. Aber da war noch ein anderes Geräusch, und es kam von hinter ihm. Konitzka öffnete die Plane an der Rückseite des Führerhauses, stieg auf seinen Fahrersitz und blickte über seine Ladung. Jetzt hörte er es eindeutig, es kam vom hinteren Ende der Ladefläche. Konitzka kletterte hinaus und bewegte sich dorthin, Schritt für Schritt, auf dem Kies laufen war anstrengend. Er sah, dass sich die Lastwagen um ihn herum schon in Bewegung setzten.

Die Kiste schaute ein Stück aus dem Kies heraus, deshalb sah er sie gleich. Er musste nur ein paar Steine zur Seite schieben, und es war ganz leicht, den Deckel abzunehmen. Trotz der Blutflecken und des Schleims erkannte Konitzka sofort, was da in ein Handtuch gewickelt war.

Als Lastwagen Nummer sechs wenige Augenblicke später auf die Klärgrube vor dem Kiefernwald zurollte, lag die Holzkiste im Fußraum des Beifahrers. Der Sechszylindermotor arbeitete laut und übertönte das Geräusch aus der Kiste.

Heute

Tag 21 der Ermittlungen
Mittwoch, 30. September

»So war das«, sagte Walter Konitzka. Und er wiederholte es noch einmal. »So war das.« Er strich beim Sprechen mit den Händen über seine Oberschenkel. Eine gleichmäßige Bewegung, vor und zurück.

»Ich hab mir das Kind gar nicht angeschaut, wollt' gar nicht so genau hinschauen«, sagte er. »Ich hab gedacht, das stirbt, klar. Ich musste zu meinem nächsten Auftrag und hab die Kiste im Wald abgelegt, bisschen Zweige drauf, Deckel einen Spalt offen für die Luft. Warum, ja warum hab ich das gemacht ... Weiß der Himmel ... Abends bin ich dann doch wieder hin. Hab nix gehört. Ist tot, hab ich gedacht, muss ich begraben. Aber dann hat's wieder gewimmert.«

Eva Schnee hatte noch nie so breite Hände gesehen. Jede Fingerkuppe hatte einen erstaunlichen Durchmesser, und sie musste daran denken, dass es für Walter Konitzka wohl unmöglich wäre, mit diesen Fingern ein Smartphone zu bedienen. Aber sie konnte sich keinen Gegenstand vorstellen, der hier mehr fehl am Platze gewesen wäre.

»Ich hab an dem Abend einen Sack Sägemehl im Laster gehabt, wir sind ja damals viel Holz gefahren fürs Sägewerk.

Den habe ich dann geholt, und das Mehl in die Kiste getan, damit der Bub es wenigstens weich hat, hab ich gedacht.«

Walter Konitzka war fast neunzig Jahre alt. Ein viereckiger Mann mit einem sonnengebräunten Gesicht und immer noch graubraunen, nicht weißen Haaren. Eva Schnee war über zwei Stunden gefahren, von der Siedlung, wo die Ausgrabung nur ein Tierskelett zutage gebracht hatte, bis hierher nach Niederbayern, Landkreis Pfaffenberg. Konitzka bewohnte eine kleine Wohnung auf einem Bauernhof.

Es war nicht schwer gewesen, ihn zum Reden zu bringen. Im Gegenteil. »Ich hab erst gestern Abend dran gedacht, ob ich die Geschichte wohl ins Grab mitnehme oder doch noch jemand erzähle«, hatte Konitzka gesagt, als sie ihm gegenüber Platz genommen hatte. Sie dachte an die Krankenpflegerin Leni Haselstetter, die fast dasselbe gesagt hatte. Stellen wir Polizisten die falschen Fragen?, dachte sie. Oder braucht die Wahrheit den richtigen Zeitpunkt?

»Am Morgen war er immer noch da, der Bub. Da bin ich dann in den Lebensmittelladen und hab paar Sachen gekauft. Milch, was weiß denn ich, Brot ... Ich hab was zusammengerührt und ihm abends gegeben, mit dem Finger.«

Walter Konitzka war ein einfacher Mann mit einer klaren, einfachen Sprache. Es würde keine Mühe machen, die Aufnahme des Gesprächs später zu protokollieren, registrierte Eva Schnee.

»Ich hab ja gedacht, der stirbt, der Bub. Aber immer, wenn ich gekommen bin, hat er noch gelebt. Windeln hab ich keine gekauft, das hab ich mit Sägemehl gemacht. Einfach das alte weggekippt. Gewaschen hab ich ihn an der Isar, reingehalten, bissl abgerieben, hat ja nix gewogen, der Kleine. Immer ausgeschaut, als würde er lächeln. Wegen der Spalte in der Lippe ...«

Eva Schnee saß auf einem Stuhl, den sie vom Küchentisch hergeholt hatte. Konitzka saß in einem Ledersessel, ziemlich neu, er hatte ihn sich gerade geleistet, wie er sagte. Die Glastür zeigte auf eine kleine Terrasse, wo ein dreibeiniger Grill in der Abendsonne stand.

Eva Schnee hörte die Stimme des Lastwagenfahrers Walter Konitzka und spürte, wie sich eine Wahrheit ausbreitete, die das Schicksal so vieler Menschen bestimmt hatte.

»Dann hab ich Schmelzflocken gekauft, so hat das geheißen, richtige Babymilch hat es noch nicht gegeben. Nur Babygrießbrei, der war ganz neu ... Morgens und abends bin ich hin zu ihm. ›Laster Nummer sechs‹ hab ich zu ihm gesagt, ich hab ja seinen Namen nicht gewusst, manchmal auch nur ›Laster‹. Ich hab dann eine kleine Hütte gebaut, an einer anderen, besser versteckten Stelle. Und immer hab ich gesagt: Dich gibt's gar nicht, dich darf's gar nicht geben. Aber das hat er nicht verstanden, der war zu klein.

Weihnachten bin ich auch hin, hab was gesungen, muss man, Stille Nacht, was weiß ich. Winter war schwer, morgens und abends hab ich heiße Ziegel gebracht, die ich auf meinem Ofen gewärmt hab. Alles hat der Bub überstanden. Ich hab die Frauen immer ganz neugierig ausgefragt, die Mütter nach ihren Babys. So hab ich mir die Informationen besorgt. Erste Zähne, mein Gott. Du darfst nicht so schreien, hab ich gesagt, dich gibt's gar nicht ...

Größere Hütte hab ich dann gebaut, logisch. Sägemehl wollte er trotzdem, auch als er schon draußen im Wald aufs Klo ist. Du darfst nicht raus, nur wenn keiner da ist, hab ich gesagt. Die wollen, dass du tot bist, und wir wissen nicht, wer das will. Dich gibt's nicht.

Ich bin da so reingeschlittert. Weil ich immer gedacht hab, der stirbt sowieso. Und dann ist er nicht gestorben ... Und die Zeit ist vergangen, und ich hab immer gedacht, ich muss ihn irgendwem geben, aber wem ... Und dann hat er geredet, und ich hab ihm Laufen beigebracht ... Und ich hab mich dran gewöhnt, morgens und abends, und am Sonntag, wenn ich frei gehabt hab, war ich den ganzen Tag bei ihm ... Meine Verlobte hatte sich da sowieso schon einen anderen genommen. Die Sonntage ... das war schön, daran denk ich oft. Da sind wir dann später spazieren gegangen, der Laster und ich, tief im Wald, er an meiner Hand, fast wie Vater und Sohn ...

Der Bub war mein Geheimnis, und er war ... er war mein Leben, ja, so kann man das schon sagen. Andere haben einen Hund oder eine Katze, um die sie sich kümmern ... Ich hatte den Buben ... Wenn ich gekommen bin, hat er sich gefreut.«

Eva Schnee unterbrach den Mann nur ganz selten mit einer Frage, wenn er sich zu sehr in Details verlor, über Dinge, die er gebaut hatte, zum Beispiel, ein kleines Bett, ein Schaukelpferd. Manchmal, nicht oft, sagte er etwas über sich und sein Leben. Eva Schnee erfuhr, dass er schon vor langer Zeit aus der Gegend von Forstham weggezogen war, dass er nie eine Familie gehabt hatte.

»Die Arbeit, die Natur, das hat mir gereicht ... und später nach der Pension bin ich viel angeln gegangen. Das Sitzen und auf das Wasser Schauen, das gefällt mir.«

Eva Schnee wünschte, sie hätte sich ein paar Moleküle dieses Mannes implantieren lassen können. Das Leben nehmen, wie es kommt, tun, was als Nächstes zu tun ist. Die Schläfen still halten. Aber dann sah sie, dass die Bewegungen der Hände auf den Oberschenkeln unruhiger wurden, hörte, dass Konitzkas Atem schneller ging, sein Blick flackerte. Das Ende seiner Geschichte setzte ihm zu.

»Immer hab ich gesagt, du darfst nicht raus, Lastwagen Nummer sechs ... Aber dann ist er scheinbar doch raus ... Er war ja auch schon vier ... Hätt ich ihn anbinden sollen? Nein ... Plötzlich war er nicht mehr da. Ich bin morgens hin, abends, auch zwischendurch. Er war weg ... Ich bin den Wald abgegangen bis in die Nähe der Baustelle von der Siedlung ... ich hab den Bub nicht gefunden ... Paar Wochen, nein, Monate habe ich gesucht, was weiß ich ... Sogar beim Fahren hab ich überall geschaut, ob ich ihn seh. Hab überlegt, ob ich was sagen soll, was melden soll, aber was, wem?

Und dann auf einmal stand da so eine Frau im Wald, so eine junge, kleine, völlig verwirrte. Stand vor der Hütte und hat mich angestarrt. ›Bist du der Teufel?‹ Das hat die gesagt. ›Hast du das tote Kind hierhergebracht?‹ Und sie hat gesagt, dass sie es mitgenommen hat zu sich, weil es ihr Kind ist, weil sie das genau weiß, dass das ihr totes Kind ist und dass ich der Teufel bin und dass wir alle sie nur quälen wollen, das tote Kind und ich ... Sie hat so geschrien, und ich war so erschrocken, dass ich weggelaufen bin ... Ist er doch gestorben, der Bub, hab ich gedacht, und diese Verrückte hat ihn gefunden ... Ich bin erst paar Tage danach wieder zu der Hütte. Abgerissen habe ich sie, ging leicht, waren ja nur paar Bretter. Hab sie in den Fluss geworfen ...

Später hab ich gehört, dass so eine verrückte Frau in Forstham aufgegriffen wurde, die immer von ihrem toten Sohn geredet hat. Die hat man eingesperrt. Aber da hatte ich schon die neue Stelle in Landshut in Aussicht. Nix wie weg hier, hab ich gedacht.

Die Morde in der Siedlung? Ja natürlich hab ich von denen erfahren, da war ja auch ein Kommissar bei mir. Ich war nach einem Unfall im Krankenhaus in Landshut. Ich hab schon gedacht, vielleicht hat das was mit meinem Buben zu tun ... Aber das war fast vierzig Jahre später ... Was weiß ich, er hat nichts gefragt, und ich hab nichts gesagt.

Einmal, als mich eine Fahrt in die Gegend gebracht hat, an einer Ampel, das weiß ich noch, da hat einer aus dem Auto zu mir rübergeschaut. Der hatte genauso blaue Augen wie der Bub. Das war ein wahnsinniges Blau. Da hab ich gedacht, vielleicht ist er das. Vielleicht hat er ja doch überlebt.«

Bevor Eva Schnee sich verabschiedete, erfuhr Walter Konitzka, dass der Junge tatsächlich am Leben geblieben war, dass die Kommissarin mit ihm gesprochen hatte, dass er immer noch diese Augen hatte. Sich selbst im Zaum zu halten, seine Gefühle – davon verstand Eva Schnee etwas. Deshalb sah sie genau, dass Konitzka mit den Tränen kämpfte. Hatte er jemals in seinem Leben geweint? Die Tränen kamen auch heute nicht, aber der Kampf war zu beobachten. Und führte dazu, dass Eva Schnee selbst wieder ihren Trick anwenden musste, um sich zu beruhigen. *Konzentrier dich auf irgendein Detail.*

Noch nie hatte sie so breite Hände gesehen mit Fingerkuppen, die an Hubschrauberlandeplätze erinnerten. Und sie fragte sich jetzt: Brauchte man beim Angeln für das Auffädeln der Haken und Köder nicht ein Mindestmaß an Fingerspitzengefühl?

Im Polizeiprotokoll sollte das Ende der Vernehmung Walter Konitzkas später mit 20 Uhr 12 vermerkt werden. Es war dunkel, als Kommissarin Eva Schnee auf der Autobahn Richtung München fuhr. Sie griff nach ihrem Telefon und wählte die Nummer von Milan.

»Das wird heute nichts, leider«, sagte sie. »Du musst den Tisch abbestellen oder die Nachspeisenkarawane alleine essen.«

»Warum?«, fragte er. »Was ist los?«

»Geht dich nichts an.« Sie hörte einen Seufzer. »War ein Scherz«, sagte sie.

Danach wählte sie eine andere Nummer. Die einer Prepaidkarte. Die IT-Experten waren doch noch fündig geworden: Sie hatten die Nummer nach der letzten SMS des Absenders »EEE« mit einem komplizierten Programm verfolgt. Bei Eva Schnees bisherigen Versuchen hatte niemand abgenommen. Jetzt war die Verbindung plötzlich da. Aber am anderen Ende war nur Schweigen.

»Herr Schenkel?«

Stille.

»Ich komme jetzt zur Kiesgrube«, sagte Eva Schnee und hörte, wie am anderen Ende aufgelegt wurde.

*

Die Grube war ein schwarzes Loch. Nur der Weg vor ihr im Scheinwerferlicht, sonst war nichts zu erkennen von den Kiesbergen, den ausrangierten Maschinen. Als sie auf das Haus zufuhr, blendete sie das Fernlicht auf.

Er stand in der Tür, drehte den Kopf aus dem weißen Halogenlicht. Eva Schnee nahm ihre Waffe aus dem Handschuhfach, steckte sie in die Tasche ihres Parkas, zögerte aber auszusteigen. Sie hätte nicht allein kommen dürfen, hätte Roloff anrufen müssen. Dann wüsste sie jetzt hinter sich drei Autos, mindestens. Der Motor des BMWs lief noch. Sie sah, dass Ernst Schenkel einen Arm vor die Augen hielt und in ihre Richtung blickte.

Aber dann wäre er nicht hier gewesen, da war sie sich sicher, die Blaulichter hätten ins Leere geblitzt. Er war ein Meister des Verschwindens, des Auf- und Abtauchens. *Mich darf es nicht geben, Frau Kommissarin.*

Er konnte sich nicht an Konitzka und die Holzhütte im Wald erinnern, so musste es sein, höchstens vage an Eindrücke, an Satzfetzen. Und an den Begriff »Laster Nummer sechs«. Und die Frau, die seine Mutter war, war auch nur eine Begegnung gewesen, ein Horrorflash, wie anzunehmen war. Eine Verrückte, die das kleine Kind einsperrte und dachte, es käme aus dem Jenseits. Einzig seinen Namen verdankte es dieser Begegnung. Ernst Schenkel war allein aufgewachsen, das war Eva Schnee jetzt klar, in den Baracken, im Wald, wer weiß, wo noch. Ein nirgends registriertes Kind, eine unbehauste Seele, die von einem einzigen Code gesteuert wurde: Dich darf es nicht geben. Sie hatte ein Foto von Walter Konitzka dabei, dem jungen Walter Konitzka. Und sie würde jetzt aussteigen und es diesem Mann zeigen. Der Akku ihres iPhones war aufgeladen, die Tonaufnahme der Vernehmung würde diesmal funktionieren. *Ich bin eine gute Polizistin.*

»Sind Sie diesmal sicher, dass Sie es nicht mit einem Geist zu tun haben?«, sagte Ernst Schenkel, als sie vor ihm stand. Er hielt eine Petroleumlampe hoch, so dass sie sein Gesicht beleuchtete. Die Lampe war Eva Schnee im Scheinwerferlicht des Wagens nicht aufgefallen.

»Mit wem habe ich es zu tun? Mit einem Verbrecher, einem Mörder?«, fragte sie und musterte sein Gesicht. Die vielen dünnen Fältchen, der Mund, der immer lächeln musste. Die auffälligen blauen Augen waren in diesem Licht zwei hellgraue, nasse Steine.

»Kommen Sie herein«, sagte er und ging voraus in die Küche.

Drinnen wirkte die Petroleumlampe erstaunlich hell. Eva Schnee sah einen kleinen Stapel Papier. Ernst Schenkel setzte sich auf den Stuhl davor, sie wählte den Platz, der am nächsten zur Ausgangstür war.

»Sie sehen so aus, als hätten Sie diesmal besseres Material dabei als die Tatsache, dass ich seit sechzig Jahren tot bin«, sagte er.

Eva Schnee nahm wieder den Geruch von frisch geschnittenem Holz wahr.

»Ja, das habe ich«, sagte sie, während sie ihr iPhone demonstrativ auf Aufnahme schaltete. »Und Sie? Wir haben eine Abmachung.«

»Ich weiß«, sagte er. Er nahm eines der Papiere vor ihm von dem Stapel, drehte das Blatt um und legte es vor Eva Schnee auf den Tisch.

Das Papier war ziemlich vergilbt, es war mit Hand beschrieben, mit Tinte, wie es aussah. Eine große, geschwungene, ausgesprochen schöne Handschrift. *Einladung zum Oleanderblütenfest*, stand da. Und etwas kleiner darunter: *Liebe Bungaloweigentümer, bitte kommt heute Abend am 10. Juni nach unserer kleinen Eigentümerversammlung bei Hutzaks um 23 Uhr zur Ebnerwiese. Ich möchte mit Euch beim Feuerschein anstoßen, weil ich Euch etwas Wichtiges sagen muss.* Und darunter etwas abgesetzt die Unterschrift. *Angela Börne.*

Ganz unten auf dem Papier stand noch ein Satz: *Unbedingt diese Einladung mitbringen! Hat seine Bedeutung!*

Eva Schnee sah Ernst Schenkel fragend an.

Er schüttelte leicht den Kopf. »Zuerst Sie, Frau Kommissarin«, sagte er.

Sie holte das Bild von Walter Konitzka aus der Tasche, legte es direkt vor ihm auf die Tischplatte und schob die Petroleumlampe etwas näher heran. Das Bild war klein, steckte in einem dunkelbraunen Holzrahmen. Es zeigte einen ernst blickenden jungen Mann, der wusste, dass er fotografiert wurde.

Ernst Schenkel betrachtete das Bild mit schmalen Augen. Sie konnte keine Regung erkennen. »Erzählen Sie«, sagte er, ohne den Blick von Walter Konitzka abzuwenden.

Sie begann zu sprechen und berichtete alles, was sie in Erfahrung gebracht hatte. Ernst Schenkel unterbrach sie mit keinem Wort, er starrte nur auf das Bild. Er verzog keine Miene, seine Hände bewegten sich nicht, sie lagen auf dem Tisch. Auch sein Körper bewegte sich nicht, der Stuhl unter ihm gab nicht das leiseste Geräusch von sich.

Als Eva Schnee nach ihrem Selbstmordversuch in der Klinik erwacht war, hatte sie viel Zeit damit zugebracht, auf die Infusionsflasche zu starren, die Tropfen für Tropfen einer hochwirksamen Flüssigkeit in ihren Körper fließen ließ. So kam sie sich jetzt vor: Wie eine Infusionsflasche, die einen bewegungslosen Körper versorgte.

»Schließlich hat Herr Konitzka die Hütte zu Kleinholz gemacht und es in die Isar geworfen.«

Mit diesem Satz schloss sie ihren Bericht. Wie lange saß Schenkel schweigend da? Eine Minute, zwei Minuten? Das Licht der Petroleumlampe schwankte ein wenig in der Intensität. Dann sprang er plötzlich auf, ein lauter Ruck, und er stand. Eva Schnee erschrak, griff nach ihrer Pistole, entsicherte sie und richtete sie auf ihn. Sie stand langsam auf. Er starrte sie an. Aber seine Augen blitzten nicht, er schien weit weg zu sein. Dann machte er eine abfällige Handbewegung, drehte sich um und holte etwas aus einer abgenutzten Umhängetasche, die auf der verfallenen Küchenplatte lag. Eva Schnee hielt die Pistole auf ihn gerichtet, als er zurückkam und einen kleinen Plastiksack vor ihr auf den Tisch stellte. Er setzte sich wieder auf seinen Stuhl.

»Sie brauchen die Pistole nicht«, sagte er. »Ich gebe Ihnen nachher noch meine. Die Pistole, mit der Angela Börne erschossen wurde. Die Waffe, das Motorrad und diese Aufnahme«, er nickte Richtung iPhone, »das dürften genug Beweise sein, oder?«

Eva Schnee setzte sich, sicherte ihre Waffe, behielt sie aber in der Hand auf dem Schoß.

»In diesem Plastikbeutel ist Sägemehl«, sagte er. »Ich habe immer Sägemehl bei mir. Frisches Sägemehl kann man überall bekommen, auch wenn man kein Geld hat. Man kann sich damit säubern, und man kann die Haut damit abreiben, das riecht gut. Andere haben Duftwasser dabei, ich Sägemehl.« Er sah sie an. »Dieser Geruch hat mir immer ein gutes Gefühl gegeben«, sagte er. »Ich habe mich nie gefragt, warum. Für mich war das selbstverständlich. Jetzt weiß ich, warum.« Er blickte auf das Foto, blieb still, aber dann lachte er, ein bösartiges kurzes Lachen. »Ich bin in einer Art Katzenklo groß geworden. Das ist noch mal eine Stufe weiter unten, noch unter den Krattlern, oder? Was meinen Sie, Frau Kommissarin?«

Eva Schnee vergewisserte sich des kühlen Metalls in ihrer Hand. »Warum mussten die Siedler auf der Ebnerwiese sterben, Herr Schenkel?«

»Wissen Sie, was es heißt, nicht zu existieren? Ich kann mich an diesen Mann auf dem Bild nicht erinnern. Nur an eine Stimme: ›Die wollen, dass du tot bist ...‹ Ich kann mich an diese Frau, die meine Mutter war und mich für einen Geist hielt, nicht erinnern. Ich war zu klein. Oder mein Hirn zu kaputt. Aber ich weiß, dass ich keinen Geburtstag hatte wie die anderen Krattlerkinder, keine Geschwister, keine Eltern, keine Baracke, und sei sie noch so armselig. Ich habe in Zwischenräumen gelebt, in Schuppen, auf Baustellen, in verlassenen Häusern, im Wald. In Zwischenräumen und Zwischenzeiten. Ich hatte keine Schulfreunde, ich war nie auf einer Schule ... Ein einziges Mal hatte ich einen Zettel in der Hand, auf dem stand, dass es mich gibt. Die Meldebescheinigung für dieses Haus hier, damals nur eine bessere Bauhütte. Einer der Grabowski-Brüder aus den Baracken arbeitete im Amt. Als ich das hörte, bin ich hin. Er hat mir das Ding ausgestellt. Sie haben mich mal gefragt, wovon ich lebe. Wovon lebt jemand, der nicht existiert? Er stiehlt. Ich bin der beste Dieb, den Sie sich vorstellen können. Ich stehle nur, was ich selbst brauche, davon gibt es überall genug.«

Eva Schnee wollte etwas fragen, aber er machte eine abwehrende Handbewegung. »Hören Sie zu, Frau Kommissarin. Es gibt nur diese eine Gelegenheit.«

Ernst Schenkel redete über die Siedlung. Wie sie gebaut worden war, wie die Krattler alles genau beobachteten und sich schon beim Bau überlegten, wie man in diese flachen Häuser einsteigen konnte, was man wohl stehlen konnte.

»Wissen Sie, warum alle Angst vor mir hatten? Der versoffene alte Kessler hatte mal einen kleinen Hund, der ihm zugelaufen war. Der hat mich ins Bein gezwickt mit seinen kleinen Zähnen. Ich hab ihn hochgehoben, seinen Kopf genommen und umgedreht, einmal rum. Und wissen Sie, was ich dabei empfunden habe: gar nichts. Brauchen Sie noch andere Beispiele? Jemanden wie mich sollte es vielleicht wirklich nicht geben.«

Schenkels Stimme blieb in einem fast mechanischen Modus, ohne Aufs und Abs. Er berichtete, wie die erste Familie in die neue Siedlung eingezogen war, die Familie Börne. Und wie Ernst Schenkel eine Entdeckung gemacht hatte. Die Entdeckung hatte einen Namen: Angela Börne. Sie bat ihn gelegentlich herein, gab ihm etwas zu essen, wusch seine Kleider. Er begann, öfter in ihrem Garten aufzutauchen, immer nur vormittags, immer darauf bedacht, dass ihn niemand anders sah. Der Mann weg, der Sohn Franz in der Schule.

»Sie war es, die mir das Lesen beigebracht hat, mit den Schulheften aus der ersten Klasse vom Franz. Ich war ja schon größer. Und immer hat sie gesagt, wir müssen rausfinden, wer du bist. Ich war es, der ihr gesagt hat, dass ihr Mann die Margit Teichert geschwängert hatte. Und sie wollte, dass ich es ihr genau beschrieb, wie er seinen Schwanz in sie reingestoßen hatte. Ich hatte es ja gesehen, aus dem Wald. Immer wieder musste ich ihr das beschreiben. Bis sie gesagt hat, ich bring ihn um. Das Arsen hab ich beschafft. Wir Krattler hatten immer Rattengift. Sie hat's ihm ins Essen gemischt, schön langsam.«

Eva Schnee sah auf seine Hände. *Brauchte man zum Halsumdrehen Fingerspitzengefühl?* »Unter den Kiefern.« *Hatte es dort auch Normalität gegeben? Vertrautheit? Sicherheit? Die Gedanken einfangen. Das ist dein Job hier. Die Kiesgrube, die Nacht, der Mörder. Dein Job. Normalität.*

»Nachdem ihr Alter im Friedhof eingegraben war, änderte sich etwas. Wir wurden ...«, er zögerte. Überlegte, suchte nach den richtigen Worten.

»Können Sie das Gerät bitte kurz abstellen. Das brauchen Sie nicht ... ich will nicht ...«

Die Kommissarin stoppte die Aufnahme. »Was wurden Sie?«, fragte sie vorsichtig. »Ein Paar?«

Er sah sie an, als suche er etwas in ihrem Gesicht. Und dann wechselten die Augen wieder ganz plötzlich die Farbe, wurden kalt, blitzten gefährlich.

»Wissen Sie, was sie gesagt hat? Zu mir? ›Uns darf es nicht geben.‹ Das hat sie gesagt. Aber es gab uns. Ich bin nur nachts im Dunkeln gekommen. Manchmal hat sie etwas gekocht, das haben wir im Esszimmer ohne Licht gegessen, beim Mondschein. Wir haben auch Filme angesehen, Videos, ›Jenseits von Afrika‹ ... Viele Jahre war das so. Ich saß auf einem richtigen Sofa, aß von richtigem Geschirr, lag in einer Badewanne. Schaumbad ...« Er machte eine Pause. »Ein Paar? Sie war immer bis oben zugeknöpft. Manchmal hat sie mir Geld gegeben. ›Geh zu den Nutten an der Bundesstraße‹, hat sie gesagt. Hinterher wollte sie, dass ich ihr davon erzähle. Alles musste ich genau erzählen.«

Er stand auf. Eva Schnee umfasste ihre Pistole fester. Aber er ging nur wieder zu seiner Tasche und holte ein kleines Fläschchen heraus. Irgendeine Medizin, sah aus wie Hustentropfen. Aus dem Küchenschrank nahm er ein schmuddeliges Glas, in das er Wasser füllte.

»Sie können die Aufnahme wieder laufen lassen«, sagte er und begann, die Medizin in das Wasser tropfen zu lassen. »Für mein Herz«, erklärte er und fuhr fort: »›Wir sind Outlaws‹, hat sie gesagt und mir erklärt, was das bedeutet. ›Dich gibt es nicht, und mich gibt es auch schon längst nicht mehr. Ich bin ausgestoßen.‹ Und dann hat sie mit den Hassphantasien begonnen. So viel Hass können Sie sich nicht vorstellen, Frau Kommissarin. Ein giftiger, alles verätzender

Hass. ›Hilf mir, sie alle umzubringen. Dann gehen wir woanders hin und leben wie normale Menschen. Ich verspreche es dir. Dann sitzen wir auf einer Terrasse und trinken Wein.‹ Das hat sie immer gesagt: ›Wir sitzen auf einer Terrasse und trinken Wein. Hilf mir, wir bringen sie alle um.‹«

Er trank seine Tropfen, schob den Stapel mit den Einladungen zum Oleanderblütenfest auf Eva Schnees Seite des Tisches.

»Achtzehn Einladungen. Und alle haben sie das Papier zur Ebnerwiese mitgebracht, damit es eingesammelt werden konnte. Alle waren sie neugierig, was Angela ihnen zu sagen hatte. Die schöne, einsame, verklemmte, verwitwete Nachbarin Angela Börne. Wissen Sie, wie giftig Oleander ist, Frau Kommissarin? Angela hat unendlich viele Kübel mit den Büschen im Garten herangezogen. Sie hat gesagt, man könne das gar nicht nachweisen im Körper, und sie hatte ja wohl recht, damals jedenfalls, vor zwanzig Jahren. Wir haben dann Gift hergestellt.«

»Sie?«

»Nicht auf Band, Frau Kommissarin, nicht ins Protokoll«, sagte er. Er wartete, bis Eva Schnee die Aufnahme erneut unterbrochen hatte.

»Auch Outlaws brauchen Verbündete, nicht wahr? Überlegen Sie selbst. Jemand in einer Apotheke wäre gut. Jemand, der einen tödlichen Cocktail herstellen kann, aus Schlafmitteln und Oleandersaft. Ich weiß nicht, was Margit Teichert gemischt hat. Sie hat mich auch nicht gefragt, wofür ich es benötige.« Er hielt inne und sah Eva Schnee ein paar Sekunden schweigend an. »Und niemand sollte sie jemals darauf ansprechen.«

Die Aufnahme lief wieder, als Schenkel das Bild beschrieb: Alle um das Feuer herum, schon im Delirium, fast bewusstlos, und Angela Börne trug reihum jedem Einzelnen ihre Rechnung aus dreißig Jahren vor, leise, mit einem dünnen Lächeln um den Mund.

»Danach ist sie nach Hause gegangen. Und ich bin aus dem Wald getreten und habe aufgeräumt. Die Flaschen mit dem Cocktail, die Becher, die Einladungen. Und ich habe das Feuer gelöscht. Obwohl es ihr wahrscheinlich völlig gleichgültig gewesen wäre, ob man sie bei der Tat gesehen hätte, ob man sie verhaftet hätte. So denke ich heute.«

Er stand wieder auf. Diesmal kam er mit einer Pistole in der Hand zurück, doch er trug sie mit dem Griff nach vorn, sie war in durchsichtige Plastikfolie eingewickelt. Er gab sie Eva Schnee in die Hand und setzte sich wieder.

»Jetzt haben sie zwei Pistolen«, sagte er. »Ich würde sagen: Sie haben gewonnen.«

Es war einen kurzen Moment ganz still, keiner bewegte sich, keiner sagte etwas. Nur die Petroleumlampe machte ihr leises, zischendes Geräusch. Es war ein fast intimer Moment, sollte Eva Schnee später denken. Und sich fragen, ob Ernst Schenkel das auch so empfunden hatte. Beide hatten ihren Teil des Deals erfüllt. Beide waren verbunden mit diesem Raum, dieser Geschichte, ihrer eigenen Erschöpfung.

Wissen Sie, was ich dabei empfunden habe: nichts.

»Als ich in dieser Nacht zum Bungalow kam, hat sie auf unser Klopfzeichen nicht aufgemacht«, sagte Ernst Schenkel schließlich in die Stille. »Sie hat nie wieder aufgemacht. Ein paarmal ist sie in den Garten gekommen, wenn ich dastand und gewartet habe, da hat sie gesagt: ›Ich will dich nicht mehr sehen. Geh zurück in den Wald, du Krattler.‹ Hier in der Kiesgrube habe ich eine kleine Terrasse gebaut, draußen sind noch die Reste davon, hab einen Garten angelegt. Und ich bin noch einmal hin zu ihr in die Siedlung, hab geklopft und mich in den Garten gestellt, bin zu ihrem Schlafzimmerfenster. ›Ich habe eine Terrasse, wir können Wein trinken‹, habe ich durch die Ritzen des Fensterladens gesagt. Plötzlich stand sie draußen hinter mir, im Dunkeln. ›Geh zum Teufel‹, hat sie gesagt. Das war vor vielen Jahren, und es war das letzte Mal, dass ich sie gesehen habe.« Er hielt kurz inne. »Na ja, das vorletzte Mal, natürlich. Ich hätte das gleich damals erledigen sollen.«

Eva Schnee stand auf. »Herr Schenkel, ich werde jetzt ein paar Beamte rufen und Sie dann festnehmen«, sagte sie und griff zum Telefon. In der anderen Hand behielt sie ihre Pistole. »Bitte bleiben Sie ruhig sitzen, genau so, mit den Händen auf dem Tisch.«

»Sagen Sie Ihren Leuten, sie sollen einen Krankenwagen mitbringen«, sagte er. »Aber sie sollen sich nicht beeilen. Vielleicht warten Sie damit auch noch ein paar Minuten. Ich bin schon sehr müde.« Er deutete auf das Fläschchen mit den Tropfen. »Oleandercocktail, verstehen Sie? Für mein Herz, damit es endlich aufhört zu schlagen.«

Als die Streifenbeamten und der Krankenwagen aus Rupertshausen vor dem Haus in der Kiesgrube eintrafen, war Ernst Schenkel tot. Er lag auf dem Küchenfußboden, auf der Seite, die Beine leicht angewinkelt. Eva Schnee saß neben ihm auf dem Boden, ihre Pistole in der Hand. Die Petroleumlampe war ausgegangen. Aber jetzt kam das grelle Licht der Polizei.

Der junge Notarzt, der Ernst Schenkel inspizierte, sagte: »Das war wohl eher ein friedlicher Tod. Der Mann lächelt ja sogar.«

»Ich glaube, das täuscht«, sagte Eva Schnee, ging an den fragenden Gesichtern vorbei nach draußen, stieg in ihren

Wagen und fuhr sofort los. Die Münchener Beamten der Mordkommission wussten Bescheid; sie würden noch ein paar Minuten brauchen, bis sie eintrafen.

Als sie die Bundesstraße erreichte, bog sie nicht Richtung München ab, sondern fuhr nach Süden auf die Berge zu. Sie nahm sich vor, so lange zu fahren, bis die Sonne aufging. Und sie nahm sich vor zu weinen.

13. Oktober

Was weiß die Wissenschaft von der Seele des Menschen? Nichts. Trotz Abermillionen von Therapiesitzungen und kuriosen Experimenten, bei denen immer das herauskommt, was auch mein Getränkelieferant vorhersagen könnte. Dass ein Mensch ängstlich reagiert, wenn sein Gegenüber eine Pistole auf den Tisch legt, zum Beispiel.

Was weiß der Mensch von seiner eigenen Seele? Auch nichts. Die beiden wurden sich nicht vorgestellt. Wäre eine Aufgabe, lieber Gott. Gleich bei der Geburt zu erledigen. Schließlich müssen Mensch und Seele zusammenbleiben, bis der Tod sie scheidet. Sie scheidet? Nicht mal das wissen wir.

Was passiert mit der Seele eines kleinen Jungen, der zusieht, wie sein Bruder gequält und getötet wird? Müsste ich doch am besten wissen, könnte man sagen.

Ich? Wie groß ist das Ich? So groß wie der Obstkorb, der vor mir auf dem Tisch steht? So groß wie die Blutbuche, die da draußen im Park steht? So groß wie die Nordsee? Ist es mal groß, mal klein? Die können Gravitationswellen messen, die vor Milliarden Jahren entstanden sind. Aber die einfache Frage, wie groß das Ich ist? Dunkle Materie. Ganz dunkle Materie.

Der Anwalt mit dem Glasauge sagt, ich brauche mir keine Sorgen zu machen. Unerlaubter Waffenbesitz, Erpressungsversuch, angedrohte Tätlichkeit, damit wird er fertig. Er sagt, ich kann mich ganz auf mich konzentrieren.

Nur auf mich? Kann es nicht sein, Frau Doktor, dass ein Mensch noch eine zweite Seele bei sich aufnimmt?

»Wenn Sie es so formulieren wollen: Ja, das kann sein.«

Diese Ärztin ist so unscheinbar, dass ich immer wieder vergesse, wie sie aussieht. Ich bin ihr schon einige Male im Gang oder beim Essen begegnet und habe erst reagiert, als sie mich gegrüßt hat. Dabei verbringen wir jeden Tag anderthalb Stunden miteinander, von 14 bis 15 Uhr 30. Wir fangen immer damit an, dass wir in meinen Tagebuchaufzeichnungen der letzten Wochen lesen. Und dann reden wir, was sonst. Messen können wir ja nichts.

Ich bin in einer Klinik an der Nordsee. Sehr schön hier. Ein altes, weißgestrichenes Gebäude in einem Park, nur zweihundert Meter von den Dünen entfernt. Meine Frau kommt am Wochenende; sie wohnt in einem kleinen Hotel am Strand. Wir gehen spazieren, atmen die Seeluft. Auch Fotos schauen wir zusammen an und erinnern uns. Sie hat alle Bilder aus den Alben digitalisiert und jetzt auf ihrem iPad. Unsere Zeit, die Kinder, die Freunde, die Reisen, die Agentur. Aber auch die Bilder aus Forstham, meine Eltern, der Bungalow, ich als Baby, dann als kleiner Knirps, mein Bruder Rolf mit der Schultüte, mit seinem ersten Fahrrad. Ich spüre beim Betrachten dieser Bilder, dass die Siedlung meinen Organismus verlassen hat. Der Nagel steckt nicht mehr im Knochen. Ich weiß, was in der Eichbergkurve geschehen ist. Die Kommissarin sagte mir, ihre Ermittlungen hätten ergeben, dass ich dabei war, als mein Bruder ums Leben kam. Dass ich offenbar alles gesehen habe. Was immer das für Ermittlungen waren.

Ich weiß, wer ich bin. Ich weiß heute, dass ich mit meiner Mutter in die Schule gegangen bin, um die Sachen meines toten Bruders aus dem Klassenzimmer zu holen. Seine Strickjacke, seinen Griffelkasten, das halbgegessene Pausenbrot. Dass der Rektor mit der Hornbrille dabeistand und eine Lehrerin, die immer weinte.

Ich weiß, wer ich bin. Und ich weiß auch, wer ich nicht bin. Jedenfalls in den guten Momenten. Das ist viel.

In der Süddeutschen Zeitung *habe ich gelesen, dass Markus Kessler an seinen Plänen für das Grundstück »Unter den Kiefern« festhält. »Gerade nach der Aufklärung der Verbrechen in der Vergangenheit«, wird er zitiert, »soll dieser Ort eine neue Zukunft bekommen.« Und dein Verbrechen, Stahlhelm-Kessler? Mord verjährt nicht, aber meine Aussage sei nichts wert, sagt die Kommissarin. Ich habe ihr all meine Kessler-Ordner zukommen lassen. Meine unscheinbare Ärztin sagt, ich solle ruhig Rachephantasien entwickeln, auch brutale und bösartige, das sei richtig für mich und gesund. Man müsse seine Phantasien ja nicht verwirklichen. Sehr wohl, Madam. Das ist eine leichte Übung. Wird erledigt.*

Die Nachricht, dass der berühmte Schenkel Ernsti, vor dem wir alle immer Angst hatten, jetzt tot ist, hat mich merkwürdig berührt. Sie hat eine schöne Erinnerung hervorgeholt, ein friedliches Gefühl. Ich erinnere mich heute daran, dass ich an der Hand eines großen Jungen ging, zu dem ich immer wieder aufblickte. Er lächelte mich an und sagte: »Ich bring dich heim.« Ich habe vergessen, wann das war, von wo er mich nach Hause brachte und warum, aber das ist auch nicht so wichtig. Wichtig ist die ungeheure Kraft, die er ausstrahlte, die große Beruhigung, die er in mir mit diesem Satz erzeugte. Seit diese Szene in meinem Gedächtnis wieder aufgetaucht ist, denke ich abends im Bett daran, wenn ich einen unruhigen Moment habe. Dann kann ich immer sofort einschlafen. Ich bring dich heim. In meiner Erinne-

rung ist dieser Junge der berühmte Schenkel Ernsti. Und für mich reicht das.

Ich freue mich auf den Winter. Im Winter ist es mir immer am besten gegangen. Die Moleküle schwingen in der Kälte langsamer, die Luft ist klarer. Gefühle reichen nicht so weit, sie bleiben näher bei dir. Hoffentlich fällt viel Schnee. Wenn nicht, machen wir eine Reise in den Norden, haben meine Frau und ich beschlossen. Der Schnee deckt alles zu.

Epilog

Der Mann und die Frau, die sich dem Friedhof in Forstham näherten, waren sehr unterschiedliche Menschen, das war schon aus der Ferne zu erkennen. Sie hatten nicht nur eine unterschiedliche Menge Zeit in ihren Knochen gespeichert, sondern sie waren auch zwei unterschiedliche Energiekraftwerke. Der Mann bewegte sich langsam und vorsichtig, nicht mehr allzu neugierig darauf, was hinter der nächsten Biegung des Lebens wartete, vielleicht, weil er wusste, dass es etwas Schlimmes sein konnte. Er schöpfte seine Energie von innen. Die Frau dagegen hatte einen nervösen Gang, hielt das langsame Tempo des Mannes nur dadurch, dass sie wie ein Boxer tänzelte, zwei Schritt vor, einer zurück, einer zur Seite, die Arme in Bewegung. Die ganze Welt da draußen war ihr Treibstofftank.

Der Bilderbuchherbst war lange vorbei. Der Novemberhimmel war niedrig und grau, der Boden nass. Zwischen den Bäumen und über den Wiesen hing Nebel. Der Mann trug einen langen grauen Wollmantel und einen beigen Schal. Die Frau einen kurzen schwarzen Stepp-Anorak mit einem gelben Streifen und eine Mütze. Sie hatte eine große weiße Plastiktüte in der Hand. Die beiden berührten sich nicht beim Gehen, besonders vertraut schienen sie sich nicht zu sein. Als sie an dem neu errichteten Bauzaun vorbeikamen, der jetzt die gesamte Bungalowsiedlung »Unter den Kiefern« einfasste, blieben sie kurz stehen, blickten durch das Gitter und wechselten ein paar Worte.

Das schmiedeeiserne Tor am Eingang des Friedhofs quietschte, als der Mann es öffnete. Danach verursachten die Schritte der beiden auf dem Kiesweg das einzige Geräusch.

Sie schlugen den Weg zum hinteren Ende des Friedhofs ein, zu der Seite, die dem Fluss zugewandt war. Die Birken hatten ihr Laub verloren, der Wind hatte die hellgelben Blätter dekorativ über die Gräber verteilt. Schließlich erreichten die beiden ihr Ziel. Es war ein frisches Grab. Es war nicht wie üblich mit Blumen und Kränzen bedeckt, sondern nur ein dunkler, fast schwarzer Erdhügel. Links stand eine grotesk verkrümmte Kiefer.

Die Frau holte zwei Gegenstände aus ihrer Plastiktüte heraus – ein Holzkreuz, auf dem ein Name stand, und einen kleinen Kranz mit einer Schleife. Der Mann nahm ihr das Kreuz aus der Hand, trat ans Ende des Grabes und steckte es in die Erde. Die Frau legte den Kranz direkt davor ab. Es war ein ziemlich bunter Kranz, zu bunt vielleicht, könnte man sagen, zu fröhlich für den Friedhof. Die Schrift auf dem Kreuz war genauso schwarz wie die Erde:

»*Ernst Schenkel*« stand da geschrieben und in kleinerer Schrift darunter: »*Geboren und gestorben nicht weit von hier.*«

Die beiden standen noch eine Weile vor dem Grab, nebeneinander, schweigsam. Die weiße Schleife des Kranzes schien zu leuchten. Und die roten Buchstaben darauf erst recht: »*Wie versprochen. Eva.*«

»Was haben Sie versprochen?«, fragte August Maler schließlich. Seine Hände steckten tief in den Manteltaschen.

»Das Grab«, antwortete Eva Schnee. »Das Grab auf diesem Friedhof.« Nach einer Pause sagte sie: »Seine Mutter ist vor drei Tagen auch gestorben.«

»Sie haben also alles gerade noch rechtzeitig geschafft«, sagte August Maler. »Respekt, Frau Kollegin.«

»Aber manche Wahrheit findet ihren Weg nicht in die Akten«, sagte Eva Schnee. »Zum Beispiel die Rolle einer Apothekenhelferin ...«

»Das ist doch eine alte Polizistenweisheit.« Maler lächelte.

Ein Friedhofsarbeiter näherte sich mit einem Elektrofahrzeug, auf dessen Ladefläche Zaunlatten lagen. Er hielt kurz an, nickte den beiden zu und sagte: »Furchtbare Sache mit all den Verbrechen und dem Buben damals. Haben Sie etwas damit zu tun? Wissen Sie, wann der richtige Grabstein kommt? Ob überhaupt einer kommt?« Die beiden schüttelten den Kopf, der Mann nickte wieder und fuhr weiter.

Es war Nachmittag, bald würde es dunkel werden. Eva Schnee sah in Malers Gesicht, dass ihn der Ausflug allmählich anstrengte.

»Kommen Sie, wir gehen«, sagte sie. »Ich bringe Sie nach Hause.«

Zu ihrer Überraschung sah sie, dass Maler sich bekreuzigte, als er vom Grab zurücktrat.

Sie gingen schweigend nebeneinander her an der Siedlung vorbei zum Auto. Bevor sie einstiegen, blieb Maler stehen.

»Wissen Sie, was ich immer noch nicht richtig verstehe?«, fragte er. »Warum hat Schenkel die Börne nach all den Jahren hingerichtet? Er hat Ihnen die Beweise übergeben, aber hat er dazu auch etwas gesagt?«

Eva Schnee dachte an den Moment, als Ernst Schenkel darum gebeten hatte, die Aufnahme anzuhalten. Und an die letzten Minuten im Dunkeln, bevor die Polizisten eingetroffen waren. Wie er davon erzählt hatte, dass er sich immer wieder mal nachts zu dem Bungalow geschlichen hatte, auf die verfallene Terrasse mit den Oleanderkübeln, wie er auf Geräusche aus dem Haus gehört hatte, wie er nie den Mut gefunden hatte, noch einmal zu klopfen wie früher. Aber vielleicht hatte Angela Börne ihn bemerkt? Vielleicht hatte sie deshalb Maler angerufen? Jedenfalls hatte Ernst Schenkel dieses Telefonat mitgehört.

»Verstehen Sie etwas von Liebe, Herr Maler?«, fragte sie.

»Sind wir nicht die größten Experten der Liebe?«, sagte er.

»Sie meinen: wir Polizisten?«

Er zuckte die Achseln.

»Dann lassen Sie es mich so sagen«, erklärte sie. »Das Motiv hatte mit Liebe zu tun.«

Sie waren jetzt dabei einzusteigen, und er sah sie fragend über das Wagendach hinweg an. »Mit Liebe? Liebe zwischen wem?«

»Ich denke, Sie sind so ein großer Experte«, sagte Eva Schnee und stieg ein.

Sie mochte diesen August Maler. Sie würde ihn vermissen.

Max Landorff
Der Regler
Thriller
Band 18645

Gabriel Tretjak ist der Regler. Für die Reichen und Mächtigen regelt er alles – Liebe, Karriere, Geld, Sex. Bis die bestialischen Morde geschehen. Und er erkennen muss: Du kannst alles regeln. Nur nicht deine Vergangenheit.

»Spitzenthriller made in Germany.«
TV Movie

»Ein unterhaltsames, spannendes Buch, das ich quasi in einem Rutsch durchgelesen habe.«
Nele Neuhaus

Fischer Taschenbuch Verlag

Max Landorff
Die Stunde des Reglers
Thriller
Band 19303

Er ist der Regler. Für andere regelt er Leben, Geld, Macht, Sex. Nur die Zeit hat er nicht unter Kontrolle. Denn da draußen ist jemand, der tötet. Und die Opfer tragen alle den gleichen Namen: seinen. Gabriel Tretjak hat sich in die Berge über dem Lago Maggiore zurückgezogen. Als die Quantenphysikerin Sophia Welterlin ihn aufsucht, ahnt er nicht, dass eine eiskalte Jagd im Gang ist …

»Ein filmreifer, rasanter und raffinierter Thriller, der an dunklen Abenden für Blitzlichtgewitter sorgt.«
MDR

Fischer Taschenbuch Verlag